TRAUTES HEIM, TOD ALLEIN

PSYCHOTHRILLER

MELISA SCHWERMER

E-Mail: melisa.schwermer@gmail.com
www.melisa-schwermer.com

ISBN: 9798333480460
Imprint: Independently published
Lektorat: Simona Turini www.lektorat-turini.de
Korrektorat: Jasmin Krieger, Nicole Schumann
Covergestaltung: HollandDesign, Bruchköbel, hollanddesign@gmx.de
Coverabbildung: shutterstock @Craig Taylor Photography

ÜBER DAS BUCH

Wem kannst du noch trauen, wenn dein Zuhause zur Hölle wird?

Michelles Mann Tomke will nach seinem Burnout nur eins: Raus aus dem hektischen Alltag der Stadt und irgendwo auf dem Land neu anfangen. Die Familie zieht auf einen alten Bauernhof in dem Dorf, in dem Tomke aufgewachsen ist. Doch in der Abgeschiedenheit geschehen merkwürdige Dinge, die sich mit der Zeit nicht mehr mit dem Zufall erklären lassen. Irgendjemand scheint zu wollen, dass die Familie lieber heute als morgen verschwindet. Als sie der entsetzlichen Wahrheit auf die Spur kommen, eskaliert die Situation und für Michelle und Tomke geht es um Leben und Tod. Ungeahnte Abgründe lauern hinter der Fassade der Dorfbewohner, und um die im Verborgenen zu halten, sind manche sogar bereit, über Leichen zu gehen.

Ein atemberaubender Psychothriller voller Nervenkitzel, der einen um den Schlaf bringt.

ÜBER DIE AUTORIN

Mehr auf: www.melisa-schwermer.com

Melisa Schwermer, geb. 1983 in Offenbach, wohnt und arbeitet in der Nähe von Frankfurt. Nach ihrem Studium der Germanistik und Philosophie zog sie aus der Stadt zurück aufs Land, wo sie mit ihrem Lebensgefährten und ihren drei Katzen im eigenen Häuschen lebt. Schon als Kind fing die gelernte Industriekauffrau mit dem Schreiben an und schenkte den Großeltern lieber eine selbstgeschriebene Geschichte anstelle von etwas Gebasteltem. Nach ihrem Studium verfolgte sie ihre Passion mit mehr Ernsthaftigkeit und veröffentlicht bereits seit zehn Jahren erfolgreich Thriller im Selfpublishing sowie bei Verlagen, wovon bereits mehrere in den Top 50 der Kindle-Charts waren, zwei sogar auf dem ersten Rang. Seit 2021 lebt sie – nach Zwischenstationen als Lehrkraft an einer Berufsschule, wissenschaftliche Mitarbeiterin an der TU-Darmstadt sowie als pädagogische Mitarbeiterin bei einem Bildungsträger – ausschließlich vom Schreiben.

WEITERE LIEFERBARE TITEL

So bitter die Schuld

So dunkel die Angst

So kalt der Zorn

So tödlich die Stille

So einsam der Tod

So verdorben das Blut

So mörderisch die Gier

So düster die Rache

So hässlich die Lüge

So schwarz das Herz

So nah das Böse

Düsterhof

Flüstermoor

Dunkelsee

Gequälte Seelen

Aus dem Verborgenen

Abgewiesen

Der Tod uns scheidet

Trautes Heim, Tod allein

PROLOG

Im Schutz der Nebengebäude stahl er sich mit seiner zappelnden Beute zum Wohnhaus. Wolken verdeckten den Mond fast vollständig. Außerhalb des Dorfes war es stockfinster. Er könnte seine Taschenlampe einschalten, doch die brauchte er nicht, denn er kannte jeden Zentimeter des Hofes in- und auswendig. Insbesondere nachts war er schon so oft hier gewesen, dass er sich sogar mit geschlossenen Augen zurechtfinden würde.

Bei der Haustür angekommen, hielt er einen Moment inne. Wehmütig legte er die Hand auf den von der Hitze des Tages noch warmen Putz. Seine Haut kribbelte am ganzen Körper, als wäre er nackt durch ein Brennnesselfeld gelaufen. Obwohl er nicht wusste, wer den Hof gekauft hatte, hasste er diese Leute schon jetzt. Wie konnten sie es wagen, ihm seine Zuflucht wegzunehmen? Ginge es nach ihm, würde der Hof bis zum Ende der Zeit leer stehen, damit er der Vergangenheit beim Verfall zusehen konnte.

Er löste sich von der Hauswand und ging nach hinten

zur Kellertür, die nicht mehr richtig schloss und über die er immer ins Innere gelangte. Dass sich noch niemand darum gekümmert hatte, auch jetzt nicht, wo der Hof neue Besitzer hatte, war doch geradezu eine Einladung. Jeden Schritt auf dem Weg die Treppe hinauf ins Erdgeschoss prägte er sich genau ein. Wie es hier roch, wie sich die alten Holzstufen unter seinen Füßen anfühlten, die Geräusche, die sie machten, wenn man drauftrat ...

Trotz der schlimmen Erinnerungen, die er mit diesem Ort verband, zog es ihn immer wieder hierher. Anfangs hatte er sich nie aus der Kammer unter der Treppe herausgetraut. Dort drin hatte er sich sicher gefühlt wie in einem eigenen kleinen Reich. Auf dem Hof hatte es viel zu viele Dinge gegeben, vor denen er sich gruselte. Der Schweinestall zum Beispiel, aus dem immer unheimliche Geräusche gekommen waren. Mit der Zeit aber war er mutiger geworden und hatte immer mehr erkundet, sich auch zu den Schweinen getraut. Dabei hatte er die Hasenkäfige entdeckt und festgestellt, wie gut man sich mit den Tieren die Zeit vertreiben konnte.

Zum feierlichen Abschluss hatte er sich auch heute welche mitgebracht. Irgendwelche Viecher, die er sich aus einem Außengehege geklaut hatte. Das Geheule der Kinder würde morgen groß sein, wenn ihre Kuscheltiere plötzlich verschwunden waren. Er konnte es kaum abwarten, sich ausgiebig mit den Kaninchen zu beschäftigen. Doch vorher wollte er noch einen letzten Rundgang durch das Haus machen, also warf er den zugeknoteten Beutel in seine Kammer. Die Tiere zappelten wie wild, doch sie würden sich nicht befreien können. Nur um sicherzugehen, dass sie nicht entkamen, schloss er die Tür, dann drehte er sich um.

Die leeren Räume zu sehen, machte ihn wehmütig. Seit die Verwandten des Alten vor Kurzem die Möbel rausgeräumt hatten, war es einfach nicht mehr dasselbe hier drin. Bald würden die neuen Besitzer ihren Krempel hier aufstellen und mit einem Schlag dafür sorgen, dass sich dieser Ort veränderte. Möglicherweise rissen sie das Gebäude auch komplett ab und den Stall und die Scheune gleich mit, um sich eine Villa auf das Grundstück zu bauen. Mit Pool an der Stelle, wo früher die Güllegrube gewesen war.

Der Gedanke, wie die Leute unwissentlich dort badeten, wo früher die Scheiße der Schweine vor sich hin gegärt war, gefiel ihm. Die Dämpfe waren äußerst giftig, das wusste er vom Bauern, denn der hatte ihn immer davor gewarnt, der Grube zu nahe zu kommen. Man konnte das Bewusstsein verlieren, hineinfallen und dort einfach ersticken. Vielleicht hatte der Boden ja genug von diesen Dämpfen aufgenommen, die er nun nach und nach abgab. Er stellte sich vor, wie die neuen Besitzer in ihrem dekadenten Pool saßen, die vergiftete Luft einatmeten und ersoffen. Tage später würde man ihre aufgequollenen Wasserleichen finden …

Sein Herz schlug schneller bei der Vorstellung. Ohne sie jemals gesehen zu haben, wusste er, dass er diesen Menschen etwas antun wollte, er wollte sie vernichten. Oder zumindest von seinem Hof vertreiben!

KAPITEL EINS

TAG 1

Michelle sah das Unglück, das in Form eines tiefergelegten 3er BMWs auf ihrer Fahrspur auf sie zuraste, nicht kommen. Die Tritte in ihren Rücken in Kombination mit der nervtötenden 8-Bit-Musik, die aus dem Lautsprecher des Tablets in den Händen ihres Sohnes drang, zerrten an ihren Nerven. Jede Erschütterung wanderte ihre Wirbelsäule nach oben bis in ihren Kopf und manifestierte sich dort als dumpfes Pochen. Der Geruch nach der auf den Feldern versprühten Gülle drang trotz geschlossener Fenster in den Innenraum. Anders als bei den Besichtigungsterminen, erinnerte er sie heute nicht an die Ferien auf dem Reiterhof in ihrer Kindheit, sondern sorgte lediglich dafür, dass ihr noch übler wurde.

Ein Himmelreich für eine Aspirin und eine Stunde Ruhe. Daraus würde aber erst mal nichts werden, den restlichen Tag wären sie damit beschäftigt, Umzugskartons zu verräumen und sich das neue Haus irgendwie wohnlich zu gestalten.

»Aaron, zum dritten Mal, halt die Füße still!« Wie automatisch griff ihre rechte Hand nach hinten, um sein Bein festzuhalten.

»Hey, spinnst du?«, rief Aaron und entwand sich ihrem Griff. Die Musik veränderte sich und signalisierte, dass er das Level nicht geschafft hatte. »Na toll, jetzt bin ich wegen dir gestorben.«

»Red nicht so mit mir«, wies sie ihn zurecht, doch zugegebenermaßen fand sie seine Reaktion nachvollziehbar. Sie war dabei, ihre schlechte Laune an ihm auszulassen, und das war nicht gerecht. Es war nicht seine Schuld, dass sie gestern Abend über die Stränge geschlagen und entgegen ihrem Vorsatz zu tief ins Glas geschaut hatte. Einen wirklichen Kater hatte sie zwar nicht, sonst hätte sie sich nicht hinters Steuer gesetzt, aber sie war auch weit entfernt davon, dass es ihr blendend ging.

Sie wandte sich für den Bruchteil einer Sekunde nach hinten. »Tut mir leid, Schatz, aber könntest du wenigstens den Ton etwas leiser drehen?«

Genau in diesem Moment schrie ihre Tochter Lea auf, die neben ihrem Bruder saß. »Achtung!«, brüllte sie viel zu laut, da Kopfhörer sie seit der Abfahrt mit voll aufgedrehter Musik beschallten.

Michelle fuhr herum. Der Kühlergrill des BMWs schoss direkt auf sie zu, auf der Fahrspur daneben tuckerte ein Traktor. Ihr Fuß schnellte auf die Bremse. Die Fliehkraft drückte sie nach vorn in den Gurt. Mit all ihrer Willenskraft zwang sie ihre Hände dazu, das Lenkrad nicht nach rechts zu reißen. Bei der Geschwindigkeit würde der Anhänger ins Schlingern geraten, sich querstellen und am Ende würden sie auf dem Dach im Graben liegen.

Noch bevor sie darüber nachdenken konnte, was schlimmer ausgehen würde – ein Frontalzusammenstoß oder der Überschlag –, hatte ihr Auto die Höhe des Traktors erreicht. Der Bauer hupte lang und durchdringend, er lenkte ruckartig an den Rand. Michelle schnappte nach Luft und machte sich innerlich bereit für den Aufprall. Der BMW schoss gerade noch rechtzeitig zwischen ihr und dem Traktor hindurch auf seine Spur. Ein Ruck ging durch den Wagen, mit quietschenden Reifen kam der SUV zum Stehen. Der Bauer tuckerte kopfschüttelnd an ihnen vorbei.

Michelles Fuß stand noch immer auf der Bremse. Ihre Hände zitterten, ihre Beine waren wie aus Gummi, sodass sie kaum noch die Kupplung ordentlich durchtreten konnte, und ihr Herz raste. Trotz Klimaanlage lief ihr der Schweiß.

»Alter, das war knapp«, kommentierte Lea von hinten, die Kopfhörer hatte sie sich aus den Ohren gerissen.

»Das kannst du laut sagen.« Michelles Mund war trocken, ihre Zunge klebte am Gaumen. Von dem Kater war nichts mehr zu spüren, sie war nun hellwach. Jetzt war sie dankbar dafür, dass ihr Mann Tomke sich vor einigen Jahren durchgesetzt und sich den Traum von einem Porsche Cayenne erfüllt hatte. Michelle hielt das Auto nach wie vor für eine Protzkarre, doch mit ihrem alten Wagen, einem in die Jahre gekommenen Renault Mégane, wäre die Sache vermutlich nicht so glimpflich ausgegangen.

Tomke regte sich auf dem Beifahrersitz. »Was ist los?«, fragte er schläfrig. Auf der Abschiedsparty hatte er noch tiefer ins Glas geschaut als Michelle, weshalb sie als Fahrerin auserkoren worden war. Bis gerade eben hatte er die Nachwirkungen des Alkohols mit einem Nickerchen kuriert.

»So ein Arschloch ist uns fast frontal reingefahren«, sagte Lea, bevor Michelle auch nur Luft holen konnte, um zu antworten.

Aaron kicherte. Mit seinen zehn Jahren war er nicht in der Lage zu erfassen, was ihnen da beinahe passiert wäre. »Arschloch darfst du nicht sagen, jetzt musst du fünfzig Cent in die Fluchkasse werfen.«

»In dem Fall machen wir eine Ausnahme, weil Lea recht hat. Der Typ war ein absolutes Arschloch«, murmelte Michelle. Schnell fügte sie hinzu: »Allerdings dürfen wir das nur sagen, solange wir unter uns sind.« Sie legte den ersten Gang ein und fuhr langsam und vorsichtig an, als würde sie zum ersten Mal hinterm Steuer sitzen. Die Szenerie erschien ihr unwirklich. Der Traktor war auf ein Feld abgebogen, wo er eine Staubwolke hinter sich herzog, die Straße war menschenleer. Nur die schwarzen Bremsspuren, die sie im Rückspiegel sah, deuteten darauf hin, dass sie gerade knapp einer Katastrophe entgangen waren. Nicht auszudenken, was passiert wäre, wenn ...

»Alles gut? Du bist ganz blass um die Nase«, fragte Tomke besorgt.

Michelle nickte, obwohl das nicht ganz der Wahrheit entsprach. Nachdem das Adrenalin sie aufgepusht hatte, war ihr Kreislauf nun dabei, in den Keller zu sacken. »Ich brauche nur kurz eine Pause, um von dem Schrecken runterzukommen.«

Mit einem Blick auf das Navi sagte Tomke: »Wir sind gleich da, dann kannst du dich hinlegen.«

Gleich war ein dehnbarer Begriff, sie hatten noch zwanzig Minuten Fahrt vor sich. Zu lang für Michelle, die sich immer zittriger fühlte. »Da vorn ist eine Tankstelle, da halte ich. Ich brauche jetzt eine Cola oder ein Snickers. Hauptsache etwas Zucker.«

Als sie auf den Hof rollten, war Michelle schwindelig. Sie stieg aus und atmete einmal tief durch.

Tomke trat neben sie und legte den Arm um sie. »Hey, ganz ruhig. Ist doch nichts passiert.«

»Du hast gut reden. Immerhin hast du nicht dein bisheriges Leben vor deinem inneren Auge ablaufen sehen.« Sie bemühte sich um ein Lächeln.

»Ich hoffe, du hast im Angesicht des Todes nicht bereut, es mit mir verbracht zu haben.«

Michelle lehnte sich an die Schulter ihres Mannes und drückte ihre Nase an seinen Hals. »Ganz bestimmt nicht, immerhin hast du dafür gesorgt, dass ich zwei wunderbare Kinder habe.«

»Zwei?«, fragte Tomke mit hochgezogenen Augenbrauen.

»Okay, du hast recht, Lea ist momentan ein Kotzbrocken und alles andere als wunderbar. Aber dafür war sie ein unkompliziertes erstes Baby. Irgendeine Kröte muss man schlucken«, sagte sie mit gesenkter Stimme und zwinkerte ihm zu. Er drückte ihr einen Kuss auf die Stirn, dann löste sie sich von ihm und ging über den Hof auf den Verkaufsraum zu.

Drinnen strömte ihr die angenehm kühle Luft der Klimaanlage entgegen. Leise Radiomusik spielte im Hintergrund. Schlager. Eigentlich gar nicht Michelles Musik, aber vom *Griechischen Wein* würde sie wohl oder übel heute einen Ohrwurm haben.

Immer noch besser, als zu viel davon getrunken zu haben. Sie schlenderte zum Kühlregal und nahm eine Cola, für Lea eine Dr. Pepper und für Aaron ein Päckchen Durstlöscher in der Geschmacksrichtung Waldmeister heraus. Als sie an die Kasse trat, erhob sich stöhnend ein älterer Mann von einem Plastikstuhl, der hinter dem Tresen platziert war. Sein mürrischer Blick verriet, dass er, ähnlich wie sie, wohl bisher keinen besonders guten Tag gehabt hatte.

Ohne ihr groß Beachtung zu schenken, scannte er die Produkte. »Das wars?«, fragte er.

Michelle legte drei Snickers und einen Mr. Tom dazu. Der Erdnussriegel war das einzig Vegane, das sie auf die Schnelle entdecken konnte, und er würde Lea hoffentlich etwas milder stimmen. Eines ihrer Hauptargumente gegen den Umzug nach Seelberg im Odenwald war, dass es in diesem *Scheißkaff,* wie sie es ausdrückte, sicher nicht mal Tofu zu kaufen gab. Womit sie teilweise recht hatte, denn in Seelberg, mit seinen knapp zweitausend Einwohnern, gab es keinen Supermarkt. Dafür musste man ins Nachbardorf fahren, wo allerdings sehr wohl Tofu und andere Fleischalternativen im Kühlregal standen. Obwohl Michelle sie bei einem der zahlreichen Besichtigungstermine vom Gegenteil überzeugt hatte, war Leas Abneigung der Region gegenüber geblieben.

»Getankt haben Sie nicht?«, fragte der Mann und

starrte aus dem Fenster in Richtung der Zapfsäulen. Sein Gesichtsausdruck, der zuvor schon nicht gerade freundlich gewesen war, verhärtete sich. »Gehört der da zu Ihnen?«

Meinte er nun das Auto oder Tomke, der an der Motorhaube lehnte und auf seinem Handy herumtippte? Worauf auch immer er anspielte, irgendetwas an der Frage passte Michelle nicht. Wahrscheinlich war es die Art, wie der Mann sie stellte. Er klang herablassend, missbilligend.

Sie schenkte dem Tankwart ein entwaffnendes Lächeln. »Ist ein schönes Auto, oder? Knapp dreihundert PS, Allradantrieb und …« Michelle versuchte, sich die Argumente in Erinnerung zu rufen, die Tomke immer für den Wagen angebracht hatte, doch sie wollten ihr auf Teufel komm raus nicht einfallen. Der Schreck von dem Beinahe-Crash saß ihr noch in den Gliedern. »Na ja, und so weiter eben. Was bekommen Sie von mir?«

Der Mann nannte ihr den Betrag, nahm seinen Blick aber nicht von der Scheibe. »Ist das Ihr Mann, oder wie?«

Er hatte also doch Tomke und nicht den Wagen gemeint. Vermutlich kannte er ihn von früher. »Keine Sorge, wir sind verheiratet und führen keine wilde Ehe.« Sie lachte über den Scherz, denn mittlerweile dürfte auch das hinterste Dorf in Deutschland so fortschrittlich sein, andere Formen von Lebensgemeinschaften zu akzeptieren.

Endlich wandte der Tankwart sich ihr zu und musterte sie eindringlich. »Frankfurt, hm? Und was machen Sie hier?«

Wieder dieser merkwürdige Ton, als wäre es Städtern verboten, diese Gegend zu betreten. So langsam wurde es Michelle zu bunt. Sie warf einen Zwanzigeuroschein auf den Tresen und sah den Mann mit zusammengekniffenen Augen an. »Ich wüsste zwar nicht, was Sie das angeht, aber wir haben uns einen alten Bauernhof gekauft und ziehen gerade um. Und jetzt wäre ich Ihnen verbunden, wenn ich einfach bezahlen dürfte, damit wir weiterkommen, sonst ist die Umzugsfirma noch vor uns da.«

Mit nervtötender Langsamkeit nahm der Mann das Geld und öffnete die Kasse. »Wissen Sie überhaupt, auf wen Sie sich da eingelassen haben?«

Nun blieb ihr endgültig die Spucke weg. Was erlaubte dieser Kerl sich? »Wir sind seit fast zwanzig Jahren zusammen und haben zwei Kinder, ich würde also behaupten, dass wir uns sehr gut kennen.« Sie nahm ihr Restgeld, das er ihr hingelegt hatte, fischte ihre Einkäufe vom Tisch und drehte sich um. Mit festen Schritten ging sie auf die Schiebetür zu.

»Sie haben ja keine Ahnung«, hörte sie den Mann noch sagen. Dann wurde er lauter, seine Stimme war hasserfüllt: »Geld verdirbt den Charakter. Aber bei einem wie dem ist das gar nicht nötig! Ihr Mann ist kein guter Mensch.«

KAPITEL ZWEI

Judith hatte gleich kein gutes Gefühl gehabt, als die Nummer ihres Vaters auf dem Display erschien. Seine Anrufe waren eine Seltenheit. Meist beschränkte sich ihr Kontakt auf Geburts- und Feiertage sowie gelegentliche Höflichkeitstelefonate aus dem Pflichtgefühl heraus, dass man sich schon wieder viel zu lange nicht gemeldet hatte. Jedenfalls hatte sie geahnt, dass es nichts Gutes zu bedeuten hatte, wenn er an einem Sonntagmittag anrief. Dass sie der Grund dafür dermaßen aus der Bahn werfen würde, hatte sie nicht vorhergesehen.

»Wer?«, fragte sie in der Hoffnung, sich verhört zu haben.

»Red ich Chinesisch oder was?«, blaffte er sie an.

»Was meinst du damit, dass er zurück ist?« Das Telefon fühlte sich heiß an, ihre Finger kribbelten. Ihre Hand, die das Gerät umklammerte, begann zu zittern.

»Er zieht wieder nach Seelberg. Also nicht direkt, aber auf den Sattlerhof.«

Judith ließ die Bedeutung der Worte sacken,

während im Hintergrund ihr Sohn und sein Cousin darum stritten, wer auf der Spielekonsole die nächste Runde des Rennspiels fahren durfte. Als Tomke vor etlichen Jahren von hier weggezogen war – oder eher geflüchtet –, war eine Last von ihr und ihrer Familie abgefallen. Nicht, dass sie jemals vergessen würden, was geschehen war, aber es war eine Erleichterung zu wissen, dass sie ihm nicht mehr ständig begegnen mussten. Mit der Zeit hatte Judith es geschafft, ihn aus ihren Gedanken zu verbannen und ihr Leben zu leben, so gut es eben ging. Die Vorstellung, dass er bald nicht mal einen Kilometer entfernt wohnen würde, war unerträglich.

»Bist du überhaupt sicher, dass er es ist?« Judith bemühte sich, ruhig zu klingen, auch wenn sie am liebsten geschrien hätte. Ihr Vater war nur der Überbringer der schlechten Nachricht, er konnte nichts dafür.

»Er war mit seiner Frau an der Tankstelle von deinem Onkel Wolf. Ganz schön auseinandergegangen ist er wohl.« Ihr Vater sagte das, als wäre es ein Grund zur Schadenfreude, doch Judith konnte nichts egaler sein als Tomkes Aussehen. Die Information, dass er eine Frau hatte, interessierte sie da schon eher, denn wenn sie ihm eines nicht gönnte, war das eine glückliche Partnerschaft.

»Jedenfalls hat seine Frau es Wolf selbst gesagt. Sie haben einen Hof gekauft und ziehen heute ein.«

»Das muss gar nichts heißen. In der Gegend stehen viele Gehöfte zum Verkauf.« Ihre Stimme klang belegt und sie räusperte sich. Im Grunde glaubte sie selbst nicht, was sie da sagte. Die Kollegen bei der Bank hatten schon davon geredet, dass jemand aus der Stadt den

Kaufvertrag für den Hof vom alten Sattler inklusive Nutzflächen unterschrieben hatte. Wie sehr musste das Universum sie hassen, dass ausgerechnet Tomke der Käufer war? Sie spürte, wie sich Kälte in ihrem Inneren ausbreitete.

»Man sollte doch meinen, dass der hier keinen Schneid mehr hat. Aber so ist das halt, wenn das Erbe an jemanden von außerhalb fällt. Die haben ja keine Ahnung, was das für einer ist, da wird nur aufs Geld geschaut und husch, husch verkauft. Sollen doch die Einheimischen mit denen klarkommen, die da einziehen.«

Judith drehte sich zu den beiden Jungs im Wohnzimmer. Es war mittlerweile Ruhe eingekehrt und Louis schaute mit beleidigter Miene zu, wie Moritz konzentriert das Gamepad bearbeitete. Trotzdem sagte sie: »Hör mal, ich muss dich leider abwürgen. Louis ist bei Moritz zu Besuch und du weißt ja, zusammen sind die beiden schwerer zu hüten als ein Sack Flöhe.« Bevor er etwas erwidern konnte, legte sie auf. Sie brauchte jetzt einen Moment für sich, um die Neuigkeit zu verdauen.

Wie betäubt trat sie ans Fenster und sah auf den Friedhof hinaus, der gegenüber ihrer Wohnung lag. Die Erinnerungen prasselten wie Hagelkörner auf sie ein. Ohne dass sie es verhindern konnte, spielte sich vor ihrem inneren Auge der Tag ab, an dem sie ihre Schwester zum letzten Mal gesehen hatte.

Es war drei nach sechs, als der Wagen ihres Vaters auf den Hof gerollt war. Judith wusste das so genau, weil sie kurz zuvor noch auf die Uhr geschaut hatte. An diesem Tag konnte sie es kaum erwarten, dass er nach Hause kam, denn sie hatte endlich die Mathearbeit zurückbekommen und war Klassenbeste. Eine glatte Eins. Er wäre so stolz. Ein Knacken, als er den Rückwärtsgang einlegte und vor der Garage parkte. Kurz darauf knallte die Autotür, und seine eiligen Schritte knirschten auf dem Kies. Er beeilte sich, reinzukommen, als würde er ahnen, dass sie eine so gute Nachricht für ihn hatte.

Judith rückte an die Kante ihres Schreibtischstuhls und schlug ihr Klassenarbeitsheft auf. Nur an einer Stelle hatte sie sich verrechnet, ein Flüchtigkeitsfehler bei der letzten Aufgabe, weil ihr die Zeit davongelaufen war und sie unbedingt noch alles schaffen wollte. Aber das spielte keine Rolle, sie hatte auch so fast die volle Punktezahl erreicht.

Unten fiel die Haustür ins Schloss. Dieses Mal dauerte es außergewöhnlich lang, bis die Schritte ihres Vaters auf der Treppe erklangen. Als er endlich den Schlüssel herumdrehte und die Wohnungstür aufstieß, hörte Judith die Stimme ihrer Stiefmutter Monika.

»Werner! Jetzt warte doch«, rief sie, ihre Stimme hallte, anscheinend war sie im Hausflur. »Du solltest nicht, während du so wütend bist …«

Ihr Vater kam in die Diele gestürmt, die Tür fiel mit einem lauten Krachen ins Schloss. Anstatt seine Schuhe wie sonst auszuziehen, polterten seine Schritte eilig über das Laminat. Er war wütend.

»Hannah«, donnerte seine Stimme durch die Diele.

Ihre Schwester hatte also mal wieder was ausgefressen. Ausgerechnet heute. Judith klappte seufzend das Heft zu. Wenn sie jetzt mit ihrer guten Note angab, würde das nur zu Streit mit Hannah führen. Sie hielt Judith sowieso schon immer vor, dass sie die Vorzeigetochter war, während Hannah dauernd irgendwelchen Mist baute. Dabei konnte sie doch nichts dafür, dass sie gut in der Schule war, und Hannah könnte sich ja auch einfach mal an die Regeln halten, dann würde sie nicht ständig Ärger bekommen.

»Sieh zu, dass du herkommst, aber zackig!«

Ihr Vater ließ ihrer Schwester keine Chance, zu reagieren, sondern stapfte zu ihrem Zimmer und riss die Tür auf. Hinter sich warf er die Tür so heftig zu, dass die Wände in Judiths Zimmer bebten.

Sie ging zu ihrem Bett, das an der Wand zu Hannahs Zimmer stand, und kniete sich darauf. Dann presste sie ihr Ohr an die Tapete, doch sie konnte kein Wort von dem verstehen, was nebenan gesprochen wurde.

Da sie neugierig war und wissen wollte, worum es bei den beiden ging, stand sie auf und schlich in die Diele. Ihr Stiefbruder Jannik war ebenfalls von dem Gebrüll aufgeschreckt worden und schon dort.

Judith bedeutete ihm mit einer Handbewegung, dass er verschwinden sollte. Er zeigte ihr frech den Mittelfinger, drehte sich dann aber doch um und lief zurück ins Wohnzimmer, wo er sich vermutlich vor den Fernseher knallte. Judith huschte zu Hannahs Zimmertür, ging in die Knie und schaute durchs Schlüsselloch.

Ihr Vater stand vor dem Bett ihrer Schwester, die ihre Knie an die Brust gezogen und ihre Beine mit den Armen umschlungen an die Wand gelehnt darauf saß. In der linken Hand hielt ihr Vater einen kleinen Gegenstand, den Judith nicht erkennen konnte. Die andere hatte er wütend in die Hüfte gestemmt.

»Ich warte«, sagte er streng.

»Was soll ich denn dazu sagen?«, murmelte Hannah so leise, dass Judith sie kaum verstehen konnte. Ihre Schwester hatte den Blick gesenkt und malte mit ihrem Finger auf dem Betttuch ein unsichtbares Muster nach.

»Genau so etwas hab ich befürchtet! Warum musst du mir so eine Schande machen?« Seine Hand schoss in ihre Richtung. Im ersten Moment befürchtete Judith, dass er ihre Schwester schlagen würde, doch er fuchtelte nur mit dem Gegenstand vor ihrem Gesicht herum.

Da Hannah nicht aufschaute, warf er ihn auf die Matratze vor ihre Füße. »Himmelherrgott, was sollen denn die Leute denken? Was ist nur bei dir falsch gelaufen?«

»Papa«, wisperte sie mit brüchiger Stimme. »Ehrlich, es tut mir leid.«

»Es tut dir leid?«, donnerte die Stimme ihres Vaters so laut durch die Tür, dass Judith unwillkürlich zurückwich. »Das ist wohl reichlich zu spät. Wenn deine Mutter noch leben würde, schämen müsste sie sich für deine Verkommenheit.«

»Ich ... Es ist nicht so, wie du denkst!«

»Willst du mich jetzt auch noch für blöd verkaufen?« Schritte waren zu hören, er schien im Zimmer auf und ab zu gehen. Judith traute sich nicht, erneut durchs Schlüsselloch zu schauen. Wenn er sie in dieser Stimmung beim Spionieren erwischte, würde auch sie Ärger bekommen, da konnte die gute Mathearbeit auch nicht helfen.

»Schau mich gefälligst an, wenn ich mit dir rede!«

»Es ... ist nicht meine ... Schuld«, schluchzte Hannah. »Wirklich, das musst du mir glauben.«

»Überhaupt nichts muss ich! Du bist nicht in der Situation, irgendwas von mir zu verlangen, junges Fräulein!«

Schritte näherten sich der Tür und Judith rannte zu ihrem Zimmer. Kurze Zeit später hörte sie, wie Hannahs Tür aufgestoßen wurde.

»Heute Nacht wirst du ausreichend Gelegenheit haben, über das nachzudenken, was du getan hast.« Er stapfte durch die Diele.

»Bitte nicht in den Keller«, flehte Hannah ihren Vater an, doch vermutlich wusste sie so gut wie Judith, dass es vergebens war.

»Womit habe ich es nur verdient, dass meine Tochter sich zum Gespött des ganzen Dorfes macht«, hörte sie noch, dann wurde die Wohnungstür ins Schloss geworfen.

Lautes Gebrüll riss Judith zurück in die Gegenwart.

»Ey, ich bin dran! Gib das her!«

»Nein, ich darf das Rennen noch fahren!«

Judith seufzte. Noch einmal Kind sein, unbeschwert und ohne die geringste Ahnung, was das Leben für Grausamkeiten bereithielt. Ein verkokelter Geruch drang in ihr Bewusstsein. Aus dem Topf auf dem Herd stieg Rauch auf. Der Reis war angebrannt. Schnell drehte sie die Platte ab, zog den Topf beiseite und schaltete die Dunstabzugshaube ein. Was für eine tolle Mutter war sie nur, dass sie es nicht mal schaffte, ein ordentliches Mittagessen zu kochen. Und alles nur wegen Tomke ...

»Mama, Louis hält sich nicht an die Absprache. Jedes Rennen wird gewechselt«, rief ihr Sohn.

»Ich hab die Strecke aber gar nicht zu Ende gefahren!«

»Weil du in die Bande gekracht bist. Selber schuld.« Moritz warf sich auf seinen Cousin und zerrte an dem Gamepad, aber der verteidigte das Teil, als handle es sich dabei um den Heiligen Gral.

»Mama! Das ist unfair!«

»Hört auf, aber sofort. Beide!«, brüllte Judith und ihre Augen füllten sich mit Tränen. Sie hatte weiß Gott andere Probleme, als den Streit zweier vorpubertärer Jungs um ein dämliches Computerspiel zu schlichten. Hatten sie denn gar kein Gespür dafür, wie es ihr gerade ging?

Die Frage erübrigte sich, denn anstatt auf sie zu hören, lachte Louis nur und zog das Gamepad aus der Reichweite seines Cousins, der ihm dafür einen Knuff auf die Schulter verpasste.

Judith setzte sich in Bewegung. Mit wenigen Schritten war sie beim Sofa und schnappte sich das Handgelenk ihres Neffen. »Genug jetzt, Louis. Ich fahre dich nach Hause.« Sie zog ihn auf die Füße, wobei er vor Überraschung das Gamepad fallen ließ. Es knallte auf den Boden.

Sofort schnappte Moritz sich den umkämpften Controller. »Ja, geh nach Hause, dann kann ich allein spielen, so viel ich will!«

»Lass mich los, du tust mir weh«, jammerte Louis und wand sich in ihrem Griff.

Ohne die Finger zu lockern, schleifte sie ihn in die Diele. »Zieh deine Schuhe an! Sofort!«

Ihr Neffe starrte sie mit aufgerissenen Augen an. Man sah ihm den Unwillen an, doch er widersprach nicht weiter, sondern hockte sich auf den Boden und schlüpfte in seine Sandalen. Seine Mundwinkel zuckten währenddessen, er war kurz vorm Heulen. Kaum hatte er die Schuhe an, stürmte er, ohne auf Judith zu warten, aus der Wohnung.

»Halt, Moment, ich hab gesagt, ich fahre dich!«, rief sie und rannte ihm hinterher, doch als sie aus der Haustür trat, sah sie ihn nur noch die Straße entlangrennen und hinter der nächsten Hausecke verschwinden. Das hatte sie wirklich toll hinbekommen.

Nun brach sie endgültig in Tränen aus. Wie ein Kind, dem man mit der Schaufel im Sandkasten eins übergezogen hatte, stand sie auf der Straße und heulte. Was für ein Bild des Jammers musste sie für die Nachbarn abgeben?

Reiß dich zusammen, rief sie sich zur Vernunft. Fünfundzwanzig Jahre war es her, dass sie Tomke zum letzten Mal gesehen hatte. Mittlerweile war sie eine erwachsene Frau und sollte ... Ja, was sollte sie eigentlich? Die Vergangenheit einfach vergessen haben? Als wäre das so einfach. Und trotzdem, warum nur ließ Tomkes Anwesenheit sie dermaßen die Kontrolle verlieren? Er stand im Augenblick nicht mal vor ihr.

Hoffentlich hatte sie Louis nicht so hart angepackt. Das würde sicher später Ärger mit ihrem Bruder Jannik und dessen Frau geben. Aber Judith hatte zumindest eine gute Entschuldigung vorzubringen. Jannik würde es verstehen, weil es ihm nicht anders gegangen wäre.

Mit hängenden Schultern trottete sie zurück in ihre Wohnung, um Moritz zu holen. Jetzt musste sie sich erst mal mit eigenen Augen davon überzeugen, ob Tomke wirklich ab sofort nur knapp einen Kilometer Luftlinie von ihr entfernt wohnte. So lief das doch bei einer Konfrontationstherapie, oder nicht? Man stellte sich seiner Angst, um dann festzustellen, dass alles gar nicht so schlimm war, wie man es sich immer ausgemalt hatte. Wenn sie ihm erst gegenüberstand, könnte sie die Schatten der Vergangenheit vielleicht endlich besiegen.

KAPITEL DREI

Die restliche Fahrt über die kurvigen Landstraßen zerbrach sich Michelle den Kopf, ob sie Tomke auf den Vorfall in der Tankstelle ansprechen sollte. Letztlich entschied sie sich dagegen, ihn damit zu belasten, denn er hatte seit seinem Burn-out genug mit sich selbst zu kämpfen. Außerdem war sie überzeugt davon, dass die Sache rein gar nichts zu bedeuten hatte. Was interessierte sie dieser frustrierte Tankstellenmitarbeiter, der ein wie auch immer gelagertes Problem mit ihrem Mann hatte?

Tomke war kein schlechter Mensch, ganz im Gegenteil. Er war sanftmütig, verständnisvoll und hilfsbereit, sie hatte ihn noch nie aggressiv oder bösartig erlebt. Vermutlich war er irgendwann als Jugendlicher mit dem Kerl aneinandergerasselt. Was konnte er schon Unverzeihliches getan haben? Einen Böller in seinen Briefkasten gesteckt? Die Sonntagszeitung geklaut? An Halloween das Haus mit Eiern beworfen? Ganz sicher war es nichts, das es wert war, sich ein Vierteljahrhundert später immer noch darüber zu empören, geschweige denn ihn als schlechten Menschen zu bezeichnen. Sie ärgerte sich noch immer darüber, keine passende Antwort auf diese Unverschämtheiten geliefert zu haben.

»Mach langsam, da vorn müssen wir abbiegen«, sagte Tomke.

Michelle bremste den Wagen ab und setzte den Blinker. Sie war so in Gedanken gewesen, dass sie beinahe die Einfahrt zu ihrem neuen Zuhause verpasst hätte. Umrandet von hügeligen Feldern und Wiesen sowie dem angrenzenden Wald, lag es ein Stück außerhalb von Seelberg. Tomke hatte schon nach der ersten Besichtigung dafür gebrannt, wohingegen Michelle nicht sofort überzeugt war, dass das beinahe hundert Jahre alte Gehöft das Richtige für sie sein könnte. Es lag doch schon sehr weit ab vom Schuss, aber Tomke erhoffte sich, nach den vergangenen turbulenten Monaten in dieser Abgeschiedenheit endlich zur Ruhe zu kommen, und so hatte sie schließlich zugestimmt.

Der Wagen polterte über den mit Schlaglöchern übersäten Feldweg. Ein weiterer Punkt, wo sich ein SUV bezahlt machte. Die Straßen hier draußen waren nicht gerade im besten Zustand. Sie erreichten die geschotterte Zufahrt zum Hof und Michelle parkte den Wagen vor der Garage, die an das Wohnhaus angrenzte. Beim Aussteigen aus dem klimatisierten Wagen schlug ihr die Hitze entgegen.

»Ist es nicht wunderbar?«, fragte Tomke und machte eine ausladende Geste. »Ich kann es noch gar nicht fassen, dass all das uns gehört.«

Michelle stand an die Autotür gelehnt und betrachtete den Hof, der vom Wohnhaus und zwei Nebengebäuden eingefasst war. Momentan sah sie vor allem die Arbeit, die in der nächsten Zeit auf sie zukam. Aus den Ritzen in den kaputten Gehwegplatten spross das Unkraut, und der Kastanienbaum neben dem Wohnhaus musste dringend zurückgeschnitten werden. Die Farbe an den Fensterrahmen und der Tür blätterte ab, an einigen Stellen der Fassade des Fachwerkhauses löste sich der Putz. Auf dem Dach wucherte Moos und auch wenn es bei den Besichtigungen trotz Regen trocken auf dem Dachboden gewesen war, würden sie es sicherlich bald erneuern müssen. Die Nebengebäude bestanden aus einer baufälligen Scheune aus Holzbrettern, in der Tomke sein selbst gezogenes Gemüse verkaufen wollte, sowie dem ehemaligen Stall. Beide Gemäuer sahen noch schlimmer aus und müssten vermutlich komplett abgerissen werden. Und das war nur, was das Äußere für sie bereithielt.

Doch tatsächlich konnte sie heute zum ersten Mal die Vision erkennen, die Tomke vorschwebte und wegen der er sich in den Sattlerhof verliebt hatte. In den alten Futtertrögen aus Natursandstein, die links und rechts neben der Treppe zur Eingangstür standen und in denen momentan verwelkte Geranien ein trauriges Dasein fristeten, würde sie winterharte Kräuter pflanzen. Rosmarin und Thymian, vielleicht auch Lavendel, damit man immer einen wohltuenden Duft in der Nase hatte, wenn man das Haus betrat. Die jagdgrünen Klappläden aus Holz würde sie in einer frischen Farbe streichen, ebenso die Fensterrahmen, um dem Haus ein freundliches Aussehen zu verleihen. Die Scheune – nun ja, bei der war Hopfen und Malz verloren, doch sie wäre in der

Lage, sie zu ignorieren, solange sie nicht über ihrem Kopf in sich zusammenfiel.

»Chillt mal, es ist nur ein Bauernhof am Arsch der Welt.« Lea hatte sich inzwischen auch aus dem Auto bequemt und musterte ihr neues Zuhause, als handle es sich dabei um eine Bruchbude.

»Fluchkasse.« Aaron freute sich diebisch, dass seine Schwester schon wieder ein verbotenes Wort benutzt hatte.

»Mit dem Rad braucht man schätzungsweise keine fünf Minuten, bis man in Seelberg ist und in die andere Richtung dauert es vielleicht zehn bis Michelheim«, sagte Tomke. Solange jedoch keines der Dörfer Frankfurt war, würde er Lea damit nicht auf seine Seite ziehen.

Wie zum Beweis verdrehte sie die Augen und untermalte ihre Laune zusätzlich mit einem genervten Seufzer. Ohne zu antworten, holte sie ihr Handy aus der Hosentasche und tippte darauf herum. »Der Empfang hier ist mal richtig elendig.«

Ein Scheppern ließ Michelle zusammenzucken. Aaron hatte seinen Fußball gegen das Scheunentor gedonnert, das unter der Erschütterung erbebte. Die Rollen auf der Laufschiene wackelten bedenklich und Michelle befürchtete, dass die gesamte Konstruktion jeden Moment von der Wand krachen könnte. Sie machte einen Schritt nach vorn und fing den zurückgedotzten Ball auf.

»Hey, du hast versprochen, dass ich hier so viel rumkicken darf, wie ich will«, beschwerte sich Aaron.

»Darfst du auch, sobald wir den Umzug hinter uns gebracht haben«, versicherte Michelle ihm. »Jetzt hältst du dich aber erst mal zurück, sonst überfährt dich gleich der Lkw, wenn er mit unseren Sachen ankommt.«

»Krieg ich den Schlüssel, damit ich mich in mein tolles Zimmer verziehen kann?« Lea streckte die Hand aus und Tomke warf ihr den Schlüsselbund zu, den sie geschickt auffing. So missmutig wie überhaupt nur jemand schauen konnte, stiefelte sie über den Hof und schloss die Tür auf. »Hier stinkt es ekelhaft«, rief sie, kaum dass sie den Eingangsbereich betreten hatte.

Tomke sah ihr betrübt hinterher. Auch wenn er es nicht zugab, wusste Michelle, dass ihn ein schlechtes Gewissen plagte, weil seine Familie wegen seiner Erkrankung aus ihrem gewohnten Umfeld gerissen wurde. Sie würden darüber hinwegkommen. Alle.

»Sie kriegt sich schon wieder ein.« Michelle drückte tröstend seine Hand. Ein bisschen konnte sie ihre Tochter verstehen, auch ihr fiel es nicht unbedingt leicht, Frankfurt zu verlassen. Ihr gesamtes Leben hatte sie dort und in Offenbach verbracht. Nach dem ersten Staatsexamen war sie zwar nicht mehr wirklich oft ausgegangen, aber bei den seltenen Gelegenheiten, zu denen sie sich ins Nachtleben wagte, genoss sie es, sich dafür nicht mal ins Auto setzen zu müssen. Dazu kamen die vielen Restaurants in der Umgebung ihrer Wohnung. Theoretisch konnte man sich jeden Abend ein Land der Welt aussuchen, dessen Küche man zum Abendessen genießen wollte. Sie schüttelte den Gedanken ab. Wenn nicht mal sie sich auf das Abenteuer Landleben einlassen konnte, wie sollte es da ihrer Tochter gelingen? »Und wenn nicht, müssen wir ihre Laune nur noch bis zum Abitur aushalten, dann kann sie hinziehen, wo sie will.«

Tomke grinste. »Herrlich, das ist ja schon in zwei Jahren. Komm, wir gehen auch rein.«

Als sie in der Tür stand, musste Michelle zugeben, dass Lea recht hatte. Es stank tatsächlich und je weiter sie die Diele entlangging, desto schlimmer wurde es. Bei der Besichtigung war ihr das nicht aufgefallen. Bei diesen Gelegenheiten war sie vermutlich zu überwältigt von der Möglichkeit gewesen, dass sie bald in einem so riesigen Haus wohnen würden. Die Räume hatten mit der Zeit die typischen Gerüche seiner Bewohner angenommen. Das hier war ein Bauernhof, es war schwer gearbeitet worden. Früher hatte es sogar mal Nutzvieh gegeben, es war geschlachtet worden. Fast bildete Michelle sich ein, den Gestank des Todes wahrnehmen zu können.

Wenn wir erst mal gestrichen haben und die Möbel stehen, verändert sich die Atmosphäre. Hoffentlich.

»Ich reiße mal die Fenster auf«, sagte Tomke, seine Stimme klang nasal. Er roch es also auch.

»Wir sollten Fliegengitter besorgen, sonst wimmelt es hier drin bald nur so von gefräßigen Mücken.«

Eine halbe Stunde später hörte Michelle den Umzugswagen auf den Hof rollen. Inzwischen waren auch Tomkes Bruder Dario und dessen Frau Anabel aus Heidelberg angekommen, um ihnen beim Auspacken zu helfen. Michelle hatte eine große Thermoskanne mit Kaffee gefüllt und auf ein Tablett gestellt.

In einem Einbauschrank in der Küche hatte sie ein paar Tassen gefunden und sicherheitshalber noch mal abgespült. Zum Ende seines Lebens schien der

Vorbesitzer nicht mehr viel Wert auf Reinlichkeit gelegt zu haben. Laut der Maklerin war der Bauer ein alter Junggeselle ohne viele Freunde gewesen, der eines Tages einfach auf seinem Hof umgekippt war.

Sie trug das Tablett nach draußen. Die Möbelpacker, drei an der Zahl, standen am Rand der Scheune und rauchten, während der Fahrer den Lkw rückwärts auf den Hof manövrierte, damit er später vorwärts wieder anfahren konnte.

Nachdem sich alle am Kaffee bedient und ihre Raucherpause beendet hatten, öffnete der Fahrer die Ladeklappe. Die Möbelpacker machten sich an die Kisten und das Mobiliar, die sie nach drinnen schleppten, wo Tomke auf sie wartete, um sie einzuweisen. Auf dem Hof versuchte Michelle, so gut es ging, den Überblick zu behalten und die Helfer zu koordinieren. Aarons Fußball schoss an ihr vorbei. Sie streckte den Fuß aus, um ihn aufzuhalten, doch sie erreichte ihn nur mit der Spitze. Der Ball prallte daran ab und rollte unter den Lkw.

Aaron kam angerannt und bremste neben ihr ab. »Toll, Mama. Und jetzt?« Er ließ sich auf die Knie fallen, um nach seinem Ball zu schauen.

»Auf keinen Fall wirst du darunter kriechen, um ihn rauszuholen«, warnte Michelle, da sie ahnte, was ihr Sohn vorhatte.

»Wie soll ich denn sonst rankommen?«

»Wir werden warten müssen, bis der Laster wegfährt und hoffen, dass es der Ball überlebt.«

»Na toll.« Theatralisch sackte Aaron in sich

zusammen und ließ die Schultern hängen. »Ich wollte aber jetzt spielen.«

»Ist vielleicht eh keine so gute Idee, wenn du den Möbelpackern damit zwischen den Füßen rumläufst, oder? Am Ende stolpert noch einer …« Aus dem Augenwinkel nahm Michelle eine Bewegung wahr. In ihrer Einfahrt stand eine Frau im Schatten des Kastanienbaumes und schaute zu ihnen herüber. Michelle lächelte in ihre Richtung und nickte ihr freundlich zu.

Die Frau zeigte keine Reaktion. Vermutlich eine neugierige Nachbarin, die sehen wollte, wer auf dem Hof einzog. Etwas unfreundlich, dass sie nicht zurückgrüßte, aber das sollte im Moment nicht Michelles Sorge sein.

Achselzuckend konzentrierte sie sich wieder auf Aaron, der in der Zwischenzeit das Interesse an seinem Ball verloren zu haben schien, denn gerade tauchten die Möbel aus seinem Zimmer auf der Ladefläche auf.

»Ich brauche den Karton mit der Switch, damit wir heute Abend Mario Kart spielen können«, informierte er den Möbelpacker.

»Jetzt gerade brauchst du den Karton sicher nicht. Komm, such dir mal für die nächsten zwei Stunden ein anderes Hobby«, sagte Michelle. »Wie wärs, du erkundest mal die Scheune?«

Aaron machte große Augen. »Darf ich da allein rein?«

»Klar, solange du dir nicht den Hals brichst.« Michelle schaute zur Einfahrt. Die Fremde neben dem Kastanienbaum hatte sich nicht bewegt. Sie stand einfach da, beobachtete das Geschehen auf dem Hof mit einem undurchschaubaren Ausdruck im Gesicht, als wäre sie auf der Suche nach etwas Bestimmtem.

»Kann ich Ihnen helfen?«, rief Michelle und ging auf die Frau zu.

Die schreckte auf, als hätte Michelle sie aus einer Trance geweckt. »Oh. Ja. Ich suche ... Ist Tomke da?« Ihre Stimme klang heiser.

Sie stellte die Frage, als wolle sie über etwas Ernstes mit ihm sprechen. Offenbar war sie, anders als von Michelle vermutet, keine Nachbarin, sondern eine alte Bekannte ihres Mannes, auch wenn sie vom Aussehen her ein ganzes Stück jünger als Tomke war. Es hatte sich offensichtlich schnell herumgesprochen, dass er zurück nach Seelberg zog, dabei hatte er in Frankfurt keinen Kontakt zu Leuten aus seiner alten Heimat gehabt. Kurz kam ihr der Gedanke, dass der Tankstellenwart die Nachricht verbreitet hatte, aber das spielte im Endeffekt keine Rolle. Selbst wenn dieser Kotzbrocken herumerzählte, dass Tomke kein guter Mensch wäre, wer ihn kannte, würde das nicht glauben.

Sie streckte der Frau ihre Hand hin. »Ich bin Michelle, seine Frau. Kommen Sie doch mit rein, Sie müssen hier nicht in der Sonne stehen. Wollen Sie vielleicht etwas trinken? Wir haben nur einen Kasten Wasser und Plastikbecher, aber bei dem Wetter ist das besser als nichts.«

Die Fremde ignorierte ihre Hand. »Nein, alles gut. Ich wollte nur ... Können Sie ihn vielleicht kurz holen?«

Michelle wunderte sich über das Verhalten, sagte aber nichts, sondern drehte sich um, um nach Tomke zu suchen. Sie fand ihn im Wohnzimmer, wo er dabei war, die Couch auszurichten.

»Da ist Besuch für dich.«

Er runzelte die Stirn. »Für mich? Wer?«

»So eine Frau.« Michelle wies zum Küchenfenster, das auf die Einfahrt zeigte.

Tomke schaute raus. Seine Schultern schienen sich zu verspannen. »Ach«, machte er nur, dann ging er ohne ein weiteres Wort aus der Küche.

Michelle folgte ihm. Sie wollte nicht anhänglich oder gar eifersüchtig erscheinen, aber irgendwas an dieser Frau und Tomkes Reaktion auf sie kam ihr merkwürdig vor.

»Judith«, sagte Tomke ohne besondere Wiedersehensfreude in der Stimme. »Was machst du denn hier?«

Sie zuckte die Achseln, schaute rüber zu Michelle und dann zu Tomke. »Wollte nur mal sehen, ob es stimmt, dass du hier einziehst. Nach all den Jahren wieder zurück, hm?«

»Wir haben uns wirklich lang nicht gesehen. Eigentlich seit …« Tomke ließ den Satz unvollendet. Das ganze Gespräch wirkte verkrampft und zäh, so als wären beide nicht sonderlich begeistert, sich zu begegnen. Aber warum war diese Judith dann überhaupt hergekommen?

»Wie ist es dir denn seitdem ergangen? Geht es der Familie gut?«

Das Thema schien Judith nicht zu passen, ein Schatten huschte über ihr Gesicht, ihr Blick verhärtete sich. Sie antwortete nicht. Ein unangenehmer Moment des Schweigens trat ein.

»Nun ja, wir haben noch einiges zu tun«, sagte

Michelle. Die Situation behagte ihr nicht sonderlich. Es war, als hätten sich beide etwas zu sagen, aber keiner von ihnen wagte es.

Tomke nickte. »Schön, dich mal wieder getroffen zu haben. Wir laufen uns ab jetzt bestimmt öfter mal über den Weg.«

»Vermutlich«, murmelte Judith, dann drehte sie sich einfach um und verschwand den Feldweg entlang.

Michelle blickte ihr skeptisch hinterher. »Was für ein befremdlicher Auftritt«, sagte sie, als die Frau außer Hörweite war.

»Mhm«, machte Tomke nur achselzuckend.

»Wer ist sie?«

»Ach, nur eine alte Bekannte.« Er winkte ab und machte sich auf den Weg zurück zum Haus.

»Die extra hier rausgefahren kommt, nur um sich dann absolut gar nicht mit dir zu unterhalten?« Sie wurde das Gefühl nicht los, dass diese Judith durchaus gern länger mit Tomke geredet hätte, Michelles Anwesenheit sie allerdings davon abgehalten hatte. Generell schien beiden das Aufeinandertreffen nicht gerade angenehm gewesen zu sein. Zu gern wüsste Michelle, was dahintersteckte. War das einfach nur eine Ex von Tomke und waren beide deshalb so angespannt gewesen, oder steckte mehr dahinter?

KAPITEL VIER

Ein Ruck ging durch den Wagen und im Laderaum schepperte es. *Scheiße!* Rouven hatte nicht an die neuen, in den Straßenbelag eingelassenen Geschwindigkeitsbegrenzer in der Nähe seines Hauses gedacht. So wie es hinten gerappelt hatte, war bestimmt sein ganzes Werkzeug überall verteilt. Es reichte doch, dass er am Sonntag wegen eines angeblichen Notfalls aus dem Haus gejagt wurde – jemand, der es nicht schaffte, seinen FI-Schalter selbst wieder umzulegen, war ein menschlicher Notfall –, jetzt musste er auch noch sein Auto aufräumen. Wobei ... wozu hatte er eigentlich einen Sohn? Er würde diese Aufgabe später an Kai übertragen.

Nachdem er den Wagen vor der Einfahrt zu seinem Haus geparkt hatte, stieß er die Tür auf. Beim Aussteigen blieb er mit dem rechten Fuß an der Fußmatte hängen. Da er das linke Bein aber schon nach draußen geschwungen hatte, verlor er das Gleichgewicht und landete wie ein nasser Sack mit Knien und Händen voran auf dem Asphalt. Schmerz schoss durch seinen Arm und er stieß einen Fluch aus. Waren wohl doch ein oder zwei Bier zu viel gewesen, die er sich bei der Reparatur des angeblichen Notfalls gegönnt hatte. Aber irgendwie musste er doch Zeit auf die Uhr bekommen. Für dreißig Euro fuhr er an seinem freien Tag bestimmt nicht raus.

Schnell rappelte er sich hoch. Seine Handflächen brannten. Er pulte Steinchen aus mehreren Abschürfungen und zupfte etwas Haut von einem der Kratzer. Um die Knie würde er sich gleich kümmern. Schöne Scheiße. Hoffentlich hatte keiner der neugierigen Nachbarn ausgerechnet jetzt seine Nase ans Fenster gedrückt, um ihn dabei zu sehen, wie er wie ein stockbesoffener Idiot auf der Straße herumstolperte. Oder am Ende Viola. Dann müsste er sich anhören, dass er sich zu sehr gehen ließ, wie sie es immer ausdrückte. Was für eine rosige Aussicht am Sonntagabend.

Mürrisch schlug er die Wagentür zu, schloss ab und stiefelte zur Haustür. Im Flur stieg er aus seinen Schuhen, um zumindest die Diskussion über Straßenschuhe im Haus zu umgehen. Aus der Küche kam ihm der verheißungsvolle Duft nach gebratenem Speck entgegen. Sonntag war Violas »Cheatday«, da gab es in der Regel etwas Gescheites zum Essen.

Klar, dass Kai da ausnahmsweise mit von der Partie war. Er saß mit gesenktem Kopf auf der Eckbank und war in sein Handy vertieft. Seine langen Haare hingen ihm ins Gesicht. Rouven hielt nichts von dieser Frisur. Mit der schlaksigen Statur und den hautengen Hosen, in die er sich quetschte, könnte man aus der Entfernung meinen, Kai wäre ein Mädchen.

Immer noch besser als diese Brokkolifrisur, rief Rouven sich in Erinnerung. Die Seiten abrasiert und auf dem Oberkopf zerstrubbelte Locken – woher auch immer Kai die hatte, von ihm jedenfalls nicht. Schlimm hatte er ausgesehen und Rouven war nicht müde geworden, ihn ständig dazu zu drängen, zum Friseur zu gehen. Was Kai mit ermüdendem Durchhaltevermögen ignoriert hatte. Und natürlich wurde er dabei von Viola unterstützt, denn wann immer Rouven es wagte, Kritik an ihrem hochheiligen Sohnemann zu äußern, stellte sie sich auf Kais Seite.

»Wo ist deine Mutter?«, fragte er, da Kai noch immer nicht aufgesehen hatte. Rouven machte es rasend, dass der Bengel, je älter er wurde, immer weniger Manieren hatte. Bloß weil er seit ein paar Monaten volljährig war, gab ihm das noch lange keinen Freibrief für schlechtes Benehmen.

Als hätte er sich jemals anders verhalten, dachte Rouven genervt. Jedenfalls nicht ihm gegenüber. Viola hatte da mehr Glück, ihr gegenüber zeigte er wenigstens Ansätze von Respekt.

»Drüben. Telefoniert«, gab er kurz angebunden zurück, ohne Rouven anzuschauen.

Anstatt sich weiter darüber aufzuregen, dass sein Sohn sich verhielt, als wäre Rouven Luft, holte er sich ein Bier aus dem Kühlschrank. Damit hatte er eine Erklärung für seine Fahne und Viola würde nicht merken, dass er bereits getrunken hatte, bevor er nach Hause gekommen war.

»Was gibt es denn?«, fragte er mit einem Blick auf den Herd. Als Antwort zuckte Kai nur mit den Schultern. »Gut, schau ich eben selbst nach, wenn du deine Stimme verloren hast.«

Viola kam in die Küche gestürmt. Wie immer sah sie aus wie aus dem Ei gepellt, als hätte sie heute Abend noch vor, zu einem Nobelitaliener zu gehen. Ihre dunkelroten Haare waren zu einem Knoten auf dem Kopf gebunden, ihre Lippen glänzten rosa. Um diese Frau beneideten ihn einige, weshalb er ihre Launen die meiste Zeit stillschweigend ertrug.

Sie bedachte ihn mit einem Seitenblick und murmelte: »Da bist du ja endlich.« Dann ging sie zielstrebig auf Kai zu. »Hey, mein Herz. Was hältst du davon, wenn ich dir einen Teller zurechtmache und du in deinem Zimmer isst?«, fragte sie zuckersüß.

Kai nickte nur knapp. Ausnahmsweise hatte er auch mal ihr gegenüber seine Zunge verschluckt.

»Dein Vater und ich haben etwas zu besprechen«, erklärte Viola, obwohl er gar nicht nach dem Grund gefragt hatte.

Rouven bekam Nackenschmerzen vom Kopfschütteln, während er dabei zuschaute, wie Viola mehr als die Hälfte des Rühreis aus der Pfanne schaufelte. Als Dank für ihre Mühen kippte Kai sich eine Tonne Ketchup darüber, was sie stillschweigend hinnahm. Wenn Rouven das wagte, war jedes Mal der Teufel los, aber wie bei so vielem galten für den Goldjungen andere Regeln.

»Warum musst du ihn immer so verhätscheln?«, fragte er, nachdem Kai die Küche verlassen hatte.

»Weil ich ihm das Essen aufgetan habe? Mach dich nicht lächerlich …«

»Als wäre er nicht alt genug, das selbst zu erledigen. Mit deinem Gehabe wirst du nur dafür sorgen, dass der noch mit dreißig bei uns wohnt.« Wobei, das hatte sie schon, indem sie den Keller für ihn ausgebaut hatte. Warum sollte er gehen, wenn er da quasi seine eigene Wohnung hatte? In ihrem Freundeskreis gab es genug schlechte Beispiele von Kindern, die sesshaft waren und darauf warteten, dass die Eltern den Löffel abgaben oder ins Heim kamen, damit sie das Haus übernehmen konnten.

»Ich bin immer noch hier und kann dich hören«, rief Kai aus der Diele.

»Du darfst gern mitbekommen, dass es an der Zeit für dich ist, ein bisschen selbstständiger zu werden«, gab Rouven zurück. »In deinem Alter hatte ich schon meine Lehre abgeschlossen und war mit deiner Mutter zusammen.«

»Jetzt lass doch mal gut sein. Wir haben was zu bereden. Was Ernstes. Das war eben Judith am Telefon.« Viola ließ eine bedeutungsschwangere Pause folgen.

Rouven fragte sich, was er darauf antworten sollte. Dass er es kaum erwarten konnte, endlich den neuesten Tratsch wiedergekäut zu bekommen? Aber vielleicht war es ja was Pikantes, immerhin hatte sie Kai extra nach unten geschickt.

»Und was wollte sie?«, fragte er und gab sich Mühe, interessiert zu klingen, während er sich ebenfalls Rührei auf den Teller schaufelte – anders als Kai wurde er in diesem Haus nicht bedient.

»Der Sattlerhof wurde verkauft.«

Rouven runzelte die Stirn. Da war also die Neuigkeit, die er unbedingt erfahren musste? »War das nicht seit Wochen klar, dass jemand von außerhalb den gekauft hat?«

»Jetzt lass mich erst mal ausreden, dann wirst du schon sehen«, pampte Viola ihn an. Das hatte er wohl davon, dass er Kai angemotzt hatte. Jetzt durfte er sich den Rest des Abends mit ihrer schlechten Laune herumschlagen. »Der Käufer ist Tomke.«

Er verschluckte sich fast an der Scheibe Speck, die er sich gerade in den Mund geschoben hatte. »Machst du Witze? Was hat den denn geritten, dass er plötzlich wieder zurückkommt?«

»Wie hoch ist die Wahrscheinlichkeit, oder? Ausgerechnet er. Du kannst dir vorstellen, wie es mir jetzt geht.«

Innerlich stöhnte Rouven auf. Er hatte gehofft, dass sich das Thema mit Sattlers Tod endlich erledigt hatte, und dann verkaufte diese dämliche Nichte den Hof ausgerechnet an Tomke. »Verfall mal nicht gleich in Panik. Die Entrümpler haben garantiert alles rausgeholt.«

Vor Viola musste er sich gelassen geben, sonst steigerte sie sich noch komplett rein. Einer von ihnen musste einen kühlen Kopf bewahren, auch wenn es in ihm drin ganz anders aussah. Was, wenn Sattlers Sachen tatsächlich noch im Gästezimmer waren? Früher oder später würde Tomke auf den Schrank stoßen und darauf, dass er alles einfach ungesehen entsorgte, durften sie sich nicht verlassen.

»Und was, wenn nicht? Wer weiß, ob die Nichte das Gästezimmer überhaupt kennt! So eine Firma kostet viel Geld, die schickt man nicht in die Scheune.« Viola stand auf und lief in der Küche auf und ab, als hätte ihr jemand eine Duracell-Batterie in den Hintern gesteckt. »Wir hätten uns mit eigenen Augen davon überzeugen sollen, dass alles weg ist. Aber dich interessiert das ja nicht. Du denkst, du könntest es aussitzen, wie schon die ganze Zeit! Nur, dass das nicht funktioniert, das sieht man ja jetzt. Es wird uns immer verfolgen!« Ihre Stimme zitterte. Gleich würde sie vermutlich einen theatralischen Heulkrampf bekommen.

Rouven stand auf und massierte ihren Nacken. Aus dem Augenwinkel sah er Kai, der auf der untersten Stufe der Treppe saß und seinen Blick ausnahmsweise mal von seinem Handy genommen hatte. Belauschte er sie etwa? Mit einem Nicken bedeutete er ihm, die Biege zu machen.

Kai bewegte sich nicht, sondern starrte ihn nur aus zusammengekniffenen Augen an. »Es wird alles gut, du wirst sehen«, raunte er Viola zu, obwohl er zugegebenermaßen selbst nicht so wirklich überzeugt davon war. Nach dem Tod vom alten Sattler hatte er geglaubt, dass sie nun nichts mehr zu befürchten hatten. Dass der Hof nun Tomke gehörte, änderte alles.

Viola drehte sich um und schaute ihn mit ihren großen Rehaugen an. Diesem Blick hatte er noch nie widerstehen können. »Du kümmerst dich also darum, ja? Ich meine, all die Jahre, die ich ...« Ihr hübsches Gesicht verzog sich angewidert. »Das darf nicht umsonst gewesen sein.«

»Natürlich mache ich das. Auf mich kannst du dich verlassen, das weißt du doch.« Aktuell hatte er zwar noch keine Ahnung, was er tun sollte, aber er musste sich etwas einfallen lassen. Und zwar schnell.

KAPITEL FÜNF

TAG 2

Man sagte der ersten Nacht im neuen Heim nach, eine ganz besondere zu sein. Was man da träumte, sollte angeblich in Erfüllung gehen. Michelle war kein Mensch, der solche Mythen ernst nahm, trotzdem hatte sie sich Zettel und Stift auf den Nachttisch gelegt, um am nächsten Morgen zu notieren, was sie geträumt hatte. Davon war sie jedoch weit entfernt, denn sie lag seit Stunden wach.

Da sie bei all dem Trubel noch nicht dazu gekommen waren, ihr Bett aufzubauen, lagen die Matratzen einfach auf dem Boden. Mit zwanzig hatte Michelle so ein Nachtlager nichts ausgemacht, damals, als im dritten Semester ihr Bett alias Ausziehsofa kaputtgegangen war, und sie zwei Monate auf einer Luftmatratze schlief, weil sie erst auf ein Neues sparen musste. Jetzt ging sie allerdings stark auf Mitte vierzig zu, und um sich einen Nerv im Rücken zu klemmen, reichte es, wenn sie sich etwas zu hektisch umdrehte.

Um die Nacht auf dem Boden wieder wettzumachen, müsste sie bestimmt eine Woche am Stück Yoga machen. Vielleicht sogar länger, denn sie fand einfach keine Position, in der sie es einigermaßen aushielt. Mal schlief ihr Bein ein, dann der Arm, das Kissen war zu hoch oder zu tief und überhaupt war die Matratze viel zu weich. Bei jeder Bewegung spürte sie den harten Boden unter sich.

Du bist vielleicht eine Prinzessin auf der Erbse, dachte sie. Diese eine Nacht würde sie wohl durchstehen. *Augen einfach zulassen, irgendwann wirst du schon einschlafen.*

Das war jedoch leichter beschlossen als in die Tat umgesetzt. Als hätte sie Sprungfedern dazwischen geklemmt, sprangen ihre Lider automatisch immer wieder auf, kaum dass sie sie schloss. Es lag nicht nur an dem fehlenden Lattenrost, dass sie so ruhelos war.

Es war das Haus. Irgendwie fühlte sie sich noch nicht angekommen, als wäre das nicht ihr Zuhause. Alles kam ihr fremd und irgendwie unbehaglich vor. Daran änderten auch ihre Möbel nichts, die mittlerweile größtenteils aufgebaut waren. Sie fühlte sich, als wäre sie nur zu Gast oder befände sich zu Unrecht hier und der Besitzer des Hauses würde jeden Moment ins Schlafzimmer gestürmt kommen, um sie zu vertreiben.

Als sie vor Jahren in Frankfurt in ihre Eigentumswohnung gezogen waren, hatte sie solche Gedanken nicht gehabt, obwohl es auch kein Neubau gewesen war. Aber damals waren sie mit den beiden Kindern endlich einer viel zu kleinen Wohnung entkommen, es hatte sich wie eine Erleichterung und vor allem unglaublich erwachsen angefühlt. Alles daran war aufregend gewesen. Das hier war ... nun ja, momentan fühlte es sich an wie ein Fehler. Sie wollte sich für Tomke mit dem Odenwald anfreunden, aber es war nie ihr Wunsch gewesen, raus aus der Stadt und aufs Land zu ziehen.

Die letzten Jahre hatte er mehr gearbeitet, als ihm guttat, bis sein Körper die Notbremse gezogen und er neben einem Bandscheibenvorfall zusätzlich einen Burnout erlitten hatte. Sie hatten sich die Entscheidung nicht leicht gemacht, aber letztlich beschlossen, dass ihr Leben so nicht weitergehen konnte. Oder eher seines, denn sie konnte sich als Lehrerin vermutlich an jeden erdenklichen Ort in Hessen versetzen lassen. Glücklicherweise hatte Tomke nicht nur viel gearbeitet, sondern auch entsprechend verdient, sodass sie ein ordentliches Polster hatten. Sobald er wieder stabiler war, wollte er auf den Feldern Gemüse anbauen und das in einem eigenen kleinen Hofladen verkaufen, um etwas zu ihrem Gehalt dazuzuverdienen. Die Vorstellung war ihr mit der Zeit tatsächlich romantisch vorgekommen und so hatte sie zugestimmt, dass sie sich Häuser anschauten.

Allerdings musste Michelle sich eingestehen, dass sie unterschätzt hatte, was das Leben auf einem so abgelegenen Bauernhof bedeutete. Jetzt in der Nacht fühlte es sich beunruhigend an, keine Nachbarn in der unmittelbaren Umgebung zu haben. Sollte sie jemand überfallen und im Wohnzimmer fesseln, um sich all ihre Wertsachen zu schnappen – oder gar Schlimmeres –, es würde niemand mitbekommen, niemand könnte Hilfe rufen. Die Stille draußen war ungewohnt. Der Blick aus dem

Schlafzimmer ging auf Felder und nicht auf parkende Autos, hier gab es keine Kehrmaschine der Straßenreinigung, die einen weckte oder betrunkene Nachtschwärmer auf dem Heimweg.

Das fehlende Hintergrundrauschen sorgte dafür, dass Michelle jedes Geräusch auffiel. Sie hörte das Knacken des Holzes, bei dem man manchmal den Eindruck bekam, jemand würde durchs Erdgeschoss schleichen. Die Schreie der Käuze im nahen Wald klangen teilweise, als würde ein Baby abgeschlachtet. Sogar den seichten Wind in den Blättern der Bäume nahm sie wahr. Aber daran würde sie sich ganz sicher gewöhnen. Wie sagte die heutige Jugend so schön? *Home is where the WLAN is.*

Im Gegensatz zu ihr schien Tomke keine Probleme mit der neuen Umgebung oder ihrem Matratzenlager zu haben. Bereits wenige Augenblicke, nachdem sie sich hingelegt hatten, war er ins Land der Träume entschwunden. Mittlerweile schnarchte er zunehmend lauter, was es Michelle nicht gerade erleichterte, in den Schlaf zu finden. Sie drehte sich auf den Rücken und stupste ihn an.

Das Röcheln verstummte und wurde abgelöst von einem anderen Geräusch. Michelles Muskeln versteiften sich. Irgendwo im Garten raschelte etwas.

»Tomke«, flüsterte sie aufgeregt. »Da ist jemand!«

Ihr Mann brummte nur und rollte sich auf die Seite. Mit angehaltenem Atem lauschte sie, doch da war nichts mehr bis auf ihren eigenen Herzschlag und Tomkes Atem.

Du bist völlig überreizt von dem anstrengenden Tag,

sagte sie sich und schloss die Augen. *Schlaf jetzt einfach und morgen ist alles in Butter.*

Doch da war es wieder. Schritte, dieses Mal war sie sich sicher. Irgendjemand schlich unten vor dem Haus herum.

Leise stand sie auf und ging ans geöffnete Fenster. Draußen sah sie nichts als ein Gemisch aus grauen und schwarzen Umrissen. Hier auf dem Hof fehlte nicht nur das Licht der Straßenlaternen, die ganze Umgebung war viel finsterer als in der Stadt, in der nie wirkliche Abwesenheit von Licht herrschte. Die Dunkelheit auf dem Hof verschlang alles und ließ sie sich noch verletzlicher fühlen.

Mit zusammengekniffenen Augen starrte sie konzentriert nach unten. Zu ihrer Rechten zeichnete sich die Scheune unscharf gegen den Nachthimmel ab. Daneben stand ein kahler Baum, offensichtlich Totholz. Seine Äste wirkten wie Hexenklauen, die sich nach oben reckten, um sie zu greifen. Michelle löste ihren Blick. Sosehr sie sich anstrengte, sie konnte nicht erkennen, wer oder was die Geräusche verursachte.

Vermutlich hatte sie sich das nur eingebildet oder irgendein Getier streifte dort herum. Doch es war kein Tier, denn das Geräusch kehrte zurück und dieses Mal konnte sie es eindeutig als Schritte identifizieren. Menschliche Schritte, regelmäßig und schnell, als würde sich jemand beeilen, über den Hof zu kommen. War das ein Einbrecher? Was wollte eine fremde Person mitten in der Nacht auf ihrem Hof? Plötzlich meinte sie, ein Augenpaar auf sich gerichtet zu spüren. Da war jemand ganz nah, auch wenn sie ihn nicht sehen konnte.

Ich sollte die Polizei rufen!

Ja, das war das einzig Richtige. Was auch immer diese Person da draußen wollte, sie hatte kein Recht, sich mitten in der Nacht auf ihrem Hof herumzutreiben und mit Sicherheit hatte sie keine guten Absichten. Jemand, der Hilfe brauchte, weil er zum Beispiel auf der Landstraße einen Unfall gebaut hatte, würde klingeln. Michelle holte ihr Handy vom Nachttisch.

In diesem Moment leuchtete draußen etwas auf. Die Büsche auf dem Feldweg in einiger Entfernung wurden in rotes Licht getaucht. Anscheinend hatte dort ein Wagen gestanden. Ein leises Motorengeräusch drang zu ihr herüber, entfernte sich rasch und verstummte.

»Was war das denn?«, flüsterte Michelle und schüttelte den Kopf. Sie blieb noch eine Weile am Fenster stehen und starrte in die Dunkelheit, bis sie sich sicher war, dass der Eindringling nicht zurückkam. Erst dann legte sie sich ins Bett und fiel in einen unruhigen Schlaf.

»Vielleicht waren das einfach irgendwelche Jugendliche, die hier eine Party feiern wollten«, tat Tomke beim Frühstück am nächsten Morgen ihre Bedenken ab.

»An einem Sonntag?«, fragte Michelle. Sie war völlig übernächtigt und ihre Augen brannten. Kein guter Start in einen Tag, an dem man noch gefühlt zweihundert Umzugskartons auszupacken hatte. »Und was wollten sie an der Kellertür? Sie war eindeutig offen. Mein Gott, vielleicht war jemand in unserem Haus!« Allein die Vorstellung trieb sie in den Wahnsinn.

»Ein dummer Streich. Es sind Ferien«, sagte Tomke

achselzuckend. »Die letzten Monate stand der Hof leer. Ich kann mir schon vorstellen, dass Jugendliche diesen Lost Place genutzt haben, um heimlich Bier zu trinken und Gras zu rauchen. Das gibt hervorragende Gruselvideos für TikTok.«

Michelle wollte sich nicht mit dieser bequemen Erklärung abfinden. Soweit sie das beurteilen konnte, waren nicht mehrere Leute dort unten gewesen, sondern nur eine Person und die hatte ein Auto gehabt. Das sprach ihrer Meinung nach nicht gerade für feierwütige Teenager. »Mir ist trotzdem nicht wohl bei dem Gedanken, dass sich nachts Fremde bei uns herumtreiben.« Michelle fiel die befremdliche Begegnung vom vorigen Nachmittag ein. »Was ist mit dieser Frau?«

»Du meinst Judith? Was soll mit ihr sein?«

»Na, findest du nicht, dass ihr Verhalten äußerst seltsam war? Stand da einfach nur am Tor und starrte uns an. Dafür, dass sie zu mir sagte, sie wolle mit dir sprechen, war sie ziemlich wortkarg, als du dann vor ihr standest. Vielleicht kam sie noch mal zurück oder sie ist gar nicht erst weggefahren. Wer ist sie überhaupt?«

»Bloß eine alte Schulfreundin, das hab ich doch gestern schon gesagt. Weshalb sollte sie mitten in der Nacht ums Haus schleichen?«, fragte er achselzuckend.

»Warum sollte das jemand anderes tun?«, gab Michelle die Frage zurück. Tomkes Relativierungen gingen ihr auf die Nerven. Sie war kein kleines Kind, das Angst vor Monstern unter dem Bett oder im Schrank hatte. Da war jemand gewesen, sie hatte sich das nicht eingebildet, und Tomke sollte das verdammt noch mal ernst nehmen. »Vielleicht siehst du jetzt ein, dass ich es ganz und gar nicht normal finde, wenn nachts jemand vor unserem Schlafzimmerfenster herumlungert, ob es nun diese Judith war oder jemand Fremdes.«

»Das verstehe ich doch, aber du solltest dich wirklich nicht verrückt machen. Wir leben jetzt in einer Gegend, wo die Leute nachts nicht mal die Türen abschließen. Außerdem ist doch gar nichts passiert. Es ist niemand eingebrochen, es wurde nichts geklaut.«

Und wenn, hättest du es sicherlich nicht mitbekommen in deinem komatösen Schlaf, dachte Michelle, sagte aber nichts, sondern zuckte nur mit den Schultern. Er hatte ihre Weckversuche nicht mit Absicht ignoriert, jedenfalls ging sie zu seinen Gunsten davon aus. Ehrlicherweise hatte sie es auch eher halbherzig probiert. Trotzdem wünschte sie sich, er wäre wach gewesen, dann würde er sie wahrscheinlich etwas ernster nehmen. »Wir könnten die Türen anständig sichern und über Schlösser für die Fenster im Erdgeschoss nachdenken. Bestimmt gibt es da im Baumarkt etwas. Mir egal, ob andere hier zusperren oder nicht, ich fühle mich damit wohler.«

Tomke stöhnte auf. »Ich bin doch nicht nach Seelberg gezogen, um wie in einer Festung zu wohnen. Das hier ist nicht Frankfurt, Michelle, und erst recht kein Horrorfilm. Hier laufen keine kriminellen Banden rum, die in Häuser eindringen, um deren Bewohner zu foltern und dann auszurauben. Es ist nicht nötig, dass du mit einem Messer unter dem Kopfkissen schläfst.«

»Jetzt machst du dich lustig über mich«, entgegnete sie gereizt. »Du tust geradezu so, als würde es auf dem Dorf keine Einbrüche geben. Wegen dir sind wir aufs Land gezogen, damit du zur Ruhe kommen kannst. Ich wollte nie weg aus der Stadt, aber ich habe mich darauf eingelassen. *Wir alle* haben uns darauf eingelassen, für dich, da könntest du ruhig etwas dafür tun, dass wir uns hier sicherer fühlen.«

»Ich wollte das? Eigentlich war ich der Meinung, wir hätten das gemeinsam entschieden. So einen Vorwurf hätte ich von Lea erwartet, aber von dir?« Tomke warf die angebissene Hälfte seines Aufbackbrötchens auf den Teller. Dann schob er den Stuhl zurück und stand auf. »Ich geh Kisten ausräumen, mir ist der Appetit vergangen.«

Mit Tränen in den Augen starrte Michelle ihm hinterher. Sie war wütend. Gar nicht so sehr auf Tomke, sondern eher auf sich selbst. Weil sie nicht von Anfang an gesagt hatte, dass sie sich mit dem Umzug unwohl fühlte. Vermutlich legte sie deshalb die Vorkommnisse von gestern Nacht auf die Goldwaage. Normalerweise war sie nicht so empfindlich. Das durfte man auch gar nicht sein, wenn man zu seiner Studentenzeit aus Geldmangel schon in den fragwürdigsten Gegenden von Offenbach und Frankfurt gelebt hatte. Aber hier draußen war das einfach etwas anderes. Es fühlte sich an wie eine unbekannte Gefahr, obwohl Tomke sicher recht hatte und es eine logische Erklärung für die Geräusche in der Nacht gab.

Sie wartete einen Moment, bis sie Tomkes Schritte im oberen Stockwerk hörte, dann stand sie ebenfalls auf. Wenn er sich um das Schlafzimmer kümmerte, würde sie mit dem Wohnzimmer anfangen.

Im Flur empfing sie Aaron mit aufgerissenen Augen.

»Sieh mal, Mama, was ich entdeckt habe!«, rief er aufgeregt.

Michelles Blick folgte der wedelnden Hand ihres Sohnes, sie konnte jedoch nichts entdecken.

»Hier ist eine Tür!« Aaron sprang von einem Bein aufs andere, als müsste er dringend auf die Toilette. »Direkt unter der Treppe, so wie bei Harry Potter!«

Michelle grinste. Die Tür war ihr bei den Besichtigungen des Hofes zwar aufgefallen, sie hatte ihr allerdings wenig Beachtung geschenkt. Obwohl Harry Potter von seinem ungeliebten Onkel dazu gezwungen wurde, in dem Kabuff unter der Treppe zu leben, war Aaron nach dem Film völlig begeistert von der Idee gewesen, an einer solchen Stelle ein eigenes Zimmer zu haben. Dass sie anscheinend in ihrem neuen Haus eine passende Kammer hatten, musste für ihn einem Sechser im Lotto gleichkommen.

»Ob da wohl auch so viele Spinnen leben wie bei Harry?«, fragte Michelle und schüttelte sich bei der Vorstellung.

Für eine Sekunde wich die freudige Aufregung aus Aarons Gesicht. Er verzog die Mundwinkel nach unten und schüttelte sich ebenfalls. »Igitt, Mama! Hoffentlich nicht.«

»Sollen wir mal nachschauen?«

Anstelle einer Antwort drückte Aaron die Klinke herunter und rüttelte daran, doch die Tür rührte sich nicht. Enttäuscht schaute er zu Michelle. »Abgeschlossen.« Er schob die Unterlippe nach vorn.

»Soll ich es mal versuchen?«

Aaron nickte und trat zur Seite.

Michelle griff die Klinke und drückte sie nach unten, bis ein Widerstand zu spüren war. Anscheinend war der Raum tatsächlich abgeschlossen. Einen Schlüssel konnte sie auf Anhieb nirgends entdecken, deshalb rüttelte sie fester und drückte ihre Hand von unten gegen die Klinke, bis es ein lautes Knacken gab und die Tür mit einem Quietschen einen Spalt aufsprang.

»Na bitte, das Holz war nur verzogen«, sagte sie und öffnete sie, wobei das alte Holz über die Bodendielen kratzte. Augenblicklich bereute Michelle, die Kammer geöffnet zu haben. Ein Schwarm Fliegen stob ihr entgegen, begleitet von einem unfassbar intensiven Gestank. Es war nicht das Haus, das modrig und irgendwie gammlig roch, der Ursprung lag offenbar in dieser Kammer.

Instinktiv zog Michelle den Kopf ein und wich zurück. Ein paar der Fliegen setzten sich auf ihr Gesicht, andere umkreisten sie, bevor sie zurück ins Kabuff schwirrten. Angeekelt stieß Michelle die Luft aus, als ihr eine davon in die Nase kriechen wollte, während sie gleichzeitig die Tür wieder zuschob.

Da drin musste etwas Totes sein, da war Michelle sich sicher. Ein Tier, das sich irgendwie hineinverirrt hatte und dann verendet war. Hoffte sie zumindest.

»Igitt! Da sind ja lauter Maden auf dem Boden!« Aaron versuchte, sich an Michelle vorbeizudrängen, um einen Blick in die Kammer zu werfen.

Sie packte ihn am Arm und zog ihn etwas zu heftig zur Seite.

»Hey, du tust mir weh …«

»Geh nach oben und hol Papa.«

Aaron schaute sie enttäuscht an. Vermutlich hasste er sie in diesem Moment dafür, dass sie ihm den Zugang zu seiner persönlichen Harry-Potter-Kammer verwehrte, doch dann trollte er sich. Michelle wartete, bis er nicht mehr zu sehen war und öffnete die Tür erneut. Was sie zu Gesicht bekam, verschlug ihr den Atem.

KAPITEL SECHS

Der Haferschleim stand unangetastet vor Judith auf dem Küchentisch, daneben ein Glas mit Ingwerwasser sowie eine Portion Blaubeeren, die auch nicht dafür sorgten, dass das Frühstück appetitlicher auf sie wirkte. Beim bloßen Anblick der aufgeweichten Haferflocken wurde ihr übel. Dazu der Geruch nach Spülmaschinentab, der an der Müslischüssel zu haften schien. Nein, im Augenblick würde sie nichts davon runterbekommen.

»Du musst aber was essen, sonst zersetzen dir die Tabletten die Magenschleimhaut«, redete sie sich gut zu.

Sie hob den Löffel an und rührte in der unansehnlichen Pampe herum. Ein Essensrest, den die Spülmaschine nicht abbekommen hatte, klebte daran. Sie pulte ihn mit dem Daumennagel ab. Dann zwang sie sich, einen kleinen Happen zu nehmen. Überraschenderweise blieb der Würgereiz aus, und sie schaffte es sogar, den Bissen herunterzuschlucken. Noch einen weiteren Happen, dazu ein paar Blaubeeren, dann dürfte es reichen, um keine Gastritis zu riskieren.

Im Wohnzimmer nebenan kreischte der Fernseher. Moritz hatte sich mit seinem Nutellabrot vor eine Folge Spongebob gesetzt. Normalerweise durfte er morgens noch nicht fernsehen, aber heute hatte sie es für eine gute Idee gehalten, damit sie ihre Ruhe hatte. Der Plan war wohl nach hinten losgegangen. Die unerträglich schrille Stimme des gelben Schwammes trieb ihr glühende Nadeln in die Hirnwindungen. Sie schloss die Augen und hielt das Glas an ihre Schläfe. Für einen flüchtigen Moment verschaffte ihr die Kühle etwas Erleichterung.

Als sie die Augen wieder öffnete, fiel ihr Blick auf das gerahmte Foto von Hannah und ihr, das unter der Küchenuhr hing. Eine ganze Weile schon hatte sie es nicht mehr bewusst betrachtet, wie auch die anderen Bilder, die überall verteilt in der Wohnung hingen. Es waren sämtliche Aufnahmen, die von Hannah existierten. Sie hatte es gehasst, fotografiert zu werden und verkrampfte regelrecht, wenn jemand eine Kamera auf sie richtete.

Auf dem Schnappschuss in der Küche war das anders. Es war ein Zufallsbild und zeigte Hannah und Judith beim Campingurlaub vor ihrem Zelt. Als Hausmeister hatte ihr Vater nie viel Geld verdient, sodass die Familie sich keine Fernreisen hatte leisten können. Meist lief es auf einen Zeltplatz irgendwo am Neckar hinaus. Hannah und sie hatten sich immer vorgenommen, zusammen ans Meer zu fahren, sobald sie es irgendwie finanzieren konnten. Daraus war nie etwas geworden und bis heute hatte Judith keine weitere Reise unternommen als bis in den Schwarzwald. Nach dieser Abmachung mit ihrer Schwester war es ihr immer falsch vorgekommen, das Meer ohne Hannah zu erleben.

»Mama, kannst du mir einen Kakao bringen?«, rief Moritz.

»Hol ihn dir bitte selbst«, gab sie mit kratziger Stimme zurück. Jedes Wort sendete einen Schmerzblitz durch ihren Kopf. Zeit, die Tabletten einzuwerfen, wenn sie den Tag nicht im Bett verbringen wollte. Anderseits, was sprach eigentlich dagegen, sich noch mal hinzulegen? Der Fernseher würde Moritz schon noch für ein oder zwei Stunden beschäftigen und zur Not konnte er die Spielekonsole anwerfen. Etwas Ruhe würde ihr guttun.

»Warum hast du die Läden runtergelassen?«

Sie hatte nicht bemerkt, wie er in die Küche gekommen war. »Weil ich Kopfschmerzen habe. Ich kann das grelle Licht gerade nicht ertragen.«

»Aso.« Moritz schien sich nicht weiter dafür zu interessieren, nahm sich ein Trinkpäckchen aus dem Kühlschrank und ging zurück ins Wohnzimmer.

Judith massierte sich den Nacken. Direkt nach dem Aufeinandertreffen mit Tomke hatte sich ein heftiges Pochen hinter ihrer Stirn ausgebreitet und sich über Nacht zu einer ausgewachsenen Migräne entwickelt. Die Begegnung war komplett nach hinten losgegangen. Sie hatte gehofft, die Konfrontation mit Tomke würde ihn für sie entzaubern und ihr zeigen, dass er keine Macht über ihr Leben hatte, nie gehabt hatte. Das Gegenteil war eingetreten.

Sämtliche Gefühle von damals, die Abscheu ihm gegenüber, die Wut auf ihn und der Verlustschmerz, den sein Anblick hervorrief, all das war in unverminderter Form zurückgekehrt. Plötzlich war sie wieder vierzehn und dem Schmerz hilflos ausgeliefert. Dieselben Fragen wie damals quälten sie. Hatte es Anzeichen gegeben? Hätten sie als Familie es besser wissen müssen und Hannah beschützen können? War das überhaupt möglich gewesen? Antworten darauf würde sie nicht bekommen, alles, was sie tun konnte, war diesen Kreislauf der Fragen zu stoppen und sie zu verdrängen. Was sie eine lange Zeit geschafft hatte, doch diese Zeit war nun unweigerlich vorbei. Sie wollte sich einfach nur irgendwo verkriechen und in Selbstmitleid versinken.

Gleichzeitig gab es so viel, was sie Tomke gern sagen würde, so viel, das er zu hören verdiente, doch der Besuch bei ihm hatte ihr gezeigt, dass sie nicht den Mut aufbringen würde. Selbst wenn seine Frau danebenstand, würde Judith es nicht über die Lippen bringen, wie sehr sie Tomke dafür verachtete, was er ihrer Schwester angetan hatte.

Nach dem Abendessen war Judith auf ihr Zimmer verschwunden. Sobald sich ihr Vater schlafen legte, würde sie ihrer Schwester eine Scheibe Toast und etwas Käse in den Keller bringen. Seit einer gefühlten Ewigkeit wartete sie nun schon darauf, dass der Fernseher im Wohnzimmer verstummte.

Normalerweise ging ihr Vater spätestens gegen halb zwölf ins Bett. Ausgerechnet heute schien es ihm gar nicht in den Sinn zu kommen. Irgendwann schaffte sie es nicht mehr, ihre Augen aufzuhalten, und nickte ein. Als sie wieder aufwachte, zeigten die schwach leuchtenden Zeiger ihres Weckers halb zwei an. In der Wohnung war es mittlerweile still.

Judith gähnte und stand auf, obwohl sie jetzt so gar keine Lust mehr hatte, in den Keller zu gehen. Viel lieber wäre sie im Bett geblieben.

Leise zog sie die Tür zu ihrem Zimmer ein Stück auf und linste heraus. Es war alles dunkel. Sie schlich zur Küche, wobei sie sich an der Wand entlang drückte, da sie wusste, dass die unter dem Teppichboden verlegten Dielen in der Mitte knarrten. Nachdem sie zwei Scheiben Toast aus der Packung geholt hatte, schnitt sie ein Stück Gouda ab und packte die Lebensmittel wieder weg. Bei der kleinen Menge würde morgen hoffentlich niemand merken, dass etwas fehlte.

Zurück in der Diele nahm sie den Schlüsselbund vom Haken und betrat den Hausflur. Den Schlüssel steckte sie von außen ins Schloss, damit sie die Wohnungstür geräuschlos hinter sich zuziehen konnte. Einen Moment blieb sie regungslos auf der Fußmatte stehen. Es war stockfinster im Treppenhaus.

Wie war das noch mal? War der obere Schalter fürs Licht oder die Klingel? Sie wusste es nicht genau, also wartete sie so lange, bis ihre Augen sich einigermaßen an die Dunkelheit gewöhnt hatten, und ging ohne Licht auf die Treppe zu. Als sie gerade ein halbes Stockwerk weit gekommen war, hörte sie plötzlich ein leises Quietschen, dann ein Klacken.

Das kam von unten! Jemand war im Keller.

Aber was hatte derjenige um diese Uhrzeit dort zu suchen? Hannah konnte es unmöglich sein, es sei denn, jemand hatte ihr aufgesperrt. Ihr Vater bunkerte den Schlüssel immer oben auf dem Türrahmen der Kellertür. Mit angehaltenem Atem wartete Judith auf weitere Geräusche. Das Deckenlicht im Treppenhaus sprang an und blendete sie.

Sofort machte sie eine Kehrtwendung und hastete die wenigen Stufen zurück nach oben, vorbei an der Wohnung und weiter hoch bis in den obersten Stock. Hinter ihr ertönten Schritte im Hausflur. Judiths Blut rauschte in ihren Ohren.

Scheiße, der Schlüssel!

Er steckte noch in der Wohnungstür. Sie lauschte angestrengt auf ein Klimpern, doch es passierte gar nichts. Nach ein paar Sekunden der Stille setzte sich die Person wieder in Bewegung. Kurz darauf fiel die Haustür ins Schloss.

Schnell ging sie zum Fenster und schaute nach unten, konnte jedoch niemanden entdecken. Wer auch immer dort gewesen war, drückte sich im Schatten herum oder war bereits verschwunden.

Es klingelte. Judith schreckte aus ihren Gedanken. Bis heute war es ihr Geheimnis, dass sie in dieser Nacht mitbekommen hatte, wie jemand zu Hannah in den Keller gegangen war. Natürlich konnte sie nicht wissen, ob es sich dabei tatsächlich um Tomke gehandelt hatte. In vielen schlaflosen Nächten hatte sie über dieser Frage gebrütet und war zu dem Schluss gelangt, dass er es gewesen sein musste.

Noch immer machte sie sich Vorwürfe, weil sie aus

Feigheit in die Wohnung zurückgerannt war. Wäre alles anders gekommen, wenn sie sich in den Keller getraut hätte? Hätte sie Hannah retten können? Ihr Gewissen quälte sie seitdem und nach dem gestrigen Tag mehr denn je.

Erneut schrillte die Klingel. Da Moritz sich nicht rührte, stand Judith auf. Ihr wurde schwindelig, als sie zur Diele wankte. Der Schmerz hinter ihrer Stirn schien zu explodieren. Sie nahm den Hörer der Gegensprechanlage ab und drücke den Türöffner. An die Wand gelehnt wartete sie darauf, dass der Besucher durch den Hausflur kam.

Am Geräusch der Schritte erkannte sie, dass es sich um ihren Stiefbruder Jannik handelte. Niemand sonst polterte so die Treppe nach oben wie er, immer zwei Stufen auf einmal, als hätte er es eilig. Sicher würde sie jetzt die Quittung dafür bekommen, dass sie gestern die Fassung verloren und Louis angebrüllt hatte. Janniks Frau Tina war eine Verfechterin der antiautoritären Erziehung. Verbote, Regeln, Zurechtweisungen oder gar einen Anschiss, das gab es in ihrer Welt nicht. Judith hielt sich nun wirklich nicht für eine strenge Mutter, aber ein bisschen Führung brauchten Kinder ihrer Meinung nach schon. Louis war dafür das beste Beispiel. Dadurch, dass ihm nur selten Grenzen gesetzt wurden, ließ er sich von Erwachsenen überhaupt nichts sagen.

Statt ihr die erwartete Moralpredigt zu halten, schaute Jannik sie nur mit gespielter Entgeisterung an. »Dass ich das noch erleben kann. Meine liebste Schwester ist unpünktlich und trägt zur verabredeten Zeit noch ihren Morgenmantel. Ab ins Bad mit dir!«

Judith wusste erst nicht, wovon er sprach, doch dann fiel es ihr ein. Sie waren für heute verabredet, um mit den Kindern in ein Freizeitbad zu fahren. Warum hatte Moritz sie denn nicht daran erinnert? Vermutlich war er nach dem gestrigen Streit mit seinem Cousin nicht gerade heiß darauf, den Tag mit ihm zu verbringen. »Tut mir leid«, murmelte sie kleinlaut. »Mir geht es nicht gut, ich glaube, das wird heute nichts bei mir.«

»Um ehrlich zu sein, sieht man das. Wie das blühende Leben wirkst du nicht gerade. Migräne?«

Judith nickte, was sie sofort bereute, denn ihr Kopf dankte es ihr mit einem heftigen Pochen. »Heute ist es besonders schlimm.«

»Was hat dich denn so geärgert?« Jannik wusste, dass die Migräne bei Judith besonders dann auftrat, wenn sie Stress hatte.

»Ach, ich will lieber nicht darüber reden.« Sie seufzte. »Hättet ihr was dagegen, Moritz trotzdem mitzunehmen?« Normalerweise konnte sie sich nur schwer mit dem Gedanken anfreunden, dass ihr Sohn den ganzen Tag ohne sie unterwegs war, aber heute wollte sie einfach nur ihre Ruhe haben. Außerdem musste sie lernen, loszulassen. Er wurde nicht jünger und bald kam die Zeit, in der er ganz ohne Erwachsene etwas mit Freunden unternehmen wollte.

»Du weißt es, oder?«

Judith runzelte die Stirn. »Wovon sprichst du?«

»Tomke.«

»Werner hat dich also auch schon angerufen.« Sie hätte sich denken können, dass ihr Vater sich noch weiter Luft machen wollte, nachdem sie ihn so schnell abgewürgt hatte, und Jannik war genau die richtige Person dafür.

Er nickte. »Um ehrlich zu sein, hätte es das aber nicht gebraucht. Ich hab schon vor ein paar Wochen davon erfahren. Wir Förster sind bestens darüber informiert, was sich in unserem Revier so tut.«

Judith konnte nicht fassen, was er ihr da sagte. »Du wusstest es und hast es nicht für nötig gehalten, mir Bescheid zu geben?«, fuhr sie ihn an, als wäre er persönlich dafür verantwortlich, dass Tomke den Hof gekauft hatte.

»Ich wollte dich nicht unnötig aufregen, wenn es am Ende doch anders gekommen wäre. Davon abgesehen war mir klar, was das mit dir machen würde. Nachvollziehbarerweise. Nicht zu fassen, dass er es wagt, noch einmal einen Fuß in dieses Dorf zu setzen. Der glaubt wohl, nach fünfundzwanzig Jahren haben wir einfach vergessen, was damals vorgefallen ist.«

»Ich war dort, am Hof. Gestern. Sie sind gerade einzogen. Wusstest du, dass er einen Sohn hat? Der Junge ist ungefähr in Moritz' Alter. Stell dir mal vor, einen ganzen Elternabend lang Tomkes Anwesenheit ertragen zu müssen. Schon die Vorstellung, dass ich ihn beim Einkaufen treffen könnte, ist unerträglich.« Judith atmete auf. Es tat gut, diese Gefühle mit jemandem zu teilen. Als würde durch das Aussprechen die Last auf ihrer Seele ein bisschen kleiner.

»Wir sollten etwas unternehmen.« Jannik rieb sich die Hände, als hätte er bereits einen Plan, der nur noch umgesetzt werden musste.

»Und was? Willst du ihn vielleicht aus dem Dorf jagen?«

»Mit Fackeln und Mistgabeln. Aber erst, nachdem wir ihn geteert und gefedert haben. Nicht alles im Mittelalter war schlecht. Da durfte man bei Tisch auch noch rülpsen, um seine Wertschätzung auszudrücken.«

Judith grinste. Auf so einen Schwachsinn konnte nur ihr Stiefbruder kommen. »Klingt gut. Ich weiß nur nicht, woher wir so viele Federn bekommen sollen. Wir müssten einen Geflügelzuchtverein überfallen.«

»Das lass mal meine Sorge sein. Ich überleg mir was Passendes. Hab ja heute im Schwimmbad genug Zeit.« Er ging ins Wohnzimmer, um Moritz zu holen, der sich nur schwer vom Fernseher loseisen ließ.

Judith merkte, wie sich ihre Anspannung ein wenig löste. Natürlich würden sie Tomke nicht zurück nach Frankfurt jagen können, sie musste sich wohl oder übel mit dem Gedanken anfreunden, ihn ab jetzt permanent in der Nähe zu haben. Dass sie mit Jannik aber einen Verbündeten an ihrer Seite hatte, gab ihr Halt. Das Drama um ihre Schwester hatte sie vor fünfundzwanzig Jahren so zusammenwachsen lassen, als wären sie tatsächlich blutsverwandt. Wenn es hart auf hart käme, dann wäre Jannik an ihrer Seite, um sie mit allen Mitteln zu verteidigen.

KAPITEL SIEBEN

Tomke hörte an Michelles Stimme, dass etwas passiert sein musste. Es hätte Aaron nicht gebraucht, der aufgelöst nach oben gestürmt kam, um ihn zu holen. Alarmiert rannte er die Stufen nach unten und rempelte dabei beinahe seinen Sohn um. Am Fuß der Treppe empfing ihn Michelles entsetztes Gesicht.

»Was ist los?«, fragte er und schaute sich nach dem um, was sie so beunruhigt hatte.

Michelle wies auf eine angelehnte Tür, die zu einem Hohlraum unter der Treppe führte. »Da ist …« Ein Würgen schüttelte sie durch. Sie winkte ab, drehte sich um und atmete tief durch. »Du solltest dir vielleicht Handschuhe holen. In der Küche in einer der Kisten.«

Tomke stellte keine weiteren Fragen. Der üble Geruch, der sich im ganzen Haus ausbreitete, gab ihm eine Ahnung davon, was ihn in der Kammer erwartete. Neben ein paar Haushaltshandschuhen suchte er noch eine Taschenlampe und einen Müllsack aus den Kisten raus. Zurück im Flur saß Michelle an den Rahmen gelehnt in der Tür zum Wohnzimmer.

»Gehts dir gut?«, fragte er und zog die Tür auf. Der Verwesungsgestank wurde überwältigend und raubte ihm den Atem.

Er richtete die Taschenlampe auf den Boden. Fliegen stoben aus dem Raum und landeten auf seinen Armen, seinen Wangen und in seinen Haaren. An der Türschwelle türmten sich zappelnde Maden zwischen leeren Puppen. Dahinter lag ein verwesendes Tier. Dichtes Fell hing auf einem aufgedunsenen Körper, die stumpfen Augen quollen aus dem Kopf. Tomke erkannte zwei lange Ohren. Ein Hase. Nein, sogar zwei!

»Du liebe Güte«, stieß er hervor. In seinem Ohr meldete sich das verhasste Pfeifen, das ihn immer quälte, wenn er zu viel Stress hatte.

»Was zum Teufel ist das und wie ist es da reingekommen?«, fragte Michelle. Ihre Stimme kippte.

Tomke leuchtete die Kammer ab. Es gab kein Loch in den Wänden oder im Boden, durch das die Hasen hätten schlüpfen können, und die Tür war viel zu schwergängig, als dass sie von allein zufliegen würde, wenn sie erst mal offen war. Jemand musste die Tiere hier eingesperrt haben, um sie dann verenden zu lassen. Oder waren sie bereits tot gewesen?

»Da hat Aaron was zu berichten am ersten Schultag. *Mein schönstes Ferienerlebnis*, wie es Stephen King schreiben würde.« Tomke lachte unbeholfen. Die Situation war so unwirklich, dass er nicht wusste, wie er reagieren sollte.

»Findest du das lustig? Sollten sich Zehnjährige in

der Schule solche Schauergeschichten erzählen?« Michelle stand auf einmal dicht neben ihm.

Tomke zuckte zusammen. Er hatte nicht gemerkt, dass sie aufgestanden und zu ihm gekommen war. »Tut mir leid, ich wollte nur einen Witz machen. Das hier ist echt abgefuckt.« Normalerweise hatte sie an seinem schwarzen Humor nichts auszusetzen. Der Vorfall von gestern Nacht musste sie wirklich aufgewühlt haben. Mit behandschuhten Fingern versuchte er erfolglos die Plastiktüte auseinanderzupfriemeln.

Michelle nahm sie ihm aus den Händen. »Im Ernst, Tomke, was zum Teufel ist hier passiert? Feldhasen spazieren doch nicht einfach in ein Haus, um sich ein gemütliches Plätzchen zu suchen. Dafür sind sie viel zu scheu.«

»Vielleicht die Haustiere des Vorbesitzers, die verhungert sind, nachdem er gestorben ist, und die von den Entrümplern hier drin entsorgt wurden.«

»Nie im Leben! Die letzten Wochen war es durchgängig heiß, da wäre nicht mehr viel von ihnen übrig. Die sind noch nicht lange tot.«

In diesem Punkt konnte Tomke ihr nicht widersprechen. Die Hasen lagen hier maximal ein paar Tage. Sie waren zwar aufgedunsen und stanken wie die Pest, aber man konnte eindeutig noch identifizieren, um welches Tier es sich handelte. Jemand musste kurz vor ihrem Einzug im Haus gewesen sein, um sie dort abzulegen. Er zuckte mit den Schultern.

»Schön, dass es dich anscheinend so gar nicht beunruhigt«, giftete sie ihn an und drückte ihm den geöffneten

Müllbeutel in die Hand. »Ich frage mich, ob das hier eine Art Warnung an uns sein soll.«

Tomke betrachtete die beiden Kadaver. Es gab einfach keine logische Erklärung, wie sie dort hineingeraten sein könnten. Aber eine Warnung? Dann suchte man doch eine prominentere Stelle, um diese zu platzieren, und wählte keine Kammer, in der die Botschaft womöglich mehrere Tage unentdeckt blieb. »Ich weiß nicht so recht …«

»Jemand ist bei uns ins Haus eingestiegen und hat die Hasen dort hingelegt. Damit wir sie finden. Vielleicht sogar unsere Kinder. Das ist doch krank!«

»Sollte es wirklich so gewesen sein, stimme ich dir vollkommen zu, das wäre eine ziemlich durchgeknallte Aktion.« Und die Person, die so etwas getan hatte, wäre durchaus gefährlich.

»Du brauchst gar nicht den Konjunktiv zu benutzen, denn so muss es gewesen sein.« Michelle runzelte die Stirn und tippte sich mit dem Mittelfinger auf den Nasenrücken, wie immer, wenn sie gestresst war. »Diese Judith … Könnte sie es gewesen sein?«

Vor Verblüffung rutschte Tomke ein Lacher raus. »Ist das dein Ernst? Erst soll sie heute Nacht ums Haus geschlichen sein und jetzt glaubst du auch noch, sie wäre hier eingebrochen, um ein paar tote Hasen abzulegen?«

»Ich hab dir vorhin schon gesagt, dass mit ihr irgendwas nicht stimmt. So wie sie dich angesehen hat.«

»Ach komm schon, jetzt reimst du dir aber was zusammen.«

Diese Vermutung war vollkommen absurd. Ja, Judith hatte sich sonderbar benommen, was angesichts ihrer gemeinsamen Vergangenheit nicht verwunderlich war. Das Problem: Michelle wusste nichts davon.

Er konnte selbst nicht sagen, weshalb er ihr nie davon erzählt hatte. Nach seinem Umzug in die Stadt hatte er die tragische Geschichte einfach verdrängt. Erst gestern, als sich ihm beim Anblick von Judiths Gesicht die Frage aufdrängte, ob Hannah heute genauso aussehen würde, war die Vergangenheit plötzlich präsent gewesen.

Er überlegte, ob er Michelle die Wahrheit darüber sagen sollte, woher sie sich kannten. Allerdings würde es sie jetzt womöglich nur zusätzlich beunruhigen, weshalb er sich entschied, zu schweigen. In den nächsten Tagen würde sich sicher eine passendere Gelegenheit ergeben.

»Sobald ich sauber gemacht habe, kümmere ich mich um Sicherheitsschlösser, in Ordnung?«, sagte er, um das Thema weg von Judith zu lenken. »Dann musst du dir keine Sorgen mehr machen, dass hier jemand einsteigt.«

»Ich hab euch doch gesagt, dass es stinkt.« Lea biss trotzig in ihr veganes Pizzabrot, während Tomke angewidert sein Stück mit Pilzen und Salami zurück in die Schachtel legte. Zum Abendessen hatten sie etwas beim Lieferdienst bestellt und sich damit auf die Terrasse gesetzt, um nicht ständig den Geruch in der Nase zu haben. Trotzdem bekam niemand von ihnen den Fund aus der Kammer aus dem Kopf.

»Die Salami besteht übrigens auch aus nichts anderem als stinkenden Tierleichen, das ist dir klar«, sagte Lea provokant in Tomkes Richtung.

Er wünschte, sie würde nicht jede Gelegenheit für

einen Versuch nutzen, ihre Familienmitglieder vom Veganismus zu überzeugen. Die Assoziation der toten Hasen mit seinem Pizzabelag verdarb ihm endgültig den Appetit.

»Papa, wie sind die denn da reingekommen?«, fragte Aaron und kratzte mit der Gabel die letzten Reste seiner Lasagne aus der Aluschale.

Tomke schluckte und wünschte sich, er hätte ein kühles Bier, um den faden Geschmack in seinem Mund herunterzuspülen, oder wenigstens eine Cola, aber sie hatten nur Wasser da. Beim Kauf der Sicherheitsschlösser hatte er keinen Kopf dafür gehabt, noch an den Getränkemarkt zu denken, was er jetzt bedauerte. »Ich weiß es auch nicht«, antwortete er. »Der Hof stand eine Weile leer. Vielleicht haben sie sich bei schlechtem Wetter ins Haus verzogen und sind dadrin gestorben.«

Lea warf ihm einen ihrer *Das-ist-doch-Bullshit*-Blicke zu, hielt aber dankenswerterweise ihrem Bruder zuliebe den Mund.

Für Aaron schien die Erklärung einleuchtend und das Thema damit beendet. Vielleicht sollten sie sich eine Scheibe von ihm abschneiden und nicht so ein Drama aus den toten Hasen machen. Ja, es war traurig für die Tiere, aber am wahrscheinlichsten war es doch, dass sie nichts mit ihnen persönlich zu tun hatten.

»Darf ich nach oben in mein Zimmer?« Aaron hielt ihnen seine leere Aluschale entgegen.

»Na los, ab mit dir«, sagte Michelle und stand auf, um den Verpackungsmüll einzusammeln und reinzubringen.

»Ich verzieh mich auch«, sagte Lea und nahm im

Gegensatz zu ihrem Bruder zumindest ihre Pizzaschachtel mit.

Als alle im Haus verschwunden waren, lehnte Tomke sich in dem Stuhl zurück und schloss die Augen. In den Obstbäumen in ihrem Garten zwitscherten ein paar Amseln, ansonsten hörte man hier draußen nichts. Als Jugendlicher hatte er diese Ruhe nicht geschätzt, aber jetzt merkte er, wie sehr es ihm in Frankfurt gefehlt hatte, nichts als die Geräusche der Natur um sich herum zu haben. Es war, als ob die Zeit langsamer verging und er endlich die Möglichkeit bekam, völlig abzuschalten.

Es klirrte leise. Michelle trat auf die Terrasse, in der einen Hand eine Weinflasche, in der anderen zwei Gläser. »Schau mal, den haben wir von der Pizzeria gratis zur Bestellung dazubekommen. Wird sicher nicht der edelste Tropfen sein, aber ein bisschen Bettschwere könnte ich heute Abend gebrauchen.«

Tomke grinste. Ein schlechter Rotwein war im Augenblick mindestens genauso gut wie ein Bier oder eine Cola. »Heißt das, wir vertragen uns wieder?«

Michelle setzte sich und nahm seine Hand. »Du hast mir zuliebe unser Bauernhaus in Fort Knox verwandelt. Wie könnte ich dir da noch böse sein?«

Tomke nahm die Flasche vom Tisch, entkorkte sie und schenkte ihnen ein. Sollte es wirklich jemand drauf anlegen, in ihr Haus zu kommen, würden die zusätzlich eingebauten Schlösser denjenigen ganz sicher nicht davon abhalten. Sie waren einfach nur ins Holz des Tür- oder Fensterrahmens geschraubt und ließen sich mit etwas Gewalt leicht rausbrechen, aber er würde sich hüten, Michelle das zu sagen. Er hielt ihr eins der Gläser hin, doch sie reagierte nicht. Ihr Blick war in den Garten gerichtet.

»Jetzt nicht hinschauen, aber ich glaube, da steht jemand«, flüsterte sie, ohne die Lippen zu bewegen.

Tomke unterdrückte den Impuls, sich sofort umzuwenden. Stattdessen lehnte er sich betont gelassen in seinem Stuhl zurück und sah wie beiläufig in den Garten, in dem hüfthoch das Unkraut wucherte. Bis auf die Schatten der Bäume und der Sonne, die gerade hinter einem Hügel versank, entdeckte er nichts. »Wo?«, fragte er.

Michelle wandte sich zu ihm, ein aufgesetztes Lächeln im Gesicht. »Hinten beim Birnbaum. Da ist eindeutig wer.«

Tomke hatte keine Ahnung, welches die Birne war, also inspizierte er nacheinander jeden einzelnen der fünf Bäume. Ganz hinten rechts fiel ihm tatsächlich eine Bewegung auf. Jemand löste sich aus dem Schatten und kam zielstrebig auf sie zu. Eine gewisse Erleichterung machte sich in ihm breit, denn für einen Moment hatte er befürchtet, es wäre schon wieder Judith.

Der Mann trat auf die Terrasse. Sein Gang war schief wie der eines Matrosen bei Seegang. Auch als er vor ihnen stand, neigte er sich nach links, den Kopf fast auf der Schulter abgelegt, als würde er etwas Schweres mit sich herumschleppen.

»Hallo«, sagte Michelle mit einer freundlichen Miene, doch Tomke konnte ihr anhören, dass sie misstrauisch war. Ihm ging es genauso. Der Garten auf der Rückseite des Hauses war eingezäunt. Wie war dieser Typ auf ihr Grundstück gekommen? Er musste das Tor aufgebrochen haben oder über den Zaun gestiegen sein, und das, obwohl sie hier gut sichtbar saßen.

»Guten Abend«, grüßte der Mann sie förmlich, wobei er verklärt vor sich hin lächelte. Es klang, als wäre seine Zunge angeschwollen.

Tomke begriff, dass er eine Form einer geistigen Behinderung haben musste oder knapp daran vorbei geschrappt war. Auch Michelle war das offenbar aufgefallen.

»Wer bist du denn?«, fragte sie in einem Ton, in dem sie mit Kindern sprach.

Der Mann drückte die Schultern durch und leckte sich mehrmals über die Lippen. »Der Mirco«, brachte er sichtlich aufgeregt hervor.

»Hallo, Mirco. Ich bin Tomke und das ist meine Frau Michelle. Was machst du hier?« Er stand auf und streckte ihrem Besucher die Hand zur Begrüßung hin, zog sie aber wieder zurück, als der sie ignorierte.

»Arbeiten.«

Michelle und Tomke wechselten einen Blick. »Du meinst, du hast hier früher gearbeitet?«, hakte Michelle nach, da keine weiteren Erklärungen folgten.

Mirco nickte eifrig und schaute neugierig durch die Terrassentür ins Haus. Da er so wirkte, als würde er gleich losstiefeln, um die Räume zu erkunden, stellte Tomke sich ihm in den Weg.

»Mit meiner Mama. Wir wollen wiederkommen. Helfen.«

»Deswegen bist du hier? Du wolltest nach Arbeit fragen?«, lenkte Michelle Mircos Aufmerksamkeit auf sich.

Wieder nickte er, dieses Mal noch heftiger. »Ich kann ausmisten und mit dem Ernst durfte ich sogar mal Hasen das Fell über die Ohren ziehen«, erklärte er stolz. Bei der Erinnerung blitzten seine Augen vergnügt auf.

Sofort hatte Tomke das Schreckensbild aus der Kammer vor Augen und auch Michelle versteifte sich. »Tut mir leid, wir haben keine Arbeit für dich oder deine Mama. Hier gibt es keine Tiere.«

»Ich arbeite aber hier«, beharrte Mirco darauf. Beleidigt verschränkte er die Arme vor der Brust. Das Glitzern aus seinen Augen war verschwunden.

»Jetzt nicht mehr, sorry, Kumpel. Wenn wir mal jemanden brauchen, melden wir uns ganz bestimmt.« Tomke berührte ihn an der Schulter, um ihn von ihrem Grundstück zu geleiten.

In einer Geschwindigkeit, die er dem Mann nicht zugetraut hatte, holte Mirco aus und schlug seinen Arm weg. »Nicht anfassen!«, brüllte er und Spucketröpfchen flogen Tomke entgegen und benetzten seine Haut. Er wich zurück.

»Wir gehören auf den Hof. Nichts darf anders werden. Das hat der Ernst gesagt«, zeterte Mirco weiter.

»Aber der Ernst ist nicht mehr hier«, redete Michelle beruhigend auf ihn ein.

Er fuhr herum und funkelte sie mit zusammengekniffenen Augen an. Seine Hände ballten sich zu Fäusten. Tomke machte sich bereit, dazwischenzugehen, sollte er sie angreifen.

Mirco stampfte mit dem Fuß auf, behielt aber die Fäuste bei sich. »Ihr seid böse Menschen. Wirklich böse, böse Menschen«, kreischte er. Sein Kopf war so rot, dass er kurz vorm Platzen schien. Er warf beiden noch einen finsteren Blick zu, machte auf dem Absatz kehrt und verschwand durch den Garten.

»So etwas in der Art durfte ich mir gestern schon mal anhören«, murmelte Michelle.

Tomke schaute sie verwirrt an, dann ging ihm auf, dass sie vermutlich auf Lea und ihre nicht enden wollende Hasstirade über den Umzug anspielte. Abwechselnd beschimpfte sie ihre Eltern als Unmenschen oder Egoisten, denen ihre Kinder völlig egal waren. »Ich gehe mal nachsehen, ob er wirklich weg ist«, sagte er.

»Pass aber auf, dass er dir nicht auch das Fell über die Ohren zieht.« Michelle grinste. Zumindest hatte sie ihren Humor wiedergefunden.

»Das war vielleicht ein schräger Auftritt«, sagte Tomke kopfschüttelnd. »Aber immerhin haben wir jetzt einen Verdächtigen, was die Hasen in der Kammer angeht.«

KAPITEL ACHT

DAMALS

»Lass mich los, du tust mir weh!«, flehe ich. Vor Scham und Wut brennt mein Gesicht. Hoffentlich bekommt niemand im Haus mit, was hier los ist.

Mein Vater ist so in Rage, dass er mich nicht hört, oder es ist ihm egal. Seine Hand umklammert meinen Arm und er zerrt mich hinter sich her die Treppe runter. Die Stufen nimmt er dabei so schnell, dass ich kaum Schritt halten kann und beinahe stürze.

Als wir den Treppenabsatz vor dem Erdgeschoss erreichen, öffnet sich die Haustür. Der Anblick von Uta Faber, der alten Dame aus der Wohnung unten links, sorgt dafür, dass mein Vater mich augenblicklich loslässt. Nicht aber, ohne mir zuvor einen strengen Blick zuzuwerfen, der mir signalisieren soll, dass ich mich ja nicht zu rühren habe. Dann fragt er die Faber zuckersüß, ob er ihr helfen kann, ihre Tüten reinzutragen. Sie nimmt das Angebot dankend an und er geht ihr entgegen.

Ich könnte den Moment nutzen und einfach losrennen, raus aus der Tür. Einfach abhauen und nicht mehr zurückkommen. Einzig der Gedanke, dass ich keinen Plan habe, wo ich hingehen sollte, hält mich davon ab.

Die Faber wirft mir im Vorbeigehen einen tadelnden Blick zu, so als wüsste sie, dass ich dieses Mal wirklich ernsten Mist gebaut habe. Hinter meinem Rücken zeige ich ihr den Mittelfinger. Die Kuh mischt sich immer in Angelegenheiten, die sie nichts angehen und das hier ist nun wirklich gar nicht ihr Bier.

Mein Vater wartet noch, bis sie in ihrer Wohnung verschwunden ist, dann packt er mich wieder am Oberarm und schleift mich in den Keller.

»Hier unten kannst du in Ruhe nachdenken, was du angestellt hast und wie es mit dir weitergehen soll. Ich weiß nämlich so langsam nicht mehr, was ich noch mit dir machen soll«, zischt er mir zu, während er die Tür aufsperrt. Der muffige Geruch von feuchter Pappe und nassen Wänden strömt mir entgegen. Er stößt mich in den Raum und schließt hinter mir ab. Seine Schritte verschwinden die Treppe hinauf.

»Fick dich«, murmle ich ihm hinterher. »Fick dich richtig hart.« In diesem Moment hasse ich ihn mehr als alles andere. Okay, vielleicht nicht ganz. Monika, diese blöde Ziege, verabscheue ich mindestens genauso sehr. Sie ist an allem schuld. Wie die Faber hat sie so lange herumgeschnüffelt, bis sie was gefunden hat, womit sie mir eins reinwürgen kann. Bestimmt genießt sie es, dass mein Vater nun den kompletten Respekt vor mir verloren hat, denn so steht ihr blöder Sohn besser da.

Mich packt die nackte Wut und ich schlage mit der Faust gegen die Tür, bis die Haut über dem Knöchel des Mittelfingers aufplatzt. Ich lecke das Blut ab, das aus der

Wunde tritt, und werfe mich auf die Matratze, mein Nachtlager, wenn ich mal wieder im Keller über mein Verhalten nachdenken muss. Wenn mein Vater glaubt, dadurch würde ich mich ändern und zu einer zweiten Judith werden, hat er sich geschnitten.

Tränen schießen mir in die Augen, weil ich mir so abgehängt und außen vor in dieser Familie vorkomme. Das fünfte Rad am Wagen, nicht nur sprichwörtlich. Wie so oft vermisse ich meine Mutter. Sie hätte mich akzeptiert, wie ich bin, anstatt dauernd zu versuchen, mich zu einem anderen Menschen zu machen. Vielleicht wäre es tatsächlich besser, wenn ich einfach verschwinde. Ich bin ja bloß ein Ärgernis, wer würde mich also vermissen? Judith halt, aber die würde schon damit klarkommen.

Irgendwann muss ich so erschöpft vom Heulen gewesen sein, dass ich eingeschlafen bin. Als ich wieder aufwache, ist es bereits dunkel draußen. Das Rauschen und Rumpeln in den Wasserrohren an der Decke erfüllt den Raum. Es dringt in meinen Kopf und vermischt sich mit dem Pochen. Meine Nase ist verstopft und mein Gesicht fühlt sich immer noch ganz heiß an, als hätte ich Fieber. Es ist die Scham, die mich von innen heraus verbrennt.

Bestimmt haben sie heute beim Abendessen über mich geredet. Jannik ist so verdammt neugierig und muss immer ganz genau über alles Bescheid wissen, vor allem, wenn ich wegen irgendwas Ärger bekomme. Ich kann mir vorstellen, wie er so lange nachgebohrt hat, bis Monika ihm verraten hat, was ich angestellt habe. Morgen wird es dann vermutlich die ganze Schule wissen. Jannik liebt es, im Mittelpunkt zu stehen, und wenn er eine gute Geschichte hat, die dafür sorgt, dass er das tut, wird er sie erzählen.

Die Wasserrohre verstummen, im Haus ist es jetzt ganz ruhig. Wahrscheinlich ist es schon mitten in der Nacht. Angst macht sich in mir breit. Nicht, weil ich im fahlen Licht der Straßenlaterne hier unten kaum was sehe. Auch nicht wegen der Spinnen oder dem anderen Viehzeug, das einem hier unten schon mal begegnet. Daran habe ich mich gewöhnt. Die Nacht im Keller verbringen zu müssen, ist der reinste Horror für mich, weil hier alles anfing.

Ich bin in diesem verdammten Raum gefangen und jedem wehrlos ausgeliefert, der den Schlüssel entdeckt, den mein Vater auf dem Türrahmen versteckt, nachdem er mich eingeschlossen hat. Dass er dort liegt, weiß ich von Judith. Sie bringt mir manchmal etwas zu essen runter, wenn mein Vater mich schon vor dem Abendessen dazu verdonnert, hier eingesperrt zu werden.

Deshalb habe ich mir beim ersten Mal auch nichts dabei gedacht, als die Tür mitten in der Nacht aufgeschlossen wurde und jemand zu mir hereinkam. Es ist jetzt ein paar Monate her, kurz vor den Osterferien war es. Ich musste hier runter, weil ich Wimperntusche geklaut hatte und dabei erwischt wurde. Mein Vater ist komplett ausgerastet.

Nicht nur eine Diebin, sondern auch noch eine Schlampe, hatte er mich angeschrien. Als wären alle Frauen, die sich schminken, gleich Schlampen. Dann müsste seine Monika ja auch eine sein.

Jedenfalls hatte ich schon geschlafen und war erst wach geworden, als ich hörte, wie dieser Jemand – ich dachte, es wäre Judith – die Tür hinter sich zumachte. Mein Hirn brauchte in diesem Zustand einen Moment, um zu realisieren, dass *er* es war und nicht meine Schwester. Seitdem ist der Keller für mich tatsächlich zu einer Bestrafung geworden.

Auch heute Nacht kommt er mich besuchen. Als ich die Tür höre, seine Schritte, möchte ich mich am liebsten in Luft auflösen. Ich kann es nicht zulassen, nicht heute, nicht morgen. Nie wieder! Es ist an der Zeit, dass ich mich wehre.

KAPITEL NEUN

Nach seiner Verabschiedung vor einigen Tagen hatte er sich wirklich fest vorgenommen, den Hof und alles, was damit zusammenhing, loszulassen. Auch wenn er sich wünschte, dass die neuen Besitzer lieber heute als morgen von der Bildfläche verschwanden, wusste er, dass dies so ohne Weiteres nicht möglich war. Dann hatte jedoch alles eine überraschende Wendung genommen.

Diese Leute waren ein viel größeres Problem, als er geahnt hatte. Nun wollte er sie nicht bloß loswerden, er musste. Aber dabei durfte er nichts überstürzen. Erst würde er in das Leben dieser Menschen eintauchen, um es ihnen dann zur Hölle zu machen.

Die letzte Nacht hatte ihm einen Dämpfer verpasst. Er war unvorsichtig gewesen, viel zu aufgedreht. Beinahe wäre er erwischt worden. Er war schon auf der Treppe ins Erdgeschoss gewesen, als ihm auffiel, dass er sein Handy im Auto vergessen hatte. Wenn er nicht das Licht einschalten und dadurch riskieren wollte, dass sie ihn bemerkten, brauchte er die Taschenlampe. Also war er wieder nach draußen gegangen.

Was genau ihn dazu gebracht hatte, innezuhalten und nach oben zu sehen, konnte er nicht mehr sagen. Vielleicht war es eine Eingebung gewesen oder so etwas. Jedenfalls hatte er sie dort entdeckt. Wie ein Zombie hatte ihr bleiches Gesicht hinaus in die Dunkelheit gestarrt, genau zu der Stelle, an der er gestanden hatte. Es hatte sich angefühlt, als hätte sie ihn genau angeschaut. Als sie dann endlich aus seinem Sichtfeld verschwand, hatte er die Beine in die Hand genommen und war zum Auto gerannt.

Heute Nacht war er vorsichtiger gewesen und hatte das Auto nicht am Ende der Zufahrt geparkt. Den Rest des Weges legte er zu Fuß zurück. Seine Schritte knirschten auf dem Kies, als er die Einfahrt entlangging. Um ganz sicherzugehen, dass er nicht wieder bemerkt wurde, blieb er eine Weile stehen und beobachtete aufmerksam die Fenster.

Die Luft war rein, also huschte er auf das Haus zu und stieg über den Zaun. Durch den Garten gelangte er zur Kellertür. Er drückte dagegen, doch das morsche Holz bewegte sich keinen Millimeter. Manchmal im Sommer, wenn es besonders heiß war, klemmte sie, darum probierte er es noch mal. Die Tür blieb zu. Als er sie mit der Taschenlampe seines Handys beleuchtete, sah er, dass das Türblatt bündig mit dem Rahmen abschloss. Sie hatten es tatsächlich repariert. Diese Arschlöcher hatten ihn ausgesperrt!

Im ersten Reflex überlegte er, die Tür einfach einzutreten. Sie bestand nur aus zusammengenagelten Holzlatten, die älter waren als er selbst. Es würde ihn nicht mal Mühe kosten, aber einen Höllenlärm veranstalten, also entschied er sich dagegen. Wenn er unbemerkt einsteigen wollte, brauchte er eine andere Methode. Einen Draht oder so, den er durch das Schloss schieben konnte. Wenn der Schlüssel von innen steckte, konnte er ihn damit rausdrücken, mit einer Fußmatte oder einem Karton oder so etwas auffangen und durch den Schlitz zwischen Tür und Boden nach draußen ziehen. Und wenn nicht, könnte er mit dem Draht das Schloss irgendwie knacken, wozu gab es denn YouTube.

Zurück im Garten schlug er die andere Richtung ein. In der Garage würde sich bestimmt was Passendes finden. Als er die Hausecke erreichte, tauchte der Schweinestall in seinem Sichtfeld auf. Daneben ragte die Scheune in den dunklen Nachthimmel. Bei ihrem Anblick versteifte er sich. Er musste würgen bei der Vorstellung, sie zu betreten. Erinnerungsfetzen stiegen in ihm auf.

Wie er leise zum Heuboden hinaufstieg.

Auf der Leiter wurde ihm schwindelig, er hatte Angst, runterzufallen, denn sie war morsch und knarzte. Das Gästezimmer, die verschlossene Tür. Wie er sich versteckt hatte.

Nach dem Vorfall hatte er das Gebäude nie wieder betreten, auch wenn er oft die Gelegenheit gehabt hätte. Doch er brachte es einfach nicht über sich. Die Bilder, die seinen Kopf fluteten, wurde er nicht los, sie hielten ihn wie eine dunkle Macht davon ab, das Tor zu öffnen. Am liebsten würde er das Ding einfach niederbrennen. Und mit ihm die Familie, die nun hier lebte.

KAPITEL ZEHN

TAG 3

In der Nacht wälzte Tomke sich schlaflos im Bett herum. Ihm schwirrten so viele Gedanken durch den Kopf, dass er keine Ruhe fand. Michelle lag nicht so daneben mit dem, was sie ihm heute Morgen an den Kopf geknallt hatte. Es war ausschließlich sein Wunsch gewesen, raus aus der Stadt zu ziehen. Sie hatte es zwar nie offen ausgesprochen, aber Tomke kannte Michelle gut genug, um zu wissen, dass sie von Anfang an nicht wirklich überzeugt von seinen Plänen gewesen war. Den Ausschlag hatte eigentlich erst seine Schwiegermutter gegeben, indem sie versucht hatte, ihrer Tochter das Vorhaben auszureden. Rein aus Trotz hatte Michelle plötzlich mit ihm an einem Strang gezogen und sich für den Kauf des Hofes ausgesprochen.

Tomke hatte diesen Sinneswandel dankbar hingenommen, obwohl er wusste, dass Michelle nicht zu hundert Prozent überzeugt war, Frankfurt zu verlassen. Wenn sie jedoch erst mal Abstand von der Hektik der Stadt gewonnen hatte und erlebte, wie entspannend die

Entschleunigung auf dem Dorf sein konnte, würde sie es sicher nicht bereuen, sich darauf eingelassen zu haben. Jedenfalls war das seine Hoffnung gewesen.

Bloß, dass die erste Nacht und der erste Tag auf dem Hof eher zum Abgewöhnen gewesen waren. Innerlich war Michelle vermutlich kurz davor, ihre Sachen zu packen und den Kaufvertrag für ihre Eigentumswohnung rückgängig zu machen. Aber auch er hatte sich den Start hier anders vorgestellt. So langsam fiel auch ihm keine sinnvolle Erklärung mehr für die Vorfälle ein.

Wäre es nur das Auto, das Michelle letzte Nacht gesehen hatte, würde er sich keine Sorgen machen. Nur weil jemand nachts auf dem Feldweg unterwegs war, musste das noch lange nicht heißen, dass er sich auf ihrem Grundstück herumtrieb. Früher war die Strecke an ihrer Einfahrt vorbei und durch den Wald dahinter als Schleichweg genutzt worden. Wer bei Dorffesten oder zu anderen Gelegenheiten einen über den Durst getrunken hatte, hielt sich abseits der Landstraße und nahm die Forstwirtschaftswege. Daran hatte sich bis heute sicher nichts geändert.

Auch die Geräusche vor dem Schlafzimmerfenster waren nicht besonders ungewöhnlich. In der Nähe des Waldes gab es mehr als genug nachtaktive Tiere: Füchse, Katzen, Igel und Wildschweine. Vor allem Letztere konnten bei der Suche nach Futter verdammt viel Lärm veranstalten, sodass man meinen könnte, eine Einbrecherbande würde sich gerade an der Haustür zu schaffen machen.

Die toten Tiere aber ... Es war ausgeschlossen, dass sich wild lebende Hasen verlaufen hatten, denn dann hätte es sich um Feldhasen handeln müssen. In der Kammer hatten aber Kaninchen gelegen, wie kleine Mädchen sie sich zu Weihnachten oder zum Geburtstag wünschten. Flauschiges Fell, Stummelschwänzchen, große Augen. Noch jetzt schauderte es ihn bei dem Gedanken an den Anblick.

Dieser Mirco hatte dem nervenzehrenden Tag die Krone aufgesetzt. Mit Abstand betrachtet hielt Tomke ihn einfach nur für einen armen Irren, dessen Lebenszweck darin bestanden hatte, gemeinsam mit seiner Mutter auf dem Hof auszuhelfen. Wen wunderte es da, dass er aufgebracht war, als sie ihn wegschicken wollten? Sein Ausraster war nichts, wovor man sich fürchten musste. Andererseits tat Tomkes Arm immer noch weh von dem Abwehrschlag. Mirco war kräftiger, als er auf den ersten Blick wirkte und er hatte sie übel beschimpft, bevor er abgezogen war. Und was sollte diese merkwürdige Erwähnung, dass er mit dem Bauern früher Hasen geschlachtet hatte? Eine indirekte Drohung?

Draußen frischte der Wind auf. Die Blätter der Obstbäume raschelten im Luftzug und das Gebälk knackte über ihm. Und dann war da noch dieses Klappern. Es klang, als würde der Wind an einem der Fenster oder den Türen rütteln. Oder war es gar nicht der Wind?

Tomke fuhr im Bett hoch. *Mirco!* Dieser Mistkerl trieb sich schon wieder auf ihrem Grundstück herum. Versuchte er gerade, ins Haus einzudringen?

Tomke schwang die Beine aus dem Bett und lief nach unten, bevor ihn der Mut verließ. Diesem Bekloppten würde er zeigen, dass er sich bei ihnen nicht rumzutreiben hatte, und schon gar nicht mitten in der

Nacht. In der Küche bewaffnete er sich mit einem Messer, legte es aber nach kurzem Nachdenken zurück. Sollte es Mirco gelingen, das Teil in die Finger zu bekommen, könnte das übel für Tomke ausgehen. Notfalls müsste er die Fäuste sprechen lassen, aber vielleicht reichte es ja schon, ihm einen verbalen Einlauf zu verpassen. Ohne das Licht einzuschalten, stieg er die Kellertreppe runter. Mirco sollte ihn nicht zu früh bemerken und so die Chance bekommen, sich aus dem Staub zu machen.

An der Kellertür angekommen, hörte Tomke kein Geräusch mehr. Mit einem Ruck drehte er den Schlüssel und riss die Tür auf. Die Treppe, die in den Garten führte, lag verlassen vor ihm. Kein Mirco zu sehen. Erleichtert atmete Tomke auf. Er hätte es durchgezogen, aber es war ihm doch lieber, dass die befürchtete Konfrontation ausblieb. Um sicherzugehen, dass Mirco sich nicht doch irgendwo versteckte, stieg er die Stufen hinauf und stierte in die Dunkelheit. Er war allein und wenn er es nicht gewesen war, hatte Mirco – oder wer auch immer an der Tür herumgefuhrwerkt hatte – sich mittlerweile verzogen.

Jetzt weiß ich zumindest, dass die Schlösser besser halten als erwartet, dachte Tomke. Sofern er sich nicht nur eingebildet hatte, dass jemand versucht hatte, ins Haus zu kommen. Er ging zurück nach oben und legte sich hin.

Michelles Stimme riss ihn wenige Stunden später unsanft aus dem Schlaf.

»Wach auf!«, brüllte sie, obwohl sie direkt neben dem Bett stand.

Tomkes Kopf fühlte sich an, als wäre er mit Watte gefüllt. Der billige Rotwein von gestern Abend forderte nun seinen Tribut. »Schon gut, ich hör dich ja. Was ist denn in dich gefahren?« Er blinzelte sie an und realisierte sofort, dass etwas vorgefallen sein musste. Der Schreck stand ihr ins Gesicht geschrieben.

»Es ist schon wieder passiert. Es war jemand hier!« Dieses Mal flüsterte sie, trotzdem war Tomke mit einem Schlag hellwach.

Er sprang auf die Füße. Die Kellertür! Hatte er vergessen, sie wieder abzuschließen, und Mirco damit freien Zugang gewährt? Schauderhafte Bilder fluteten seinen Kopf. Mirco, wie er sich ins Haus schlich, in den Händen weitere Kaninchenleichen. Und dann, wie er sich die Treppen hinauf ins obere Stockwerk stahl.

»Geht es Lea und Aaron gut?« Er griff sich sein Shirt neben dem Bett und schlüpfte hinein.

»Sie sind in ihren Zimmern.«

Innerlich atmete er auf. »Was ist passiert?«

»Am besten, du schaust es dir selbst an.«

Er folgte Michelle, die im Eiltempo nach unten zur Haustür rannte. Noch bevor er im Erdgeschoss ankam, riss Michelle sie auf und gab ihm so den Blick frei auf den unumstößlichen Beweis, dass ihnen jemand übel mitspielte.

»Was zum Henker ist das?«, entfuhr es ihm.

Das Scheunentor war großflächig mit etwas beschmiert, das aussah wie ... Blut!

Tomkes Nackenhaare stellten sich auf. Erst jetzt

bemerkte er die Axt, die mitten in der roten Fläche steckte.

»Es ist so viel, Tomke. Wo kommt das her?«, hörte er Michelle sagen. Die Stimme kam von hinten.

Ohne es zu bemerken, war er nach draußen getreten. Trotz der wärmenden Sonnenstrahlen fröstelte er. Diese Menge Blut konnte unmöglich von einem Kaninchen stammen. Auch nicht von zwei. Eher kam ein Wildschwein in Betracht. Oder ... etwa ein Mensch?

»Hast du schon in der Scheune nachgeschaut?«, fragte er heiser.

»Ganz bestimmt hab ich mich nicht in die Nähe davon gewagt.« Sie senkte die Stimme. »Glaubst du, da ist ... etwas drin?«

»Womöglich.« Keiner von beiden wagte auszusprechen, was sie hinter dem blutverschmierten Tor befürchteten. Tomke nahm allen Mut zusammen und schritt auf das Tor zu. Womit hatten sie es bloß zu tun? Das hatte nichts mehr mit einem harmlosen Streich zu tun, das hatte es schon bei den Hasen nicht. Aber es war ein gewaltiger Unterschied, ein Tier zu töten – besonders, wenn man es früher schon gemacht hatte – oder einen Menschen umzubringen.

Ganz sicher liegt da drin keine Leiche, redete er sich gut zu.

Als er seine Hand zögerlich auf den Griff legte, stieg ihm ein beißender Geruch in die Nase. Es dauerte einen Moment, bis er realisierte, was es war, dann stieß er erleichtert die Luft aus.

»Farbe«, rief er Michelle zu. »Es ist nur Farbe.«

Trotzdem zog er das Tor auf, doch wie erwartet befand sich rein gar nichts dahinter. Jedenfalls nichts, was nicht auch schon vorher dort gewesen war.

»Bist du sicher?« Sie hatte sich näher rangetraut, hielt aber weiterhin einen gebührenden Abstand.

Tomke fuhr mit dem Zeigefinger über die Holzlatten des Tors. Die Farbe war so gut wie trocken, doch die Pigmente färbten seine Fingerkuppe leicht rot. Er streckte ihn Michelle entgegen und ging auf sie zu.

Mit aufgerissenen Augen wich sie zurück. »Komm mir bloß nicht zu nahe damit!«

Er drehte sich um und zog die Axt aus dem Tor. »Die Kinder müssen das nicht sehen.«

»Halt, bist du wahnsinnig!« Mit einem Satz war Michelle bei ihm und packte ihn am Arm. »Jetzt sind da deine Fingerabdrücke drauf.«

»Und weiter? Du willst doch nicht deshalb die Polizei rufen, oder?«

»Selbstverständlich. Da hat jemand Blut an unser Scheunentor geschmiert.«

»Aber es ist keines. Es ist Farbe. Im Endeffekt hat jemand unseren Heuboden mit einem Graffiti verunstaltet.« Tomke sah es vor sich, wie die Polizisten auf ihrem Hof standen und milde lächelten, während sie die Anzeige gegen Unbekannt aufnahmen. Er konnte hören, wie sie sagten, das sei nur ein bisschen Farbe, nichts, worüber man sich Sorgen machen musste. Hier auf dem Dorf war die Langeweile manchmal so groß, dass man auf die absonderlichsten Ideen kam.

Früher war es eine Art Tradition gewesen, dass die

Jugendlichen in der Nacht zum ersten Mai loszogen, um Gegenstände aus den Vorgärten der Anwohner zu klauen. Ob es sich dabei um Blumenkübel, Deko oder vermeintliche Kunst handelte, sie hatten alles mitgenommen. Am Folgetag wurden die Sachen dann bei den Besitzern »freigepresst«, Vogelhaus gegen Bier. Ein bisschen Farbe auf einem alten Holztor, was war das schon?

»Farbe, die aussieht wie Blut. Mit einer Axt. Hör doch auf, das zu verharmlosen, Tomke. Du kannst das doch nicht als Streich bezeichnen. Nicht nach dem, was sich gestern abgespielt hat. Das ist völlig grotesk!« Michelle schlang die Arme um sich, als würde sie frieren.

Tomke zog sie an sich und drückte ihr einen Kuss aufs Haar. »Natürlich ist es das. Aber im Endeffekt haben wir doch nichts vorzuweisen. Der Müll wurde abgeholt, die Kadaver sind weg. Und Mirco? Ich bin mir sicher, dass er stadtbekannt ist. Verrückte gibt es überall, auf dem Dorf fallen sie nur mehr auf.«

»Wir sitzen also hier draußen auf diesem verdammten, einsamen Hof und lassen alles über uns ergehen, oder wie sieht deine Lösung aus?«

Tomke überlegte kurz. Im Endeffekt blieb ihnen überhaupt nichts anderes übrig. Selbst wenn sie die Polizei holten, was sollten die schon groß tun? Er konnte sich einfach nicht vorstellen, dass sie die Sache sonderlich ernst nehmen würden. Falls wirklich Mirco dahintersteckte, war es nur eine Frage der Zeit, bis er sich beruhigte und akzeptierte, dass der alte Sattler nicht mehr da war und der Hof für ihn ab jetzt tabu. Aber was ihm bis dahin noch alles einfallen würde, um seinem

Ärger Luft zu machen, stand in den Sternen. Ginge es nur um ihn, würde Tomke es durchaus darauf ankommen lassen, aber wenn Michelle und die Kinder darunter zu leiden hatten, musste er tätig werden.

»Zuerst fahre ich los und kaufe Holzfarbe, damit wir dieses Kunstwerk nicht mehr sehen müssen.«

»Oh, großartig. Da fühle ich mich doch gleich viel sicherer.« Michelle löste sich von ihm.

»Außerdem besorge ich Überwachungskameras. Sollte Mirco es noch einmal wagen, hier aufzutauchen und irgendwelchen Mist zu bauen, haben wir Beweise und können zur Polizei gehen.«

»Du glaubst, er war das?«

»Fällt dir jemand Besseres ein?«

Michelle zögerte. »Jemand, der den Hof kaufen wollte, und dem wir zuvorgekommen sind? Vielleicht hört derjenige nicht auf, bis er sein Ziel erreicht und uns von hier vertrieben hat.«

Tomke dachte an die Besichtigungstermine mit der Maklerin, den Druck, den sie ihnen gemacht hatte mit ihrer Entscheidung. Angeblich hätte es noch einige Interessenten gegeben, Investoren zum Beispiel, die hier einen Wohnkomplex bauen wollten. Trotzdem hatte sie sich am Ende um knapp fünfzigtausend runterhandeln lassen. Es gab niemanden sonst, der den Hof haben wollte, da war Tomke sich ziemlich sicher. »Wer auch immer es ist, wenn diese Person noch mal einen Fuß auf unser Grundstück setzt, werden wir sie identifizieren und zur Rechenschaft ziehen.«

Dieser Gedanke schien Michelle ein wenig zu beruhigen. Sie gingen ins Haus, wo Tomke sich noch einen schnellen Kaffee genehmigte, bevor er zum Baumarkt aufbrach. Ehe er sich jedoch um Holzfarbe und Kameras kümmerte, wollte er einen kurzen Zwischenstopp einlegen, um jemandem einen Besuch abzustatten.

KAPITEL ELF

»Das ist doch nicht zu fassen, oder?« Jannik hob drohend die Faust, als wäre er drauf und dran, jemandem eine reinzuschlagen. »Sag doch auch mal was dazu.«

Judith zuckte die Schultern. »Ziemlich ungerecht, das Ganze.«

»Oder? Nur weil Tina ein klein bisschen überreagiert und den Schiedsrichter in die Mangel genommen hat, schließen sie Louis vom Spiel aus. Auf dem Sommerturnier. Wo es eigentlich um Spaß gehen soll.«

»Sollte es das nicht generell beim Sport?« Judith hatte noch nie verstanden, warum es gerade beim Fußball immer so schnell ernst wurde. Mütter und Väter am Spielfeldrand führten sich manchmal schlimmer auf als Fans von verfeindeten Mannschaften in der Bundesliga. Sie war froh, dass sie Moritz hatte überreden können, sich, statt im örtlichen Fußballverein, lieber für den Schwimmkurs anzumelden. Dort kämpfte jeder für seine eigene Bestleistung, es gab keine Rivalitäten.

»Jetzt will sie übermorgen natürlich deswegen nicht

hingehen. Aber nicht mit mir, hab ich gesagt. Ich lass mir doch nicht den Spaß verderben und Louis auch nicht. Soll sie halt daheimbleiben.«

»Vielleicht ist es aber für Louis gar kein Spaß, wenn er bei dem Turnier am Rand stehen muss und nicht mitspielen kann. Wir fünf könnten stattdessen etwas gemeinsam unternehmen.« Judith konnte Ablenkung gut gebrauchen. Nachdem sie eine Nacht darüber geschlafen hatte, bereute sie es, gestern nicht mit in den Wasserpark gefahren zu sein. Zu Hause zu sitzen und Trübsal zu blasen, hatte noch nie jemanden aus seinem Tief geholt.

Gleichzeitig ahnte sie, dass diese Einstellung nur so lange halten würde, bis sie Tomke über den Weg lief. Was auf dem Sommerturnier ziemlich sicher passieren würde, immerhin hatte sie auf dem Hof einen Jungen gesehen, der einen Fußball durch die Gegend gekickt hatte. Die Wahrscheinlichkeit war also hoch, dass sie ihm dort begegnen würde.

»Kommt gar nicht infrage«, schmetterte Jannik ihren Vorschlag ab. »Ich werd mir doch nicht von diesem Sportverein vorschreiben lassen, wo ich gemeinsam mit meinem Sohn meine Freizeit verbringe.«

»Es schreibt dir doch aber niemand vor, schließlich habt ihr ja kein Hausverbot. Ich dachte nur, es könnte für Louis ein ganz schöner Spießrutenlauf werden, schließlich weiß jeder, warum er nicht spielen darf.«

»Ja, weil der Trainer spinnt.« Jannik schob schnaubend seine Kaffeetasse von sich. »Louis hat sich nichts vorzuwerfen, warum sollte er sich verstecken? Es klingt ja gerade so, als wärst du auf deren Seite.«

»Bin ich nicht, aber mal ehrlich. Was ist dieses

Sommerfest schon? Nicht gerade das Event des Jahres.« Für die Kinder des Ortes war es das – abgesehen von der Kirmes, die zum Ende des Sommers stattfand – sicherlich. Es gab Hüpfburgen für die Kleinen, größere Kinder konnten beim Torwandschießen Preise gewinnen, ein Biergarten für die Erwachsenen stand zur Verfügung und für die Jugend wurde abends eine Party mit DJ veranstaltet.

»Jetzt tu mal nicht so, als wärst du nicht die letzten Jahre dort vertreten gewesen.« Er schaute sie prüfend an. »Es liegt an Tomke, oder? Es könnte sein, dass er dort ist, deshalb willst du nicht hin.«

Judith hob kapitulierend die Hände. »Du hast mich durchschaut. Aktuell kann ich mir nicht vorstellen, einen ganzen Nachmittag in seiner Nähe zu verbringen. Stell dir mal vor, Moritz und Tomkes Sohn würden sich anfreunden ...«

Jannik lachte ihre Bedenken weg, sodass Judith sich ärgerte, den Mund aufgemacht zu haben. Hannah war eben nicht seine leibliche Schwester gewesen, er konnte nicht nachfühlen, welche Emotionen Tomkes Anwesenheit in ihr weckte.

»Mit wem Moritz befreundet ist, liegt immer noch in deiner Hand. Du bist die Mutter und kannst ihm schlechten Umgang verbieten.«

»Noch kann ich das. Aber wie lange? Irgendwann wird er seinen eigenen Kopf durchsetzen.« Vor dieser Zeit graute es Judith und das nicht nur wegen Tomke. Dann könnte sie nicht mehr schützend die Hand über ihren Sohn halten, sie wüsste nicht mehr, wo er sich den ganzen Tag herumtrieb, und könnte auch nicht mit

Sicherheit sagen, ob er am Abend wieder nach Hause kommen oder irgendwann einfach verschwinden würde wie ihre Schwester.

Anfangs hatte niemand Hannahs Verschwinden so richtig ernst genommen. Judith war zwar verwirrt, aber nicht überrascht gewesen, als sie am nächsten Morgen ihre Schwester aus dem Keller holen sollte und die nicht da war. Irgendwie hatte sie wohl die Tür aufbekommen und war abgehauen, nicht besonders besorgniserregend. Das war eben ihre rebellische Art, weshalb sie ja immer wieder dort unten landete. Wann immer er etwas von ihr verlangte, machte sie aus Trotz das genaue Gegenteil.

Sie sollte fügsam in der Schule sein, damit er sich als Hausmeister nicht ständig was von den Lehrern anhören musste. Stattdessen schwänzte sie, fälschte Entschuldigungen und verließ unerlaubt das Schulgelände. Sie sollte nicht so viel mit Jungs rumhängen, damit die Leute nicht glaubten, er hätte seine Töchter nicht im Griff. Stattdessen suchte sie sich einen Freundeskreis, der fast nur aus Jungs bestand. Sie sollte eine Nacht zur Strafe im Keller bleiben, also stahl sie sich davon. Erwartbar. Das hatte sie schon einmal gemacht, vor ein paar Monaten, da hatte sie bei einer Freundin übernachtet. Sie würde bald wieder zurückkommen, davon war Judith überzeugt.

Den Vormittag verbrachte sie im Schwimmbad und versuchte, ihre Schwester aus ihren Gedanken zu verdrängen. Gegen Nachmittag zogen dunkle Wolken auf und kurz darauf fiel der Regen in Sturzbächen vom Himmel. Als Judith endlich tropfnass zu Hause ankam, war ihr

Vater auf hundertachtzig, aber besorgt war er nicht. Janniks Mutter hatte ihn in der Schule angerufen und darüber informiert, dass Hannah getürmt war.

»Wo ist deine Schwester?«, ging er Judith an, kaum dass sie die Wohnung betreten hatte.

Sie versicherte ihm, dass sie keine Ahnung hatte, und er zog los, um nach Hannah zu suchen. Später kam er ohne sie heim. Beim Abendessen tat er, als wäre nichts, dabei sah man ihm mehr als deutlich an, wie sehr es in ihm brodelte. Sein Kiefer mahlte unaufhörlich und er schnaufte, während er in seinem Essen herumstocherte, ohne sich eine Gabel in den Mund zu schieben. Jannik versuchte zwanghaft, die Stimmung durch sein affiges Verhalten und bescheuerte Witze aufzulockern. Vergeblich. Niemand verzog eine Miene oder schenkte ihm Aufmerksamkeit.

Die nächsten Tage verliefen ähnlich, nur dass langsam die Sorge wuchs. Judith hatte sämtliche Freunde Hannahs gefragt – zumindest die, die sie kannte – aber keiner wollte wissen, wo sie steckte. Ihr Vater hatte sich extra Urlaub genommen, um nach ihr zu suchen, doch niemand wusste, wo man am besten damit anfing und seine Touren blieben erfolglos. Von Tag zu Tag sah er müder aus, wurde wütender und auch Judith ging es immer schlechter. Sie machte sich Vorwürfe, dass sie in der Nacht zu feige gewesen war, nach unten zu gehen. Sie hätte Hannah aufhalten können. Oder war tatsächlich noch jemand anderes dort gewesen und hatte ihre Schwester entführt? Hätte sie es verhindern können?

An einem Nachmittag, Hannah war nun schon seit vier Nächten verschwunden, klingelte es an der Tür.

Judith war mit einem Mal ganz nervös, ihr Herz klopfte bis zum Hals. War ihre Schwester zurück oder meldete sich endlich jemand, der etwas über ihren Verbleib wusste? Sie sprang auf und rannte an die Gegensprechanlage.

»Hier ist Wachtmeister Ebers. Würden Sie bitte die Tür öffnen«, sagte eine strenge Stimme.

Wie mechanisch wanderte Judiths Finger auf den Knopf für den Türsummer. Die Polizei! Was hatte Hannah angestellt? Oder hatte man sie endlich gefunden?

Aufgeregt riss sie die Wohnungstür auf. Zu ihrer Enttäuschung kamen nur zwei Männer die Treppe hochgestiegen. Ihre Schwester war nirgends zu sehen.

Der größere der beiden – in diesem Moment wirkte er riesig auf sie – kam auf Judith zu. Die Sohlen seiner Schuhe quietschten leicht auf dem Boden. Er beugte sich zu ihr, wobei seine Uniform raschelte. Judith konnte kaum den Blick von seiner Pistole lösen, die am Gürtel um seine Hüfte festgemacht war. Der Mann stellte sich vor und fragte sie nach ihrem Namen.

»Hast du eine Schwester, die Hannah heißt?«

Sie nickte. Ihr Mund war plötzlich wie ausgetrocknet. »Sie ist aber gerade nicht da«, brachte sie hervor. Es klang mehr wie ein Krächzen.

»Wir würden gern mit deiner Mama oder deinem Papa sprechen, ist das möglich?«

»Mein Papa ist auch nicht da.«

In diesem Moment hörte sie, wie die Tür zum Badezimmer hinter ihr aufging. Sie drehte sich um. Ihre Stiefmutter Monika stand nur mit einem Handtuch, das sie um sich gewickelt hatte, in der Diele.

»Oh«, machte sie. »Ich wusste nicht ... Entschuldigen Sie, ich ziehe mir schnell etwas an.« Damit verschwand sie im Schlafzimmer und kam kurz danach mit einer Jeans und T-Shirt bekleidet wieder heraus.

»Sie sind die Mutter von Hannah Truber?«, fragte dieses Mal der kleinere der Männer. Seine Stimme war überraschend tief.

»Ihre Stiefmutter. Worum geht es denn?« Monika fasste sich nervös in das nasse Haar, wie um es zu ordnen.

Mittlerweile hatte sich auch Jannik von seinem Platz bequemt. Neugierig stand er im Türrahmen des Wohnzimmers und beglotzte die Polizisten.

»Das würden wir lieber mit einem Angehörigen besprechen.« Der Polizist griff in seine Hemdtasche und reichte Monika eine Visitenkarte. »Sagen Sie Ihrem Mann bitte, dass er uns anrufen soll, wenn er zurück ist.«

Einen Moment schien ihre Stiefmutter verwirrt. Sie schaute die Visitenkarte an, nahm sie allerdings nicht entgegen. Dann drehte sie sich um. »Judith, Jannik, geht auf eure Zimmer.«

»Aber Mama ...«, wollte Jannik protestieren, doch ein Blick seiner Mutter genügte und er verkrümelte sich.

Judith tat es ihm gleich, ihr Herz pochte unangenehm schnell in ihrer Brust. In ihrem Zimmer schloss sie die Tür nicht ganz, hockte sich auf den Boden und linste in den Flur. Die Anspannung machte sie kurzatmig.

»Ist etwas passiert?«, hörte sie ihre Stiefmutter fragen.

»Tut mir leid«, antwortete der mit der tiefen Stimme. »Versuchen Sie, Ihren Mann zu erreichen. Am besten wäre es, wenn er so schnell wie möglich auf dem Revier vorbeikommt.«

Kurze Zeit später hörte Judith, wie die Haustür ins Schloss fiel. Ihre Stiefmutter knallte die Wohnungstür zu und stürmte in die Küche.

Als Judith dazukam, saß sie am Tisch und hatte ihr Gesicht in den Händen vergraben. Im ersten Moment glaubte Judith, dass sie weinen würde, aber als sie den Kopf hob, sah sie einfach nur verloren aus.

»Glaubst du, Hannah hat was Schlimmes angestellt?«, fragte Judith. »Ich meine so richtig schlimm? Wenn die Polizei herkommt?«

Monika streckte die Hand nach ihr aus und streichelte mechanisch ihre Schulter. »Das hoffe ich für sie. Ich hoffe es wirklich.«

Judith zuckte zusammen, als Jannik mit der flachen Hand auf die Fensterbank schlug. Sie war so in der Erinnerung gefangen gewesen, dass sie nicht mitbekommen hatte, wie er aufgestanden und ans Fenster gegangen war. »Dieser Wichser! Was fällt dem eigentlich ein?« Er drehte sich um und stürmte zur Wohnungstür.

»Was ist denn in dich gefahren?«, rief Judith ihm hinterher, doch er war schon im Treppenhaus verschwunden.

Sie stand auf und sah auf die Straße. Gegenüber vor der Mauer zum Friedhof parkte ein riesiger grauer SUV. Genauso einer, wie sie ihn auf Tomkes Hof gesehen hatte. Seine Familie lebte nicht mehr hier und soweit Judith das beurteilen konnte, hatte er niemanden, dessen Grab er besuchen konnte, außer …

»Du warst nicht mal auf ihrer Beerdigung«, presste

sie hervor. Da sah sie ihn, wie er über den Friedhof lief und sich suchend umschaute. Nach Hannahs Grab.

Nur Sekunden später tauchte Jannik auf der Straße auf, der ihm hinterher setzte.

»Hör auf, das ist ein Friedhof«, wollte sie ihm noch zurufen, da hatte er Tomke schon an der Schulter gepackt. Entsetzt und gleichzeitig voller Genugtuung beobachtete Judith die beiden Männer weiter.

KAPITEL ZWÖLF

DAMALS

Mit angehaltenem Atem kauere ich neben der Tür und zähle seine Schritte. Ich weiß, wann er die letzte Stufe erreicht hat. Dort ist eine der Kacheln locker und sie klackert immer, wenn man darauf tritt. Man könnte sehr leicht vermeiden, sie zu erwischen, denn sie ist ganz am Rand, aber ich glaube, er macht es absichtlich. Es ist sein Erkennungszeichen.

Die Fliese klackt, er ist da. In den Sekunden, die es braucht, bis er sich zum Türrahmen hochgereckt hat und den Schlüssel nimmt, visualisiere ich vor meinem inneren Auge meinen Fluchtweg. Rechts, drei Schritte, dann kommt die Treppe. Wie viele Stufen sind es? Acht? Vielleicht zehn? Ich sollte mich besser erinnern, denn wahrscheinlich hat er kein Licht gemacht und ich werde durch die Dunkelheit rennen müssen. Auf keinen Fall darf ich hinfallen und mich verletzen.

Sämtliche Muskeln in meinem Körper spannen sich an. Ich muss gleich schnell sein. Beim Sprinten bei den Bundesjugendspielen war ich ziemlich gut, es war meine beste Disziplin. Vorher muss ich jedoch an ihm vorbei und so einfach wird er mich nicht gehen lassen. Das Überraschungsmoment wird mir helfen, aber ich darf nicht allein darauf vertrauen. Hätte ich mir doch besser etwas gesucht, womit ich mich verteidigen kann, aber jetzt ist es zu spät. Ich muss mich ganz allein auf mich verlassen.

Der Schlüssel wird ins Schloss gesteckt, mit einem Klicken gibt der Riegel den Weg frei. Ich gehe leicht in die Knie und verlagere mein Gewicht auf die Fußspitzen. Die Tür öffnet sich, ganz langsam. Erst nur einen Spalt, dann weiter. Ich atme tief ein. Sein Schatten erscheint vor mir. Mit gesenktem Kopf stürze ich auf ihn zu. Die Faust habe ich auf Hüfthöhe vor mir und ramme sie ihm entgegen, während ich voranstürme. Ich treffe auf etwas Weiches. Er stößt prustend die Luft aus. Treffer!

Ich winde mich an ihm vorbei und bin im Vorraum. Da ich vor Panik, dass er mich festhalten könnte, zu große Schritte mache, pralle ich mit dem Fuß gegen die unterste Stufe. Ohne Schuhe endet das nicht gut für meinen Zeh, der Schmerz treibt mir Tränen in die Augen, aber ich ignoriere ihn. So schnell ich kann, taste ich mich die Treppe hinauf. Hinter mir zischt er mir irgendwas zu, doch ich verstehe ihn nicht. Er ist klug genug, nicht zu laut zu sein, damit ihn niemand im Haus hört. Aber ich höre etwas, nämlich dass er sich in Bewegung setzt. Allerdings habe ich einen Vorsprung. Ich kann es schaffen.

Wie durch ein Wunder erreiche ich beinahe unfallfrei das Erdgeschoss. Erst an der letzten Stufe verlässt mich das Glück und ich stolpere. Mit den Knien knalle ich auf die harten Kacheln, das Schienbein donnert gegen die Kante der Stufe und schrappt hart daran entlang. Seltsamerweise tut es nicht weh und ich bin nur Sekunden später wieder auf den Beinen.

Sein Stöhnen kommt näher, mittlerweile ist auch er auf der Treppe. Die Vorstellung seiner Hand, die mich packt und zurück in den Keller schleift, treibt mich an. Ich glaube zu spüren, wie er nach mir greift, und renne auf die Tür zu.

Oh bitte, sei nicht abgeschlossen, beschwöre ich in Gedanken mein Glück. Eigentlich ist das verboten in Mietshäusern, falls es mal brennt, müssen die Leute ja rauskommen. Das weiß ich von meinem Vater. Trotzdem sperrt die Faber immer wieder die Tür ab, obwohl er es ihr schon mehrmals gesagt hat.

Meine Hand erreicht die Klinke, als ich das Klacken der Kachel höre. Er ist noch unten! Ich reiße an der Tür und sie fliegt mir entgegen. Nicht abgeschlossen! Vor Erleichterung möchte ich laut jubeln, aber ich reiße mich zusammen und renne ins Freie. Der Bewegungsmelder vor dem Haus schaltet das Licht ein und es blendet mich. Mit zusammengekniffenen Augen schaue ich mich um.

Was jetzt? So weit habe ich bei meinem Plan nicht gedacht, ich habe nicht zu hoffen gewagt, dass ich es schaffe. Wenn man etwas zu sehr will, tritt es garantiert nicht ein, die Erfahrung musste ich schon zu oft machen. Ich brauche ein Versteck, aber hier ist es viel zu hell. Soll ich hinters Haus? Gibt es dort auch Bewegungsmelder? Besser, ich riskiere es nicht. Wenn ich erst mal im Garten bin, sitze ich in der Falle, denn die Mauer ist zu hoch, als dass ich es so einfach darüber schaffen würde.

Ohne zu wissen, wohin, setze ich mich in Bewegung, ich habe schon zu viel Zeit verschwendet. So schnell ich kann, überquere ich den Bürgersteig und sprinte die Straße entlang. Schräg gegenüber ist ein großer Wohnblock. Darin wohnen so viele Leute, dass sie keine normalen Mülltonnen haben, sondern größere Container. Das Licht bei unserem Haus geht aus und sofort wieder an.

Er ist jetzt auch draußen, ich spüre schon seine Blicke in meinem Rücken, doch ich schaffe es im letzten Moment, mich zwischen zweien dieser Container zu verstecken. Dort kauere ich mich so klein zusammen wie nur irgendwie möglich. Von der Rennerei bin ich ganz aus der Puste, aber ich darf nicht so schnaufen, sonst findet er mich. Während ich versuche, meinen Atem wieder unter Kontrolle zu bekommen, starre ich durch die Lücke auf die Straße.

Ich höre ein Knirschen, er scheint in meine Richtung zu kommen. Ganz langsam. Vermutlich schaut er sich gründlich um. Sollte ich lieber weiterrennen? Ich habe ihn in seine Weichteile getroffen, bestimmt schafft er es noch nicht, mit mir mitzuhalten. Aber ich weiß immer noch nicht wohin, ich kann ja nicht ewig weglaufen, und irgendwann wird er mich einholen. Also verharre ich, wo ich bin, versuche, unsichtbar zu sein. Obwohl ich nicht an Gott glaube, schicke ich ein kurzes Gebet zum Himmel. *Bitte mach, dass er mich nicht entdeckt!*

KAPITEL DREIZEHN

Routinen waren dazu da, um eingehalten zu werden. Jedenfalls manche. In seiner Frühstückspause fuhr Rouven schon seit seiner Lehre beim Metzger vorbei und das würde er sich auch von Violas Gesundheitswahn nicht nehmen lassen. Seit Neuestem packte sie ihm immer irgendwelche Lunchboxen ein, weil sie mal wieder auf einem Fitnesstrip war und meinte, er bräuchte Proteine und Mikronährstoffe. Dabei kam irgendein fades Eiweißbrot heraus, bestrichen mit noch faderem Hüttenkäse und Kresse. Rouven konnte sich wenig vorstellen, was er noch abstoßender fand. Proteine waren auch im Frikadellenbrötchen, und so landete ihre Stulle direkt im nächsten Mülleimer.

Im Laden warteten vier Leute vor ihm darauf, bedient zu werden. Er hatte wenig Lust, sich die Beine in den Bauch zu stehen, deshalb gab er der Verkäuferin ein Zeichen, ihm ein Brötchen fertigzumachen, sobald er dran war. Nachdem sie ihm zugenickt hatte, ging er zurück nach draußen, lehnte sich an seinen Firmenbus und gönnte sich eine Kippe. An der Fußgängerampel, die gerade auf Rot schaltete, hielt ein protziger SUV. Die Sonne spiegelte sich in der Frontscheibe, sodass er das Gesicht des Fahrers nur kurz sah, aber nicht zuletzt wegen des Kennzeichens wusste Rouven sofort, wen er da vor sich hatte.

»Na sieh mal einer an. Immer noch derselbe Wichtigtuer wie früher«, murmelte er, als er den Geländewagen betrachtete. Die Berge, die Tomke in Frankfurt mit dem Allradantrieb erklommen hatte, wollte er gern mal sehen. Den Porsche Cayenne hatte er sich doch nur angeschafft, um allen zu zeigen, wie viel Kohle er nach Hause brachte. Bestimmt glaubte dieser Lackaffe, er wäre was Besonderes.

Rouven konnte sich locker auch so eine Protzkarre leisten. Der Audi in Sportedition, auf den Viola bestanden hatte – weil er so schön schnittig war –, hatte in etwa genau so viel gekostet, man sah es ihm bloß nicht an. Er hätte sich für einen Geländewagen entschieden, einen Landrover, wie Jannik ihn fuhr. Viola sagte, das bräuchten sie nicht, er hätte schon seinen Firmenbus und außerdem würde er in so einem großen Wagen noch kleiner aussehen als sowieso schon. Warum ließ er sich eigentlich so von seiner Frau bevormunden?

Der Porsche fuhr an und er konnte kurz Tomke von der Seite sehen. Ein ganz schönes Doppelkinn. Hatte er sich wohl mit seiner Kohle eine mächtige Wohlstandsplauze angefressen. Da hatte Rouven sich besser gehalten. Er hatte zwar einen kleinen Bierbauch, aber der Rest war bestens in Schuss, schon allein, weil er den ganzen Tag auf den Beinen war. Man konnte halt nicht alles haben, Geld wie Heu und gutes Aussehen, das sah man immer wieder an den lachhaften Milliardären, die es auf der Welt so gab.

Mein Leben ist vollkommen in Ordnung, sagte er sich, weil er den aufkommenden Neid unterdrücken wollte. Er hatte einen gut laufenden Betrieb und Aufträge am laufenden Band, Fachkräftemangel sei Dank. Was aber gleichzeitig bedeutete, dass er ständig am Arbeiten war.

Er fragte sich, womit Tomke wohl sein Geld verdiente. Eine schnelle Suche auf Google ergab, dass er bis vor Kurzem bei einer Bank angestellt gewesen war, irgendwas in der IT. Was genau spielte keine Rolle, denn »gewesen« war der entscheidende Begriff. Einen neuen Arbeitgeber gab es laut seinem Profil auf Xing nicht. Hatte Tomke genug Geld gescheffelt, dass er mit Anfang vierzig schon die Füße hochlegen konnte?

Rouven hatte Tomke noch nie leiden können, und jetzt hatte er einen Grund mehr. Ach was, nicht einen, unzählige. Seit Judiths Anruf lag ihm Viola damit in den Ohren, dass er sich um ihr Problem kümmern musste. Als wäre ihm nicht selbst klar, was für sie auf dem Spiel stand, sollte das Gästezimmer in der Scheune tatsächlich nicht von den Entrümplern geräumt worden sein. Es war nur eine Frage der Zeit, bis Tomke auf den versteckten Raum stoßen würde und auf alles, was sich darin befand. Rouven musste das unbedingt verhindern.

Kurzerhand entschied er, dem Sattlerhof jetzt gleich einen Besuch abzustatten. Da Tomke gerade unterwegs war, wollte er die Gelegenheit nutzen, sich dort ein wenig umzusehen. Die Fichtner konnte mit ihrer Steckdose in der Garage ruhig noch etwas warten, immerhin gab sie ihm nie Trinkgeld oder bot ihm wenigstens einen Kaffee an.

Als er den Wagen in die Zufahrt lenkte, sah er vor der Scheune eine Frau auf dem Boden knien. Anscheinend schrubbte sie die Bodenplatten aus Beton per Hand. Von einem Hochdruckreiniger hatten die vornehmen Städter wohl noch nichts gehört. Sie war so in ihre Arbeit vertieft, dass sie ihn offenbar nicht bemerkte und deshalb nicht aufschaute. Ihr rausgestreckter Hintern war drall, an den Oberschenkeln unter den Jeansshorts zeichnete sich Orangenhaut ab.

Das ist schon eher eine Frau von Tomkes Kaliber. Es war ihm damals ein Rätsel gewesen, was Hannah eigentlich an diesem nichtsnutzigen Jugo gefunden hatte. Hätte Tomke ihm damals nicht dazwischengefunkt, wäre die Sache mit Hannah anders gelaufen. Rouven hätte sie für sich gewonnen und würde heute Abend zu ihr nach Hause fahren. Viola war ein anständiger Ersatz, das konnte er nicht abstreiten. Für ihr bombenmäßiges Aussehen wurde er von so einigen beneidet und außerdem hatte er ihr viel zu verdanken. Könnte er es sich aber aussuchen, würde er immer Hannah wählen.

Rouven stieg aus und überquerte den Hof. Erst als er sich ihr bis auf wenige Schritte genähert hatte, bemerkte sie ihn und fuhr herum.

»Du liebe Güte, Sie haben mich zu Tode erschreckt!« Sie wischte sich die Hände an dem unförmigen Hawaiihemd ab, das ihr viel zu groß war. Wahrscheinlich gehörte es Tomke, der damit seine Geschmacksverirrung in allen Belangen unter Beweis stellte.

»Interessante Farbwahl«, sagte Rouven mit einem Blick auf das Scheunentor, das im unteren Drittel mit roter Farbe beschmiert war. Von Weitem könnte man es glatt für Blut halten. Auch die Betonplatte, an der sich die Frau gerade zu schaffen machte, war mit derselben Farbe versaut. »Gab wohl einen kleinen Unfall.« Die Schadenfreude in seiner Stimme konnte er kaum verbergen.

Die Frau starrte ihn an, als würde sie ihn gleich mit dem Schrubber in der Hand vom Hof jagen. »Wer sind Sie?«

Eine widerspenstige Zicke. Das wiederum war genau Rouvens Kragenweite. Er liebte Herausforderungen.

»Hab ich mich gar nicht vorgestellt?« Er tat betroffen und setzte sein professionelles Kundenlächeln auf, bei dem ihm ein Trinkgeld von den alten Schachteln garantiert war. »Ich bin Rouven Wölfelschneider. Ein alter Freund von Ihrem Mann. Sie sind doch die Frau von Tomke, oder?«

Ihre Miene veränderte sich nicht, sie musterte ihn wachsam, als wäre er von den Zeugen Jehovas geschickt worden, um ihr den Wachtturm aufzuschwätzen. »Das bin ich. Allerdings ist er gerade nicht da.«

»Keine Sorge, ich beiße nicht.« Er lachte schallend.

»Wie wärs, Sie kommen später noch mal vorbei? Bis dahin ist er sicher wieder zurück. Sie sehen ja, ich hab hier gerade zu tun.« Tomkes Frau, die ihm einfach nicht ihren Namen verraten wollte, nahm wieder den

Schrubber zur Hand. So leicht würde er sich nicht abwimmeln lassen.

Rouven ließ seinen Blick über das Haus wandern, das mehr als nur die ein oder andere Schönheitsreparatur nötig hatte. Anschließend betrachtete er die baufällige Scheune, die aussah, als würde sie beim nächsten Sturm einfach umgepustet werden. »Das ist nicht zu übersehen. Die Bruchbude braucht ein paar Stahlträger und keinen neuen Anstrich, das ist Ihnen wohl hoffentlich klar.«

Sie zuckte nur die Achseln. Eine wortkarge Frau, dass er so etwas noch erleben durfte.

»Zufälligerweise bin ich Handwerker.« Rouven deutete auf seinen Firmenbus, ihr Blick folgte seiner Geste. »Was halten Sie davon, wenn ich mir das mal von innen anschaue, und Sie machen mir in der Zeit einen Kaffee, hm?« Ein paar Minuten allein in der Scheune würden ihm schon reichen. Da er nicht mit Widerspruch rechnete, streckte er seine Hand nach dem Türgriff aus.

Die Frau trat ihm in den Weg, die Hände in die Hüften gestemmt. »Soweit ich das erkennen kann, sind Sie Elektriker und kein Statiker«, sagte sie unbeeindruckt. Wortkarg aber trotzdem eine Zicke.

Im Gegensatz zu dem Schlappschwanz, den du geheiratet hast, bin ich ein richtiger Mann, der noch weiß, wie man ein Haus baut, wollte Rouven ihr am liebsten sagen, aber er blieb freundlich. Immerhin wollte er etwas von ihr. »Einsturzgefahr erkenne ich trotzdem, wenn ich sie sehe. Außerdem kann auch schlechte oder veraltete Elektrik zur Gefahr werden. Besonders, wenn da drin noch Stroh gelagert ist.« Erwartungsvoll schaute er sie an, doch die blöde Kuh machte keine Anstalten, den Weg freizugeben oder gar ins Haus zu gehen und seinen Kaffee zu holen.

»Ich richte Tomke gern aus, dass Sie hier waren.« Sie streckte den Arm aus und kam wie ein Bauer, der sein Vieh von der Weide trieb, auf ihn zu. Was glaubte die eigentlich? Er bot hier großzügig seine Hilfe an und ihr fiel nichts Besseres ein, als ihn wie einen lästigen Streuner vom Hof zu scheuchen.

Hinter ihm knirschten Reifen auf dem Kies des Feldwegs. Die Frau schaute mit einer Mischung aus Erleichterung und Beunruhigung an ihm vorbei. Er drehte sich um, aber nicht der Porsche Cayenne fuhr auf den Hof, sondern ein Streifenwagen.

Rouven merkte plötzlich, dass er in seinem Blaumann schwitzte. Was wollten die Bullen hier? Automatisch wanderte sein Blick zurück zur Scheune. Waren die beiden etwa schon auf das Gästezimmer gestoßen? Lag dort noch etwas, das Rückschlüsse auf die Sache damals zuließ? Nein, dann hätte Tomkes Frau nicht versucht, ihn so schnell wie möglich loszuwerden. Im Gegenteil, sie hätte alles dafür getan, dass er beim Eintreffen der Polizei noch vor Ort wäre. Es musste um etwas anderes gehen.

Die beiden Beamten stiegen aus dem Auto. Einen von ihnen kannte er, Andreas Horn war damals eine Klasse über ihm gewesen. Die beiden grüßten sich mit einem Nicken.

»Na dann schwing ich mal die Hufe«, sagte Rouven. Gemächlich schlenderte er zu seinem Wagen, in der Hoffnung, noch Fetzen des Gesprächs aufzuschnappen. Zu seinem Ärger konnte er kein Wort verstehen. Er setzte sich hinters Steuer und zündete sich eine Zigarette an. Die drei standen noch immer auf dem Hof und redeten. Schaute der Horn dauernd in seine Richtung oder bildete er sich das nur ein?

Seine Finger zerquetschten den Filter seiner Kippe. Die glühende Asche fiel auf seinen Schoß und brannte sich in seinen Oberschenkel. »Scheißdreck!« Er fegte sie mit dem Handrücken runter und trampelte auf der Fußmatte herum, damit sie da unten nicht weiter vor sich hin glühte. Die Köpfe der Anwesenden drehten sich in seine Richtung. Er startete den Motor und wendete.

Zu gern hätte er gelauscht, was Tomkes Frau mit der Polizei zu schaffen hatte. Vielleicht meldete er sich heute Abend mal bei Horn und versuchte, was aus ihm rauszuquetschen. Andererseits musste Viola nicht unbedingt von dem Besuch der Streife auf dem Sattlerhof erfahren. Das würde nur ihre Fantasie beflügeln, sich noch mehr Horrorszenarien auszumalen. So neugierig er auch war, er müsste irgendeine Gelegenheit abwarten, bei der seine Frau nicht mitbekam, wie er Horn ausquetschte.

KAPITEL VIERZEHN

»Einen Fuchs können wir nicht dafür verhaften, dass er in seinem Revier herumstreift, Frau Duvnjak.« Der Polizist warf Michelle einen ungeduldigen Blick zu, als wäre sie ein Grundschulkind, das sich vor einer Spinne an der Zimmerdecke ekelte.

Jetzt ärgerte sie sich, dass sie nicht auf Tomke gehört hatte. Die beiden Beamten nahmen sie nicht nur nicht ernst, sondern machten sich auch noch über sie lustig. »Ein Fuchs, der ins Auto gestiegen und weggefahren ist?«

»Dass jemand nachts noch mit dem Auto unterwegs ist, dürften Sie doch aus der Stadt kennen«, erwiderte der Kleinere von beiden, der ihr noch einigermaßen respektvoll entgegentrat. Er war schätzungsweise so alt wie sie, maximal Mitte vierzig und hatte einen Bauchansatz.

»Und was ist mit den Hasen in der Kammer unter der Treppe?«

»Eindeutig ein Fuchs. Die verstecken ihre Beute auch mal gern, wenn sie zu viel gefangen haben. Hier auf dem Land müssen Sie sich daran gewöhnen, auch mal ein verletztes oder totes Tier aufzufinden. Das ist die Natur.«

Michelle merkte, wie ihr vor Wut Tränen in die Augen stiegen. Aber sie schämte sich auch. Sie wollte nicht als überängstliche Memme dastehen, als jemand, der beim kleinsten Geräusch einen Eindringling vermutete. »Dieser Mirco hat doch ganz konkret davon gesprochen, dass er mit dem Vorbesitzer des Hofs Hasen geschlachtet hat. Halten Sie das für einen Zufall?« Zum zweiten Mal innerhalb von zwei Tagen versuchte sie nun jemanden davon zu überzeugen, dass hier nicht alles mit rechten Dingen zuging. Warum wollte das nur niemand außer ihr sehen?

Der Größere, der jünger und schlanker war als sein Kollege, gab ein heiseres Lachen von sich. »Machen Sie sich wegen dem Zurückgebliebenen nicht zu viele Gedanken. Bei der Geburt war die Nabelschnur um seinen Hals gewickelt, sodass seine linke Gehirnhälfte zu wenig Sauerstoff bekam und abstarb.«

»Die rechte wars, glaube ich«, korrigierte ihn der Kleine. »Vor dem brauchen Sie keine Angst zu haben, er ist harmlos.«

Michelle konnte sich nur schwer zurückhalten, die beiden nicht anzubrüllen. Solche Details spielten momentan doch nun wirklich keine Rolle. »Aber er hat nach meinem Mann geschlagen. Das würde ich nicht als harmlos bezeichnen.«

»Er ist eben etwas unbeherrscht, wenn man ihm zu nahe kommt. Seine Mutter ist mittlerweile zu alt, um ständig ein Auge auf ihn zu haben, und dann treibt er sich in der Gegend herum und geht den Leuten auf die Nerven.«

»Machen Sie sich keine Sorgen, im Grunde genommen ist er harmlos.«

»Und was ist mit der Axt im Scheunentor? Inmitten von blutroter Farbe? Soll ich mich da vielleicht nicht bedroht fühlen?«

»Ihre Anzeige wegen Sachbeschädigung nehmen wir natürlich auf. Vielleicht unterhalten wir uns mal mit dem Mirco, ob er was darüber weiß.«

»Das wird ihn schon abschrecken. Sie werden sehen, bis auf den Fuchs werden Sie hier keine Probleme mehr haben.«

Daraufhin erledigten sie widerwillig den Papierkram und wiesen sie darauf hin, dass sie nicht zu viel erwarten sollte, da es keine Zeugen gab. Von der Haustür aus beobachtete sie, wie die Beamten anschließend zu ihrem Streifenwagen gingen. Von Weitem glaubte sie, zu erkennen, wie die beiden lachten. Sie auslachten sehr wahrscheinlich.

»Blöde Arschlöcher«, murmelte sie.

Neben ihr prustete es los. Sie hatte vergessen, dass Aaron in der Zwischenzeit nach unten gekommen war, kaum dass er das Polizeiauto in der Einfahrt gesehen hatte.

»Ein Euro für die Fluchkasse, ich weiß.« Michelle zwang sich zu einem Lächeln.

»Die Farbe ist echt krass«, sagte Lea, die sich mittlerweile auch nach unten bequemt hatte. »Sieht aus wie der Eingang zu einem …« Sie formte lautlos das Wort Puff.

»Zu was?«, fragte Aaron natürlich sofort nach.

»Einer Geisterbahn«, antwortete Michelle schnell.

»Wo habt ihr die überhaupt her?«

»In der Garage stand noch ein verschlossener Eimer.« Michelle hatte ihnen nichts von Mirco erzählt und auch die nächtlichen Besuche wollte sie unbedingt vor ihnen geheim halten. Es war schlimm genug, dass Aaron die Sache mit den toten Hasen mitbekommen hatte. Wenn sie sich schon vor der nächsten Nacht fürchtete, wie sollte es ihm erst gehen? »Wir dachten, es könnte ganz nett aussehen, aber nett ist die kleine Schwester von …«

»Fail«, sagte Lea mit einem Augenrollen.

Michelles Handy vibrierte auf der Kommode, die sie im Flur aufgestellt hatten. Tomke hatte ihr eine Nachricht geschrieben.

»*Bin bald zurück, hänge noch beim Arzt fest. Nicht erschrecken, hatte einen kleinen Unfall.*« Angehängt hatte er ein Selfie, auf dem er schief in die Kamera grinste. Unter seinem rechten Auge, das angeschwollen war, prangte eine offene Wunde. »*Muss genäht werden, aber alles halb so schlimm.*«

Sofort schoss Michelle das Bild von Mirco in den Kopf, wie er Tomkes Arm so heftig von sich wegschlug, dass der kurz gestrauchelt war. Und das, obwohl er einen ganzen Kopf größer war als der geistig behinderte Mann. War Tomke etwa auf die dumme Idee gekommen, die Angelegenheit selbst in die Hand zu nehmen, und hatte eine Prügelei gestartet? Die Verletzung auf dem Foto sah jedenfalls ganz danach aus, als hätte er Bekanntschaft mit einer Faust gemacht.

Sie stöhnte innerlich auf. Wie viel schlimmer sollte sich ihr Neuanfang denn noch gestalten?

Eine Stunde später kam Tomke nach Hause. Ein Klammerpflaster klebte quer unter seinem Auge, das immer mehr zuschwoll und sich verfärbte. Aaron und Lea erzählte er eine wahnwitzige Story davon, wie er im Baumarkt nur knapp einer Katastrophe entgangen war. Ein Regal sei direkt vor ihm zusammengebrochen und er habe es gerade noch so geschafft, sich vor den herabfallenden Dosen Holzlack zu retten. Dabei sei ihm eine davon genau ins Gesicht geknallt.

Michelle glaubte ihm kein Wort. Schon allein wie er immer wieder verstohlen zu ihr blickte, während er die Geschichte zum Besten gab, verriet ihr, dass nichts davon stimmte. Sie konnte nur hoffen, dass ihre Version von der Prügelei mit Mirco genauso wenig zutraf. Den Rest des Tages verkniff sie sich, ihn darauf anzusprechen, so wie auch Tomke nicht weiter darauf einging, als Aaron ihm vom Besuch der Polizei berichtete, die in seiner und Leas Version vorbeigekommen war, weil Michelle mit den Beamten über den lebensmüden BMW-Fahrer von vorgestern reden wollte.

Erst als Aaron am späten Abend im Bett lag und Lea sich auf ihrem Zimmer mit ihrem Handy beschäftigte, brachte er es zur Sprache.

»Du hast sie also doch angerufen.« Vorsichtig hielt er das Glas Wasser mit Eiswürfeln an seine Wange und verzog das Gesicht. »Was haben sie gesagt? Werden sie den Mistkerl kriegen und für immer hinter Gitter sperren?«

»Natürlich nicht, aber es sieht ganz danach aus, als hättest du dich persönlich um ihn gekümmert.«

Tomke lachte, wie er immer alles weglachte. »Denkst du etwa, Mirco wäre dafür verantwortlich?«

»Ich weiß, dass es nicht von einem Schwerlastregal stammt, das zufälligerweise aufgibt, als du direkt davorstehst.«

»Vor dir kann ich nichts verheimlichen, oder?«

»Gibt es denn was zu verheimlichen? Wenn das Mirco war, sollten wir zur Polizei gehen, auch wenn du den Streit angefangen haben solltest. Der Sache muss ein Riegel vorgeschoben werden, bevor …«

»Ich prügle mich doch nicht mit einem Behinderten, für wen hältst du mich? Mirco hat mit der Sache nichts zu tun.« Seine Miene wurde so ernst, dass es Michelle einen Schauer über den Rücken jagte. »Es gibt da etwas, worüber ich mit dir reden muss. Worüber wir schon vor dem Umzug hätten reden müssen.«

Ein Knoten bildete sich in Michelles Magen. Gespräche, die so anfingen, nahmen selten ein gutes Ende. Was hatte er ihr verschwiegen?

Tomke zupfte in Gedanken an dem Pflaster unter seinem Auge und zuckte zusammen, als er es merkte. »In meiner Jugend war ich kurzzeitig mit Judiths Schwester Hannah zusammen«, sagte er schließlich.

»Ah.« Vor Erleichterung hätte Michelle am liebsten aufgelacht. »Du hattest also eine Freundin vor mir. Ich bin schockiert.«

»Sie hat sich umgebracht.«

Michelle blieb das Lachen im Hals stecken. Das erklärte wohl Judiths merkwürdiges Verhalten bei ihnen in der Einfahrt. Sicherlich hatte das Wiedersehen mit Tomke eine Menge Emotionen in ihr ausgelöst. Michelle lehnte sich zu Tomke und fasste seine Hand. »Das tut mir so leid. Hätte ich das gewusst, hätte ich keinen blöden Witz gemacht. Wart ihr noch zusammen, als …«

Tomke schüttelte den Kopf. »Wir hatten uns kurz davor getrennt.«

»War das Veilchen etwa Judith? Gibt sie dir die Schuld am Tod ihrer Schwester, weil du sie verlassen hast?«

»Hannah war diejenige, die Schluss gemacht hat und das Veilchen hab ich im Endeffekt meiner eigenen Dummheit zu verdanken. Bevor ich zum Baumarkt gefahren bin, wollte ich auf dem Friedhof vorbei. Ich war erst einmal an ihrem Grab und dachte mir, sie hätte es verdient, dass ich sie mal besuche. Ihr Bruder hat dazu wohl eine andere Meinung. Dummerweise war er gerade in der Nähe und als er mich gesehen hat, kam er direkt auf mich zugestürmt. Beim Zurückweichen bin ich über Grabschmuck gestolpert und hab einen Granitstein geknutscht.«

Na wunderbar. Michelle wusste nicht, was besser war, eine Prügelei mit einem geistig Behinderten oder ein Beinahefaustkampf auf dem Friedhof. Bestimmt würden sie die nächsten Tage das Gesprächsthema Nummer eins im Dorf sein. Ausgerechnet morgen war auch noch das Sommerturnier des örtlichen Fußballvereins, das Aaron keinesfalls verpassen wollte. Da konnte Tomke sein blaues Auge gleich einer breiten Öffentlichkeit vorführen.

Tomke schien ihre Gedanken gelesen zu haben. »Es

hat, glaube ich, niemand mitbekommen, keine Sorge. Mich erwartet keine Anzeige wegen Grabschändung. Und wenn jemand fragt, bekommt auch er die Geschichte mit dem Baumarkt zu hören.«

»Ich verstehe nicht, warum sie so heftig auf dich reagieren sollten.«

Er zuckte etwas verloren mit den Schultern. »Darüber denke ich auch schon die ganze Zeit nach. Vielleicht geben sie mir eine Mitschuld an Hannahs Tod? Ich war ihr Freund, ich hätte merken können, dass es ihr nicht gut geht.«

»Gab es denn Anzeichen?« Michelle biss sich auf die Zunge. Die Frage war ihr so rausgerutscht und die Antwort brachte niemanden weiter. Wenn Tomke sich nun im Nachhinein an etwas erinnerte, was er damals übersehen hatte, würde er sich nur Vorwürfe machen.

»Gar keine«, sagte er nach einem Moment des Nachdenkens. »Ehrlich gesagt war ein Selbstmord das Letzte, was ich ihr zugetraut hätte.«

»Das ist das Tückische an Depressionen, man merkt den Menschen nicht immer an, wie verzweifelt sie sind.«

»Trotzdem war sie dafür einfach nicht der Typ. Hannah war eher so wie du. Sie hat sich gegen alles aufgelehnt, was ihr nicht gepasst hat, anstatt irgendwas in sich hineinzufressen. Ich kann mich noch genau daran erinnern, wie wir das erste Mal so richtig miteinander zu tun hatten. Wir wurden beide zur Strafarbeit in der Turnhalle verdonnert.«

»In deinem Fall natürlich völlig zu Unrecht, nehme ich an.« Michelle zwinkerte ihm zu.

»Du kennst mich doch. Ich bin lediglich in die unabgeschlossene Turnhalle, um mich auf den Matten ein wenig auszuruhen. Dabei habe ich mit den Schuhen schwarze Streifen auf dem Boden hinterlassen …«

»Oha, die Todsünde überhaupt.« Trotz des ernsten Hintergrunds der Geschichte musste Michelle lächeln. »Was hat sie verbrochen?«

»Irgendeinen blöden Spruch über die vollschlanke Sportlehrerin an den Spind in der Umkleide geschrieben. Wir mussten putzen und wurden von ihrem Vater beaufsichtigt. Er war Hausmeister an unserer Schule. Irgendwann fing sie an, mit mir zu flirten, was ihm natürlich überhaupt nicht passte. Vermutlich hatte sie nur deshalb Interesse an mir, weil sie wusste, dass ihm das gar nicht gefallen würde. Deshalb hat es mich auch so gewundert, dass sie seinem Drängen irgendwann nachgegeben und sich von mir getrennt hat. Wir drei Brüder waren bekannt als die Chaos-Kroaten, die regelmäßig ins Büro des Direktors zitiert wurden.«

»So schlimm kannst du gar nicht gewesen sein. Wäre ich damals schon Lehrerin gewesen, wärst du sicher mein Lieblingsschüler geworden.«

Nun musste er auch grinsen, immerhin hatten sie sich kennengelernt, als er seine Ausbildung auf der Technikerschule absolvierte und sie dort ein Pflichtpraktikum fürs Studium leistete. Gleich in ihrer ersten Stunde war er ihr in der letzten Reihe ins Auge gestochen und sie hatte sich gefragt, wie es nur werden sollte, wenn sie als verzweifelter Single nun einen Monat vor einem Haufen fast gleichaltriger Männer stehen würde. Entgegen ihrer Befürchtung hatte sie sich jedoch nicht reihenweise verliebt, sondern es war bei Tomke geblieben und gleich nach Beendigung ihres Praktikums hatten sie sich verabredet. »Das war ich doch, nur eben ein paar Jahre später.«

»Apropos Schule, vorhin war ein alter Kumpel von dir auf dem Hof. Angeblich, um uns seine Hilfe anzubieten, er ist wohl Elektriker. Allerdings fand ich ihn ziemlich unangenehm und aufdringlich. Ich habe ihn gebeten, später wiederzukommen, aber so wichtig war es dann anscheinend doch nicht, denn er ist nicht wieder aufgetaucht. Er heißt Rouven Sonstwie.«

Bei dem Namen verhärteten sich Tomkes Gesichtszüge. »Hat er dich irgendwie belästigt?«

»Himmel, nein, das hätte noch gefehlt. Wie kommst du darauf?«

»Weil Rouven damals ein lupenreines Arschloch war und sich offenbar nicht geändert hat, wenn er dir zu nahe gekommen ist.«

»So schlimm war es auch wieder nicht. Als er auftauchte, hab ich nur gerade auf die Polizei gewartet, also wollte ich ihn möglichst schnell wieder loswerden. Fand er wohl nicht so gut, weshalb er sich nur schwer davon überzeugen ließ, zu verschwinden.«

»Das sieht ihm ähnlich.« Tomke ballte eine Faust. »Ein Nein war für ihn immer nur ein Ansporn, noch zudringlicher zu werden. Das durften Hannah und ich am eigenen Leib erfahren. Er hatte sie ständig angebaggert, aber als sie mit mir zusammenkam, setzte er alles daran, sie für sich zu gewinnen. Und nicht nur das, er versuchte auch, mir zu drohen, dass ich mich von ihr trennen soll, damit der Weg frei ist für ihn.«

Michelle runzelte die Stirn. Das klang wirklich nach einem Arschloch, wie es im Buche stand. »Dann verstehe ich nicht ganz, was sein Besuch heute sollte. Angeblich wollte er ja nur helfen.«

»Ich weiß nicht, was dahintersteckt, aber eins ist sicher. Freundlichkeit ist es nicht.« Er sah Michelle eindringlich an. »Das nächste Mal, wenn er hier aufschlägt, jagst du ihn zum Teufel. Versprich mir das.«

KAPITEL FÜNFZEHN

Es war, als würde ihn ein unsichtbares Band zum Sattlerhof ziehen. Nach zwei schlaflosen Nächten hatte er sich eigentlich etwas Ruhe gönnen wollen. Sein Körper hatte die auch dringend nötig, aber sein Kopf schien das nicht einzusehen. Anstatt zu schlafen, lag er hellwach im Bett und rang mit sich, nicht doch wieder rauszufahren. Dieses Mal mit Werkzeug, mit dem er die verdammten Zusatzschlösser an der Kellertür aufbrechen konnte. Seinem Eingang ins Haus, den sie ihm verwehrten.

Es war wie ein innerer Zwang, er musste einfach mehr über die Familie erfahren. Doch er riss sich zusammen und begnügte sich damit, im Internet nach ihnen zu suchen.

Über den Jungen gab es nicht wirklich was zu finden, außer einem Gruppenfoto einer Jugendfußballmannschaft auf der Webseite eines Sportvereins. Das Bild war zwar schon etwas älter, doch er erkannte den Kleinen sofort, denn er war seinem Vater wie aus dem Gesicht geschnitten. Für die sozialen Medien war er noch zu jung, er hatte kein Instagramprofil, kein TikTok und auf Facebook brauchte er gar nicht erst zu schauen, da war niemand unter zwanzig zu finden.

Der Vater schien sich ebenfalls aus dem Internet rauszuhalten. Kein Profil in den sozialen Medien, nur eines auf Xing, das man ohne eigenen Account nur eingeschränkt betrachten konnte, und eines auf LinkedIn, bei dem man gar nichts außer dem Profilbild zu sehen bekam.

Bei der Mutter sah es zu seiner Begeisterung schon anders aus. Sie hatte das richtige Alter für Facebook, wo sie auch aktiv war. Anscheinend war sie Lehrerin, denn sie hatte jede Menge Posts einer Schule aus Frankfurt geteilt. Ein paar alte Fotos gab es auch, aber alles ziemlich langweilig. Vermutlich gab es da noch mehr, was aber nur für Freunde sichtbar war. Er war versucht, sich als ehemaliger Schüler auszugeben und ihr eine Anfrage zu schicken, aber heute Nacht würde ihn das kaum weiterbringen und es wäre auch zu auffällig.

Das Beste hatte er sich für den Schluss aufgehoben: die Tochter. Das, was er bisher von ihr gesehen hatte, war durchaus interessant gewesen, sie war ein hübsches Ding. Der Eindruck bestätigte sich beim Durchscrollen ihres TikTok-Accounts. Dass die Leute auch immer ihren echten Namen verwendeten. Wie leichtsinnig konnte man sein? In knappen Outfits tanzte sie da vor ihrem Handy herum und zeigte irgendwelche angesagten Choreografien. Absolut sehenswert, auch wenn er diesen Trend einfach nicht verstand. Trotzdem konnte er sich gar nicht daran sattsehen und merkte überhaupt nicht, wie die Zeit verflog.

Erst nach einer Stunde legte er das Handy zur Seite. Nun war er schon wieder kurz davor, doch noch einmal rauszufahren. Er hätte nichts dagegen, Lea mal allein im Dunkeln zu begegnen. Eine Gelegenheit dafür würde sich sicherlich noch ergeben, aber nicht heute Nacht. Nicht, solange ihre Eltern zu Hause waren und auch nicht mit den zusätzlich gesicherten Türen, die es einem schwer machten, ins Haus zu kommen.

Da er immer noch nicht einschlafen konnte, stand er aus seinem Bett auf und nahm das Formelbuch aus dem Regal. Zwischen dem Abkürzungsverzeichnis auf den letzten beiden Seiten klemmte die Todesanzeige, die er vorsichtig herausnahm und betrachtete. Sie war nüchtern gehalten, aus den Zeilen war kein Schmerz der Angehörigen herauszulesen. Nicht gerade überraschend, auch seine eigenen Verwandten hatten erkannt, dass der alte Sattler ein mieses Arschloch war. Aber es enttäuschte ihn trotzdem immer wieder. Es würde sich besser anfühlen, zu wissen, dass sein Tod einem ihm nahestehenden Menschen wehgetan hatte.

Er erinnerte sich an den Morgen, an dem er ganz spontan die Entscheidung getroffen hatte. Oder war sie vielleicht jahrelang in seinem Kopf gereift und er sich erst dann darüber bewusst geworden? So genau konnte er es nicht sagen.

An jenem Morgen im Dezember war Eisregen vorausgesagt gewesen. Wie so oft hatte er die halbe Nacht nicht schlafen können und zwangsläufig führten ihn seine Gedanken irgendwann zurück zu dem verhängnisvollen Tag, an dem er versagt hatte. Die Bilder aus dem grässlichen Zimmer waren wieder da und mit ihnen die Gewissheit, dass danach alles noch viel schlimmer geworden war.

Nach diesem Tag durfte er offiziell den Hof nie wieder betreten. Nicht, dass er sich daran gehalten hätte. Viele Nächte hatte er sich zu den Hasenställen geschlichen, um an den Tieren auszulassen, was er gern mit dem alten Sattler getan hätte. Viele Male war er kurz davor gewesen, in die Scheune zu gehen, auf die Empore und an den Schrank, doch er hatte sich nicht dazu überwinden können. Das Zimmer war damals schon immer abgeschlossen gewesen, warum hätte das plötzlich anders sein sollen? Den Mut, das Schloss zu knacken, hatte er nie aufgebracht.

In jener Winternacht war jedoch alles anders. Sein Gesicht brannte vor Kälte, als er über den spiegelglatten Hof schlich. Dieses Mal würde er sich nicht selbst im Weg stehen. Es war kurz vor der Dämmerung, als er vor dem Scheunentor ankam. Hinter sich hörte er ein Geräusch. Die Haustür. Dann vorsichtige Schritte.

Er hielt den Atem an und wagte nicht, sich umzudrehen. Im Dunkeln schien der alte Sattler ihn nicht zu bemerken. Wahrscheinlich konzentrierte er sich auch zu sehr auf seine Schritte, um auf der Eisfläche nicht zu stürzen. Als der Bauer die Hälfte der Strecke hinter sich gebracht hatte, wandte er sich doch um.

»He, Arschloch«, rief er.

Der alte Sattler zuckte zusammen und sein Fuß rutschte nach vorn weg. Hektisch ruderte er mit den Armen, um das Gleichgewicht zu halten, doch er kippte einfach um und landete rücklings auf dem Beton. Niemals würde er das Geräusch vergessen, mit dem der Schädel des Alten auf dem Boden aufschlug. Der Moment, in dem sein Schicksal besiegelt war.

Schmerzerfüllt stöhnte der alte Sattler auf und versuchte, sich hochzurappeln. Anscheinend hatte er sich was gebrochen oder irgendwas war mit seinem Kopf, jedenfalls schaffte er es einfach nicht, aufzustehen.

»Hilf mir doch mal und steh da nicht nutzlos rum«, keifte er ihn an.

Trotz der Eiseskälte schwitzte er plötzlich. Hatte der Bauer ihn erkannt? Regungslos sah er dabei zu, wie der Mann weiter versuchte, vom Boden hochzukommen.

»Jetzt komm schon! Mein Bein! Ich hol mir hier noch den Tod …«

Er nickte. Es lag völlig klar vor ihm, was er tun würde. Hier draußen entdeckte den Bauern sicher so schnell niemand. Wie lange dauerte es, bis ein Mensch an Unterkühlung starb? Wahrscheinlich zu lange, als dass er danebenstehen konnte, leider, aber die Gewissheit, dass es in diesem Moment endete, ließ sein Herz vor Aufregung schneller schlagen. Er drehte sich um und ließ den alten Sattler und seine Scheune hinter sich. Nie wieder würden ihn die dunklen Gedanken quälen.

Dachte er. Bis sich vor wenigen Tagen mit dem Einzug der Familie herausgestellt hatte, dass er ein weiteres Mal versagt hatte.

KAPITEL SECHZEHN

TAG 4

»Willst du mich jetzt zwingen, oder was?« Lea warf mit gekünstelter Bestürzung ihren Löffel auf den Küchentisch. Der Blick, den sie Michelle zuwarf, hätte töten können. Vor wenigen Augenblicken hatte sie ihnen beim Frühstück eröffnet, dass sie keinesfalls mit zum Sommerturnier kommen wollte.

Nach den vergangenen Tagen war Michelle nicht gerade begeistert von der Idee, ihre Tochter den ganzen Tag allein auf dem Hof zu lassen. Auch die Überwachungskameras, die Tomke gestern noch installiert hatte, sorgten nicht dafür, dass sie sich wohler mit dem Gedanken fühlte. Andererseits konnte sie ihre sechzehnjährige Tochter kaum dazu verdonnern, einen Ausflug mit ihnen zu unternehmen, ohne ihr den wahren Grund zu verraten, warum sie nicht wollte, dass Lea zu Hause blieb. »Natürlich nicht, aber denk doch noch mal darüber nach. Es wäre eine prima Gelegenheit, hier ein paar Leute kennenzulernen.«

»Mal im Ernst, Mama. Das ist ein Kinderfest. Glaubst du wirklich, dass ich da neue Freundschaften schließen werde?«

Gegen diesen Einwand hatte Michelle nicht viel vorzubringen. Für die Jugendlichen war die Discoparty am Abend gedacht, am Mittag würden sich auf dem Sportplatz wohl eher Familien mit jüngeren Kindern tummeln. Wann war ihre Tochter so vernünftig geworden, dass sie bei einer Diskussion sinnvoll argumentieren konnte, anstatt ihre Eltern wahllos zu beleidigen? Gestern war sie doch noch mitten in der Pubertät gewesen und jetzt kam sie ihr geradezu erwachsen vor.

»Nun lass sie halt«, fiel ihr nun auch noch Tomke in den Rücken und drückte unter dem Tisch beruhigend ihren Oberschenkel. »Soll sie halt in ihrem Zimmer versauern, während wir uns dort mit Pommes vollstopfen.«

Michelle gab sich geschlagen, auch wenn ihr nicht wohl dabei war.

Als sie wenig später mit Aaron im Auto saßen und in Richtung Landstraße fuhren, bereute sie die Entscheidung. Der Drang, den Hof nicht zu verlassen, wurde überwältigend. »Ich hab Kopfschmerzen. Vielleicht sollte ich besser hierbleiben«, sagte sie und wartete darauf, dass Tomke anhielt, damit sie aussteigen konnte.

Trotz ihres Einwands machte er keine Anstalten zu bremsen. Er hatte sie durchschaut. »Mach dir nicht so viele Gedanken. Lea kommt schon klar.«

»Nein, wirklich, Tomke. Es geht mir nicht gut.«

Nun bremste er doch und schaute sie schräg von der

Seite an. »Was soll das werden?« Er sah in den Rückspiegel. Aaron schien ihnen nicht zuzuhören, er nutzte gerade seine tägliche Handyzeit dazu, mit seinem besten Kumpel aus Frankfurt Sprachnachrichten auszutauschen.

»Ich denke einfach, dass es ein Fehler ist, sie allein zu lassen. Nach dem, was die letzten Tage so passiert ist …«

»Na schön. Du kannst dich jetzt entscheiden, nicht mitzukommen, aber was wird bei der nächsten Gelegenheit sein? Willst du dann immer Kopfschmerzen vortäuschen? Wir haben die Kameras. Mach dir nicht zu viele Sorgen.«

Das war leichter gesagt als getan. Die Vorstellung, dass Lea überfallen oder gar entführt werden konnte, und die Überwachungsapp sie dazu zwang, alles hilflos mit anzusehen, war unerträglich für Michelle. Ein Kloß bildete sich in ihrem Hals. Sie verdrängte die Bilder aus ihrem Kopf und bedeutete Tomke, weiterzufahren. Insgeheim musste sie zugeben, dass er recht hatte. Sie konnte jetzt nicht zur Glucke mutieren. Wenn die Polizei die Vorfälle auf dem Hof nicht beunruhigend fand, dann waren sie das vermutlich auch nicht.

Niemand wird ins Haus eindringen und Lea wird bei unserer Rückkehr noch immer auf dem Bett liegen und mit ihren Freundinnen facetimen, als lägen tausend und nicht nur knapp über hundert Kilometer zwischen ihnen. Genauso wie sie es die letzten Tage gemacht hat, sagte sie sich.

. . .

Auf dem Gelände des Seelberger Sportvereins angekommen, vergaß Michelle tatsächlich für einen Moment ihre düsteren Befürchtungen. Eine ausgelassene Atmosphäre empfing sie. Der Geruch von Bratwurst und Pommes wehte ihnen entgegen, dazu ertönten Kinderlachen und fröhliche Musik. Das erste Match war bereits in vollem Gange. Aaron rannte an den Spielfeldrand, um den gerade abgehaltenen Elfmeterschuss nicht zu verpassen, und Tomke entdeckte einen alten Klassenkameraden, der sich Michelle als Atze vorstellte. Sie setzten sich auf die Ränge, die aus stufenförmigen, von der Sonne aufgewärmten Betonbänken bestanden, von denen die Farbe abblätterte, und sofort schwelgten die beiden in Anekdoten.

Während Tomke die Baumarktgeschichte als Erklärung für das Veilchen zum Besten gab, beobachtete Michelle aufmerksam die anderen Besucher. Sie war gespannt, wen sie davon nach den Ferien unterrichten würde. Lea fand die Aussicht gruselig, in wenigen Wochen mit ihrer Mutter auf dieselbe Schule zu gehen, aber Michelle hatte keine Oberstufenklassen und sie hatte ihrer Tochter versprochen, auf dem Schulgelände so zu tun, als würden sie sich nicht kennen.

»Weißt du noch, als du dich todesmutig auf dem Skateboard den Berg neben der Schule runtergestürzt hast?«, fragte Tomke seinen Kumpel. Die beiden hatten ganz rote Wangen vom Erzählen, sie wirkten wie zwei übermütige Teenager.

»Selbst wenn ich wollte, ich könnte es nicht vergessen. Die hier erinnert mich jeden Tag daran.« Atze schob sein T-Shirt hoch und zeigte Tomke ein Stück vernarbte

Haut. »Hätte ja auch keiner ahnen können, dass Beton hervorragende Brandwunden hervorruft.«

Tomke lachte. So ausgelassen hatte sie ihn schon lange nicht mehr gesehen. An manchen Tagen verwandelten ihn die Tabletten, die er gegen sein Burn-out verschrieben bekommen hatte, eher in einen Zombie, anstatt dass sie ihm halfen, sich glücklicher zu fühlen. Es war schön, zu sehen, wie er aufblühte, obwohl die letzten Tage herausfordernd gewesen waren. Der Abstand zur Stadt und zu seinen ehemaligen Kollegen, bei denen nur *schneller, höher, weiter* zählte, tat ihm sichtlich gut.

»Langeweile lässt einen wirklich auf beschissene Ideen kommen. Die heutige Generation hängt ständig nur am Handy, die Möglichkeit hatten wir früher ja gar nicht. Wir mussten uns noch selbst darum kümmern, den Tag rumzukriegen.«

Früher, wie das klingt, dachte Michelle, *als wären wir alt*. Aber waren sie das nicht? Es fehlte nicht mehr viel, dann war es ein Vierteljahrhundert her, dass Tomke nach Frankfurt gezogen war, knappe zwei Jahre später hatten sie sich kennengelernt. Nächstes Jahr waren sie zwanzig Jahre zusammen. Würde sie ihr sechzehnjähriges Ich befragen, würde sie sich eindeutig als Boomer bezeichnen. Oder gab es schon wieder ein neues Wort dafür?

Jap, definitiv alt, das ist der unumstößliche Beweis, wenn es nicht reicht, Mutter einer fast erwachsenen Tochter zu sein.

Womit sie gedanklich bei Lea landete. Jetzt bereute Michelle, sie nicht zumindest teilweise eingeweiht zu haben. Sie hätte ihr wenigstens von Mirco erzählen und ihr einbläuen können, dass sie sich sofort melden sollte, wenn ihr auf dem Hof etwas komisch vorkam.

Nervös holte Michelle ihr Handy raus. Angeblich sollte sich die App der Überwachungskameras zwar melden, sobald eine Bewegung erfasst wurde, aber sie traute der Technik nicht und überprüfte mehrmals die einzelnen Kameraperspektiven. Sowohl der Garten als auch die Vorderseite des Hauses lagen verlassen da. Michelle gestattete sich ein Aufatmen.

Mit der Zeit wurde der Himmel trüb und leichter Nieselregen setzte ein. Die meisten erwachsenen Besucher des Sommerturniers verzogen sich ins wohlweislich aufgestellte Festzelt. Während Tomke und Atze etwas zu trinken besorgten, sicherte Michelle ihnen einen Platz an einer Bierzeltgarnitur, von wo aus sie Aaron im Auge behalten konnte. Der fieberte trotz Regen weiter am Spielfeldrand mit, wo die Mannschaft des Dorfes gerade auf ein vier zu fünf aufgeholt hatte.

Ihr gegenüber saßen zwei ältere Damen, die sie eingehend musterten. Michelle grüßte sie freundlich und wandte sich ab. Normalerweise war sie ein geselliger Mensch und es fiel ihr nicht schwer, mit Fremden in Kontakt zu kommen. Im Moment jedoch, zwischen all den Leuten, die sich seit Ewigkeiten zu kennen schienen, fühlte sie sich ohne Tomke an ihrer Seite ein wenig verloren. Sie war versucht, erneut ihr Handy rauszuholen, aber sie wollte auch nicht unhöflich sein oder unnahbar wirken.

»Hab ich das richtig mitbekommen, der Sattlerhof gehört jetzt Ihnen?«, sprach eine der Damen auf der anderen Tischseite sie an. Mit ihrer überdimensionierten roten Hornbrille und der bunt gemusterten Kleidung stach sie unter den restlichen Besuchern heraus.

Michelle fragte sich, wann genau sie das *mitbekommen* haben wollte, denn sie waren bisher mit niemandem aus dem Dorf so wirklich in Kontakt gekommen, abgesehen von diesem fürchterlichen Rouven und der Schwester von Tomkes Ex-Freundin. Allerdings waren sie unverkennbar die Neuen hier – jedenfalls sie – sodass es wohl auf der Hand lag. Sie spürte, wie sich einige Augenpaare auf sie richteten, als hinge es von der Art ab, wie sie die Frage beantwortete, ob sie hier freundschaftlich aufgenommen würden oder nicht.

Sie nickte und kam sich vor wie eine Kandidatin bei *Bauer sucht Frau,* die auf dem Scheunenfest von ihren Konkurrentinnen unter die Lupe genommen wurde. »Genau. Mein Mann Tomke und ich sind mit unseren beiden Kindern vor ein paar Tagen eingezogen.«

»Normalerweise ziehen die jungen Leute ja eher weg in die Stadt«, sagte die andere Frau, die das genaue Gegenteil von der roten Hornbrille war – Typ graue Maus. Sie nahm einen großen Schluck von ihrem Apfelwein.

»Ach, so jung sind wir gar nicht mehr.« Michelle winkte verlegen ab. Gerade noch hatte sie darüber nachgedacht, wie alt sie geworden waren, da tat es gut, aufgezeigt zu bekommen, dass Alter wie die Zeit relativ war und es bloß darauf ankam, von welchem Standpunkt aus man es betrachtete. Für Lea und Aaron waren sie vielleicht schon scheintot, in Wahrheit hatten sie gerade mal die Hälfte ihres Lebens hinter sich.

»Ist doch schön, dass es mal andersrum ist, sonst stirbt

Seelberg am Ende noch aus.« Der Paradiesvogel lächelte Michelle an und streckte seine Hand über den Tisch. »Ich bin übrigens die Renate, aber Rena ist mir lieber. Das klingt nicht ganz so spießig. Und das hier ist die Gisela. Die braucht keinen Spitznamen.«

»Michelle, freut mich.« Sie erhob sich leicht, um Renates Hand zu drücken. »Mein Mann holt uns gerade etwas zu trinken, aber den werden Sie auch gleich kennenlernen.«

»Haben Sie sich denn schon eingelebt?«, wollte Rena wissen.

Unwillkürlich tastete Michelle nach dem Handy in ihrer Hosentasche. Bei dem Gedanken an die letzten Tage im Haus überkam sie das Bedürfnis, einen erneuten Blick auf die Überwachungskameras zu werfen. »Wir sind dabei. Ist schon eine Umgewöhnung, wenn man aus der Stadt kommt. Diese Ruhe kann auch etwas Beunruhigendes haben. Vor allem …« Sie überlegte kurz, ob sie von ihrem Aufeinandertreffen mit Mirco berichten sollte. Sollte die Polizei recht haben, dass er nur ein harmloser, leicht zurückgebliebener Kerl war, gab es keinen Grund, seinem Besuch zu viel Bedeutung beizumessen. Andererseits konnte sie vielleicht mehr über ihn herausfinden, wenn sie ihn beiläufig erwähnte.

»Finden Sie es unheimlich, ganz allein so weit draußen?«, fragte Gisela. »Mir wäre das ja nichts, so völlig ohne Nachbarn, die einem im Notfall helfen können. Man sieht ja bei Ihrem Vorbesitzer, was draus geworden ist. Angeblich lag er nach seinem Sturz einen ganzen Tag auf dem Hof, bevor er gestorben ist.«

Renate stieß ihre Freundin mit dem Ellenbogen an.

»Jetzt setz der guten Frau keinen Floh ins Ohr. Es ist doch wunderbar, wenn man tun und lassen kann, was man will, ohne dass jemand einen ständig beäugt, nicht wahr?«

»Schon. Allerdings gab es da schon eine Situation, bei der ich mich zu Tode erschrocken habe.« Sie erzählte den beiden, wie Mirco auf einmal bei ihnen im Garten gestanden und sie letztlich angebrüllt hatte.

Nachdem sie gebannt zugehört hatte, entspannte Renate bei der Erwähnung des Namens die Schultern. »Ach, der Mirco ist ein ganz harmloser«, bestätigte sie die Ansicht der Polizisten. »Angst hätten Sie eher vor dem haben müssen, in dessen Haus Sie jetzt wohnen.«

Michelle kniff die Lippen zusammen. Hätte sie doch lieber nichts gesagt. Am Ende würde es ihr noch so ausgelegt, dass sie sich völlig grundlos von einem geistig eingeschränkten Mann bedroht gefühlt hatte. »Er hat meinem Mann gegen den Arm geschlagen«, sagte sie zu ihrer Verteidigung.

»Manchmal hat er sich eben nicht im Griff. Das hätten Sie vermutlich auch nicht, wenn Sie durchgemacht hätten, was der arme Junge alles erleben musste. Vom Vater geschlagen, weil er etwas langsam im Kopf ist. In der Schule gemobbt, weil der Vater es nicht ertragen konnte, ihn auf eine Förderschule zu schicken, sodass er im Unterricht nicht mitkam.« Renates Stimme war belegt und Michelle befürchtete, dass sie jeden Moment in Tränen ausbrechen würde. »Nachdem der Vater sich dann tot gesoffen hatte, wurde der Sattlerhof so was wie sein zweites Zuhause und der Sattler sein Ersatzvater. Er hat ihn kleinere Arbeiten erledigen lassen und im

Gegenzug durfte der Mirco dort seine Zeit verbringen, wann immer er wollte. So hatte er seine Ruhe. Kein Wunder, dass es ihn mitnimmt, wenn plötzlich jemand anders auf dem Hof wohnt und ihn auch noch wegschickt.«

Nun regte sich doch Mitleid in Michelle. In ihrem Kopf hatte sie Mirco dafür verteufelt, dass sie sich seinetwegen in ihrem neuen Haus unwohl fühlte, aber offenbar waren sie für ihn genauso Eindringlinge in sein Leben wie er für sie. »Das klingt doch, als wäre Herr Sattler ganz nett gewesen, wenn er ihn bei sich aufgenommen hat.«

»Der Mensch hat immer zwei Seiten, so wie es Tag und Nacht gibt.« Renate schürzte die Lippen und wandte sich an Gisela. »Erzähl doch mal, was er mit dir gemacht hat.«

Die warf ihr einen vernichtenden Blick zu, ihr Gesicht lief rot an. »Die alten Geschichten hol ich bestimmt nicht hervor.« Damit stand sie umständlich auf und verschwand in Richtung der Getränkestände.

Michelle schaute ihr hinterher und entdeckte Tomke, der endlich als Nächster mit der Bestellung an der Reihe war. »Ist wohl nichts, woran sie gern erinnert wird. Tut mir leid, wenn sie jetzt deshalb auf Sie wütend ist«, sagte sie.

»Locker bleiben, die kriegt sich schon wieder ein.« Renate lehnte sich verschwörerisch über den Tisch. »Bestimmt sind Sie jetzt aber neugierig, was da war.«

»Oh, schon gut, Sie müssen nicht …«, setzte Michelle an, doch Renate ließ sich nicht davon abbringen, das Thema fortzuführen.

»Bald zehn Jahre ist es her, da hatte die Gute einen Unfall mit dem Fahrrad. Urplötzlich ist ihr wohl ein Reh ins Rad gesprungen, im Wald hinter dem Sattlerhof. Sie stürzte. Schwere Kopfverletzung, hat das Bewusstsein verloren.« Sie machte eine Pause und sah Michelle an, als warte sie auf eine Aufforderung, weiterzuerzählen.

»Das klingt ja entsetzlich.« Michelle nahm sich vor, auch auf Radtouren, die nur über Feldwege gingen, immer einen Helm zu tragen. Mit so etwas rechnete doch keiner. »Aber wie hängt das mit dem Herrn Sattler zusammen? Sie sagten ...«

»Was glauben Sie, wer sie da gefunden hat?«

Michelle verstand nicht, wo das Problem war. Je schneller man bei einer Kopfverletzung zu einem Arzt kam, desto besser. »Der Unfall ist in der Nähe seines Hofes passiert?«

»So nah auch wieder nicht. Nicht in Sichtweite. Und es war am Abend, nach der Chorprobe im Nachbarort. Normalerweise treibt sich da niemand mehr im Wald rum und gesehen haben kann er es auch nicht.«

»Dann war es wohl unheimliches Glück. Oder wollen Sie damit sagen, er hätte sie verfolgt?« War es womöglich gar kein Reh gewesen, das der Frau ins Rad gesprungen war, sondern der Bauer? Aber mit welchem Ziel?

»Ich will gar nichts behaupten, nur dass ich dem Sattler nachts nicht über den Weg laufen wollte. Er hat Gisela nicht verfolgt, aber er wusste, dass sie da sein muss, weil er besessen von dem Feldweg neben dem Hof war. Immer wenn jemand den benutzt hat, hat er sich penibel notiert, wer es war, in welcher Form er unterwegs war und ob und wann er wieder zurückkam. Außerdem hatte er überall Wildkameras aufgestellt. Dabei gehört der gar nicht zum Grundstück, das hat er sich nur eingebildet, weil er früher immer sein Vieh da entlanggetrieben hat. Wie oft durfte der sich seine Kameras schon beim Revierförster abholen. Man munkelt ja, dass er dabei auch hin und wieder Pärchen aufgenommen hat, die sich im Wald vergnügten, und er die Fotos als kleine private«, sie senkte die Stimme, »Pornosammlung behalten hat. Niemand hätte mehr Seitensprünge auffliegen lassen können als er. Um es kurz zu machen, er wusste genau, dass Gisela jeden Mittwoch zur Chorprobe fährt und abends wieder zurück.«

Michelle nickte und gab sich Mühe, ausreichend bestürzt auszusehen, ohne es zu übertreiben. Es mochte befremdend oder verschroben sein, Kameras an einem öffentlichen Weg aufzuhängen, aber ... »In dem Fall hatte es doch etwas Gutes, sonst hätte er Ihrer Freundin nicht helfen können.«

»Exakt da liegt der Knackpunkt. Hätte er geholfen und die Rettung angerufen. Stattdessen nimmt er sie mit zu sich ins Haus und legt sie da auf die Couch, wo sie wer weiß wie viele Stunden später mit einem Brummschädel aufwacht.« Rena griff sich an die Brust und verdrehte die Augen. »In der Zeit kann er weiß der Kuckuck was mit ihr angestellt haben.«

Nun lief Michelle doch ein Schauder über den Rücken. Die Vorstellung war alles andere als angenehm. »Hat er sie ...« Sie verschluckte den Rest der Frage. Es ging sie überhaupt nichts an und der Bauer Sattler war tot, er konnte sich an keiner Frau mehr vergehen.

»Das weiß niemand, nicht mal Gisela selbst«, schloss Rena. »Verstehen Sie, warum ich sage, der Mirco ist sicher nicht der Verrückte in der Geschichte?«

Den letzten Satz nahm Michelle nicht mehr wahr, denn in diesem Augenblick geschah genau das, was sie befürchtet hatte. Der Alarm der Überwachungskamera meldete sich auf ihrem Handy.

KAPITEL SIEBZEHN

Das Spiegelbild, das Judith entgegenstarrte, kam ihr fremd vor. Die Haare hingen stumpf und strähnig herunter, die Augen waren rot gerändert und mit so dunklen Ringen darunter, dass man ihr den Schlafmangel der vergangenen Tage selbst mit einer Tonne Concealer noch ansehen würde. Dazu war sie so blass, als wäre sie in diesem Sommer nicht ein einziges Mal draußen gewesen. Selbst die getönte Tagescreme hob sich fleckig von ihrem bleichen Gesicht ab. Wofür trieb sie überhaupt den Aufwand mit der Schminke, wenn sie trotzdem aussah wie der leibhaftige Tod? Am liebsten würde sie sich das Make-up runterwaschen, sich ins Bett legen und nicht mehr rauskommen, bis der Hunger sie dazu zwang.

Die Erfahrung hatte sie jedoch gelehrt, dass sie dadurch nur noch tiefer in das Loch fiel, in dem sie sich wieder befand, seit sie von Tomkes Rückkehr erfahren hatte. Besser, sie raffte sich auf und lenkte sich ab, selbst wenn der Sportplatz eher nicht der optimale Ort dafür war, denn Tomke würde vermutlich auch dort sein. Sie dachte an Hannah und wie sie in einer ähnlichen Situation reagiert hätte. Ganz sicher nicht mit Rückzug, so viel war klar. Ihre Schwester war eine Kämpferin gewesen. Sie wäre erhobenen Hauptes auf dem Sommerturnier aufgetaucht und hätte Tomke gezeigt, dass sie trotz seiner unerwünschten Anwesenheit den Spaß ihres Lebens haben konnte.

Die Vorstellung lieferte Judith den nötigen Ruck. Tomke würde schon sehen, dass er keinen Einfluss auf sie hatte. Zumindest sollte er das glauben. Vielleicht tauchte er auch gar nicht auf. Auf dem Friedhof gestern hatte Jannik ordentlich ausgeteilt und ihm dabei mindestens ein blaues Auge verpasst. Sogar geblutet hatte es.

Sie startete einen neuen Versuch, sich halbwegs vorzeigbar zu machen. Etwas Lidschatten, Rouge gegen die blutleeren Wangen, Lipgloss und gekämmte Haare. Am Ende war sie tatsächlich einigermaßen zufrieden. Immerhin sah sie nicht mehr aus, als hätte sie sich gerade einer Chemotherapie unterzogen.

In der Diele rief sie Moritz zu, dass er sich fertig machen sollte. Eine überflüssige Aufforderung, denn er stürmte komplett angezogen aus seinem Zimmer.

»Fahren wir endlich? Louis hat gesagt, die haben einen menschlichen Tischkicker!« Ohne ihre Antwort abzuwarten, rannte er zur Tür und riss sie auf.

Judith folgte ihm und nahm auf dem Weg ihr Handy von der Kommode. Das Licht blinkte, Jannik hatte ihr eine Nachricht geschickt.

. . .

Tut mir leid, aber Tina hat mir die Hölle heißgemacht, wir haben gestern den ganzen Abend gestritten. Wenn wir da heute aufkreuzen, macht sie mich einen Kopf kürzer. Lass dich von mir aber nicht runterziehen. Macht euch einen schönen Tag und falls Tomke auftaucht, scheiß einfach drauf. Der Wichser kann dir gar nichts.

Judith ballte eine Faust. »O nein! Nein, das machst du nicht.« Sie wählte Janniks Nummer. Die Mailbox forderte sie auf, nach dem Signalton eine Nachricht zu hinterlassen.

»Ist das dein Scheißernst?«, zischte sie in den Hörer. »Du lässt mich echt hängen?« Mutlos sah sie in den Spiegel neben der Garderobe. Das Selbstbewusstsein, das sie gerade mit der Schminke aufgetragen hatte, löste sich in Luft auf.

»Mama, kommst du?« Moritz stand im Hausflur und schaute sie mit leuchtenden Augen an.

In einem Anflug von Panik durchforstete sie ihr Hirn nach einer einleuchtenden Ausrede. Gleichzeitig wusste sie, dass sie Moritz unmöglich so enttäuschen konnte. Seit sie gestern mit Jannik abgemacht hatten, gemeinsam zu dem Fest zu gehen, redete er von nichts anderem mehr. Sie musste über ihren Schatten springen, auch wenn das bedeutete, dass sie einen sehr einsamen Nachmittag in Gesellschaft verbringen würde.

Viola kam ihr in den Sinn. Mit ihr hätte sie eine Verbündete und müsste nicht krampfhaft Small Talk mit Kollegen oder den Eltern von Moritz' Klassenkameraden betreiben. Im Grunde genommen war Viola Judiths einzige Freundin. Die Erfahrung nach Hannahs Verschwinden hatte sie vorsichtig und misstrauisch im Umgang mit anderen Menschen werden lassen.

Als das ganze Dorf nach ihrer Schwester gesucht hatte, war sie in der Schule plötzlich nicht mehr die langweilige Außenseiterin gewesen. Weil jeder mit Informationen aus erster Hand versorgt werden wollte, war sie mit einem Mal interessant. Nachdem die Polizei Hannah gefunden hatte, hatten sie sich alle wieder von ihr abgewandt, fast so, als hätten sie befürchtet, dass das Unglück der Familie ansteckend wäre.

Judith war so einsam gewesen wie zuvor. Eigentlich noch einsamer, denn ihre Schwester war nicht mehr an ihrer Seite. Nur Viola war geblieben und zu einer guten Freundin geworden, der Judith sogar die Wahrheit zu verdanken hatte.

Den ganzen Nachmittag zerbrach Judith sich den Kopf, was der Besuch der Polizisten zu bedeuten hatte. Bestimmt hatten sie Hannah gefunden. Aus welchem Grund sollten sie sonst extra bei ihnen vorbeikommen, wenn es nichts Neues zu berichten gab? Warum aber hatten sie ihre Schwester dann nicht mitgebracht? War sie etwa verhaftet? Sie musste etwas Schlimmes gemacht haben, wenn sie ins Gefängnis gebracht wurde. Jedenfalls schlimmer als irgendwas zu klauen, das wusste Judith mit Sicherheit.

Sie war einmal dabei gewesen, als Hannah in einer Drogerie Wimperntusche in ihren Ärmel geschoben hatte. Ihr Vater verwaltete das Taschengeld streng und wollte immer wissen, wofür sie es auszugeben planten, bevor er es rausgab. Von Schminke hielt er nichts, weshalb Hannah das Geld dafür nicht bekommen hatte. Also war sie gemeinsam mit Judith losgezogen, um sie zu stehlen. Es handelte sich nur um den Tester, aber als der Mann an der Kasse auf sie zukam und sie nach der Mascara fragte, war Judith das Herz in die Hose gerutscht.

Er hatte sie in ein Hinterzimmer mitgenommen, wo er sie eine Weile finster angestarrt hatte – vermutlich nicht mehr als eine Minute, aber Judith war es vorgekommen wie eine Ewigkeit. Die ganze Zeit hatte sie mit den Tränen gekämpft, während Hannah ganz ruhig geblieben war. Im Endeffekt war die Aktion glimpflich ausgegangen. Ohne die Polizei zu rufen, hatte er den Schwestern Hausverbot erteilt und gedroht, dass er beim nächsten Mal Anzeige erstatten würde.

Was also hatte Hannah getan, dass die Polizei sie nicht einfach nach Hause brachte, sondern festhielt? Vielleicht hatte sie gar nichts angestellt, sondern war nur irgendwo weit weg. Seit vier Tagen war sie jetzt verschwunden, in der Zeit konnte man sonst wohin fahren.

Ja, daran musste es liegen, deshalb sollte ihr Vater kommen, denn irgendjemand musste Hannah abholen. An diesen Gedanken klammerte sich Judith und sie war immer überzeugter, je länger es dauerte, bis ihr Vater nach Hause kam. Es war spät, als sie endlich sein Auto im Hof hörte. Draußen war es mittlerweile dunkel. Judith lag im Bett und lauschte auf Stimmen, die sich der Wohnungstür näherten. War das ihre Schwester? Zu ihrer Enttäuschung erkannte sie ihre Stiefmutter. Wieso war Hannah nicht bei ihnen?

Die beiden gingen in die Küche. Sie mussten die Tür geschlossen haben, denn obwohl Judith angestrengt lauschte, konnte sie nicht verstehen, was sie sagten. Ganz leise huschte sie in die Diele, hielt sich aber direkt vor ihrem Zimmer, damit sie schnell verschwinden konnte, sollten die beiden aus der Küche kommen.

»Wir hätten warten sollen, bis sie damit zu uns kommt«, sagte Monika. Sie klang traurig.

»Du machst mir jetzt nicht im Ernst Vorwürfe, oder?«, presste ihr Vater müde hervor.

Ihre Stiefmutter seufzte. »So war das nicht gemeint. Ich mache mir eher selbst Vorhaltungen, dass ich dir von dem Test erzählt habe.«

Von was für einem Test redeten sie? Hatte Hannah wieder mal eine Unterschrift auf einer schlecht benoteten Klassenarbeit gefälscht?

»Und dann? Wäre ich irgendwann vor vollendete Tatsachen gestellt worden? Das Mädchen ist ... sie war sechzehn. Natürlich musstest du mit mir reden.«

Monika schwieg oder ihre Antwort war so leise, dass Judith nicht verstehen konnte, was sie gesagt hatte. Dann wurde ein Stuhl zurückgeschoben. Sie schlüpfte in ihr Zimmer.

Kurz darauf öffnete ihr Vater die Tür. Er kam herein und setzte sich auf die Bettkante. Im fahlen Licht der Dielenlampe erkannte sie die Verzweiflung auf seinem Gesicht und die Angst packte sie. Instinktiv wusste sie, was er gleich sagen würde, und sie wünschte sich, dass er den Mund hielt.

»Deine Schwester wurde gefunden.« Er senkte den Kopf, die Schultern hingen kraftlos herunter. So hatte sie ihren Vater noch nie gesehen. »Es tut mir leid, Hannah ist … sie lebt nicht mehr.«

»Oh, das ist nicht wahr«, sagte Judith im Brustton der Überzeugung. Die Vorstellung war so grausam, dass es einfach nicht stimmen konnte. Ihr Vater musste lügen.

»Leider ist es das«, sagte er mit belegter Stimme, die zu einem Flüstern wurde. »Sie ist tot. Deine Schwester ist tot.«

Judiths Kopf weigerte sich, diese Information zu verarbeiten. Sie fühlte sich völlig leer. Schweigend saßen sie eine Weile nebeneinander. Sie weinten nicht, sie schauten sich nicht an, sie wagten es sogar kaum, zu atmen. Irgendwann stand ihr Vater auf und verließ den Raum.

Obwohl Judith die ganze Nacht wach gelegen hatte, wurde sie am nächsten Tag in die Schule geschickt. Dort schien jeder bereits Bescheid zu wissen. Ihre Klassenkameradinnen, die sich gestern noch mit ihr hatten treffen wollen, beäugten sie nur skeptisch aus der Ferne. Die Lehrer wunderten sich, warum sie nicht zu Hause geblieben war, und erlaubten ihr, während des Unterrichts nach draußen zu gehen, wenn es ihr zu viel wurde.

In der Pause hielt Judith die Blicke der anderen nicht mehr aus. Sie fühlte sich wie eine Aussätzige, als wäre der Selbstmord ihrer Schwester eine Krankheit, vor der sich ihre Mitschüler fürchteten. Auf der Suche nach einem Platz, an dem sie ihre Ruhe hatte, traf sie in der Raucherecke auf ein paar Schüler aus den höheren Jahrgängen, darunter auch Viola, die mit Hannah in eine Klasse ging. Gegangen war …

Tränen sammelten sich in Judiths Augen, als sie zum ersten Mal so richtig realisierte, dass ihre Schwester niemals zurückkommen würde. Schnell drehte sie sich weg. Wie peinlich, wenn sie jetzt vor denen losheulte. Viola kam ihr hinterher und fasste sie an der Schulter an.

»Mensch, wart doch mal. Es tut mir so leid, was mit Hannah passiert ist. Dir muss es furchtbar gehen.«

Judith schaute Viola an, ihre Lippen zitterten, während sie tapfer mit den Schultern zuckte. »Geht schon«, presste sie hervor. Der Kloß in ihrem Hals machte das Sprechen schwer.

Viola antwortete nichts, sondern zog sie nur in ihre Arme. Zuerst stand Judith einfach nur steif da und wusste nicht, wie sie reagieren sollte. Dann ließ sie ihren Tränen freien Lauf, während Viola ihr beruhigend über den Rücken streichelte. Die gesamte Pause standen sie so da und selbst als es klingelte, ließ Viola sie nicht einfach stehen, sondern schwänzte die nächste Stunde, um Judith zu trösten.

Nach diesem Tag hatten die beiden sich angefreundet und irgendwann hatte Viola Judith dann auch das Geheimnis verraten, das ihre Schwester mit sich herumgetragen und über das ihr Vater bis heute nicht mit Judith gesprochen hatte. Hannah war vor ihrem Tod schwanger gewesen.

»Mama?« Moritz war bereits ein halbes Stockwerk die Treppe nach unten gegangen.

»Ja doch! Ich bin gleich da.« Judith wählte Violas Nummer. Wie bei Jannik erreichte sie nur die Mailbox.

Sie schrieb ihr eine Nachricht und machte sich dann notgedrungen allein mit Moritz auf den Weg.

Auf dem Sportplatz angekommen, zerschlug sich ihre Hoffnung, dass Tomke sich wegen seiner Blessuren fernhielt. Zuerst sah sie seine Frau, die auf den Rängen saß und auf ihr Handy schaute. Direkt daneben war Tomke in eine Unterhaltung mit einem Typen namens Atze vertieft, den Judith vom Sehen kannte.

Nicht weit von ihnen hatte sich eine Kollegin von Judith mit ihren beiden Kindern einen Platz in der Sonne gesichert. In diesem Moment drehte sie sich um und winkte Judith zu sich, als sie sie entdeckte. Sie nickte freundlich zurück, setzte sich aber nicht in Bewegung. Es war schwer genug für sie, mit Tomke auf einer Veranstaltung zu sein, sich in seine Nähe zu setzen, kam nicht infrage.

Früher waren Dorffeste wie das Sommerturnier des Fußballvereins oder die Kirmes eine bittersüße Angelegenheit für sie gewesen. Sie hatte sie gern besucht, weil sie dabei an so viele schöne Momente mit ihrer Schwester erinnert wurde. Sie waren immer zu zweit unterwegs gewesen, hatten sich mit Süßigkeiten und Pommes vollgestopft oder ihr gesamtes Taschengeld an der Losbude ausgegeben, nur um einen hässlichen Tiger aus Vollpolyester zu gewinnen, den sie im Endeffekt günstiger im Laden hätten kaufen können. Das Teil lag noch immer in ihrem Schlafzimmer. Obwohl es grottenhässlich war, schaffte sie es einfach nicht, sich davon zu trennen.

Natürlich vermisste sie ihre Schwester bei diesen

Gelegenheiten, so wie jeden Tag in ihrem Leben, aber es fühlte sich gut an, wenn sie an ihre gemeinsamen Erlebnisse dachte. Jetzt, da Tomke hier war, überwog die Bitterkeit. Mit ihm vor Augen konnte sie nur noch daran denken, was er ihr genommen hatte. Dass Hannah jetzt nicht bei ihr sein konnte, und auch nicht deren Kind, das mittlerweile erwachsen wäre. Stattdessen saß dieses Arschloch da vorn auf den Rängen, als würde er dazugehören, und schien sich bestens zu amüsieren.

Immer wieder lachte er und klopfte Atze kumpelhaft auf die Schulter. Der wirkte Tomke gegenüber völlig unbefangen, dabei musste er genau wissen, was damals vorgefallen war. Jeder im Dorf wusste es, es hatte laut Viola tagelang kein anderes Thema gegeben. Anscheinend brauchte es nur knappe fünfundzwanzig Jahre, damit die Leute sich nicht mehr daran erinnerten oder es ihnen schlicht egal war. Aber Judith konnte es nicht vergessen, die Lücke, die ihre Schwester hinterlassen hatte, würde für immer bleiben.

Sie wandte sich ab und entdeckte am Spielfeldrand Tomkes Sohn. Er jubelte der Mannschaft zu, in der Moritz' Klassenkameraden spielten. Judith malte sich aus, wie die beiden sich anfreundeten, wie sie es ertragen müsste, Moritz auf den Sattlerhof zu fahren oder Tomkes Sohn in ihrer Wohnung zu empfangen. Aus der Entfernung betrachtete sie sein Gesicht. Mit den tief liegenden Augen, der breiten Nase und den vollen Lippen sah er aus wie eine jüngere Version von Tomke. Unwillkürlich fragte sie sich, ob Hannahs Kind auch Ähnlichkeit mit ihm gehabt hätte.

Bei dem Gedanken bildete sich ein heißer Klumpen

Wut in ihrem Bauch. Jannik hatte recht. Es war nicht fair, dass Tomke sich hier ein glückliches Leben aufbaute, während ihre Schwester niemals die Chance darauf bekommen hatte. Sie entsperrte das Display ihres Handys und tippte eine Nachricht ein.

Du hast recht. Er verdient eine Strafe. Ich will ihn hier nicht haben. Wir sollten uns unterhalten.

Einen Moment ließ sie ihren Daumen über dem Button zum Versenden schweben. Wenn sie ihn erst einmal aufgestachelt hatte, würde sie nur schwer einen Rückzieher machen können. Sie warf noch einen Blick zu den Rängen, dann senkte sie ihren Daumen auf das Display und schickte die Nachricht ab.

KAPITEL ACHTZEHN

DAMALS

Ich weiß nicht, womit ich es verdient habe, doch genau in dem Moment, in dem er fast die Container erreicht hat, geht über mir in einer Wohnung das Licht an. Der Schein fällt direkt vor meiner Nase auf den Bürgersteig und erhellt die Dunkelheit. Ein Plätschern übertönt meinen Atem. In Zeitlupentempo, um ja kein Geräusch zu machen, presse ich mich noch fester an die Hauswand in meinem Rücken und schiebe mich weiter hinter den Container. Etwas krabbelt über meine Hand. Bestimmt eine Spinne. Ich unterdrücke den Drang, sie abzuschütteln.

Seine Beine kommen in mein Sichtfeld. Kurz vor dem Lichtkegel, der aus dem Fenster fällt und die Gehwegplatten beleuchtet, bleibt er stehen. Wenn er jetzt den Blick nach rechts wendet, wird er mich entdecken, ganz bestimmt. Die Tatsache, dass dort oben jemand ist, der ihn sehen könnte, scheint ihn jedoch abzuschrecken. Er geht weiter, ohne sich auch nur umzusehen.

In der Wohnung über mir wird die Klospülung betätigt, das Fenster geht auf und ich höre eine Tür, aber das Licht bleibt eingeschaltet. Ich warte vergebens darauf, dass es wieder dunkel wird. Nach einer Weile wage ich es, mich ganz leise zu bewegen, sodass ich eine bessere Sicht auf die Straße habe. Es scheint niemand hier zu sein, jedenfalls kann ich ihn nicht entdecken. Vielleicht hat er eingesehen, dass ich ihm entwischt bin.

Trotzdem warte ich zur Sicherheit noch eine gefühlte Ewigkeit, bis ich mich aus meinem Versteck traue. Ich habe dort so lange gekauert, dass meine Beine eingeschlafen sind und mir der Rücken wehtut. Nachdem ich meine Kleidung abgeklopft habe, nur für den Fall, dass die Spinne noch da ist, schüttele ich meine Beine aus, damit sie aufwachen. Da stehe ich nun ohne Schuhe und habe absolut keinen Plan, wie es weitergehen soll. So weit habe ich bei meiner Flucht aus dem Keller nicht gedacht, denn ich hatte nicht wirklich die Hoffnung, dass es klappt.

Ich könnte versuchen, Judith irgendwie zu wecken, damit sie mich reinlässt. Ihr Fenster geht wie meines zum Garten raus, das von meinem Vater und Monika zeigt zur Einfahrt. Sie würden nicht zwangsläufig aufwachen, wenn ich Steinchen an die Scheibe werfe. Dann wäre ich in der Wohnung und fürs Erste sicher, aber was dann? Mein Vater wird morgen komplett ausrasten, wenn er mich in meinem Zimmer entdeckt. Zwar würde er seine Wut an mir auslassen und nicht an Judith, aber für mich würde damit alles wieder von vorn losgehen. Die nächste Nacht im Keller wäre mir sicher.

Ich überlege, ob ich ihm einfach alles beichten soll.

Müsste er als Vater nicht so etwas wie einen Beschützerinstinkt haben? Nein, die Vorstellung ist naiv. Er hat noch nie zu mir gehalten, wenn ich irgendwie Stress hatte, im Gegenteil.

Wenn ich in der Schule Ärger bekomme, glaubt er immer den anderen. Ein Lehrer hat mich unfair behandelt oder mir ungerechterweise eine schlechte Note gegeben? Nie im Leben, ich muss mich sicher danebenbenommen haben oder strenge mich im Unterricht einfach nicht genug an. In der Pause habe ich mich mit Jessi geprügelt und deshalb einen Einlauf vom Direktor bekommen? Es ist undenkbar, dass sie angefangen hat, ich soll gefälligst die Schuld nicht immer auf andere schieben.

Nein, ich kann nicht erwarten, dass er sich bei dieser Sache hinter mich stellt. Er würde es für eine faule Ausrede halten, eine Schutzbehauptung, weil ich mit jemandem ins Bett gestiegen bin und jetzt nicht die Konsequenzen tragen will.

Bevor ich nach Hause gehen kann, muss ich mir darüber klar werden, was ich ihm sage. Also setze ich mich in Bewegung, damit ich nicht länger in der Nähe von unserem Haus herumstehe und mich am Ende noch jemand sieht.

Anstatt einen Plan zu entwickeln, kann ich nur darüber nachdenken, wie ungerecht es ist, dass Monika mich verpetzen musste. Sie weiß ja gar nicht, was sie angerichtet hat. Das Problem war schon groß genug, bevor sie davon wussten, aber ich hätte es irgendwie hinbekommen. Jetzt sehe ich nicht, wie sich das jemals wieder einrenken soll. Bis ich endlich volljährig bin und ausziehen kann, dauert es noch zwei Jahre. Das halte ich nie im Leben aus.

Vielleicht wäre es doch das Beste, wenn ich abhaue, schließlich bin ich nur das fünfte Rad in dieser Familie und sie würden schnell darüber hinwegkommen. Aber ich weiß einfach nicht, wohin. Ich habe keinen Abschluss, keine Ausbildung, kein Geld und keine Freunde, die mich aufnehmen könnten. Soll ich etwa auf der Straße leben? Und was wird dann aus dem Kind, das in mir heranwächst? Noch ist es nur ein Zellklumpen, glaube ich jedenfalls, aber wenn ich nichts dagegen unternehme, wird es auf die Welt kommen und irgendjemand wird sich um das Baby kümmern müssen. Ich will es nicht sein, so viel steht fest.

Nachdem ich eine Weile ziellos durch die Nacht gelaufen bin und mich durch die Bewegung ein wenig beruhigen konnte, fällt mir doch noch etwas ein. Was, wenn ich meinem Vater erzähle, dass der Test gar nicht von mir ist? Ich könnte behaupten, dass eine Freundin bei mir war und ihn gemacht hat. Da gibt es nur zwei Probleme, um die ich mich vorher kümmern müsste, und beide erscheinen mir etwa gleich unlösbar.

Zuerst brauche ich eine Freundin, die mitspielt, denn mein Vater wird garantiert einen Namen verlangen. Es muss eine sein, die keine Angst hat, für mich Ärger mit ihren Eltern zu bekommen oder mit Eltern, die eingeweiht werden können und die kein Problem damit haben, meinen Vater zu belügen, sollte er mit ihnen reden wollen.

Über das, was danach zwangsläufig folgen wird, nämlich dass dieses Kind aus meinem Bauch verschwinden muss, will ich noch gar nicht nachdenken. Es wird schon schwer genug, überhaupt jemanden zu finden, der für mich den Kopf hinhält. Mir fällt nur eine Person ein, die dabei mitspielen könnte: Viola.

KAPITEL NEUNZEHN

Michelle sprang von der Bank auf. Ohne Renate eine Erklärung zu geben, schnappte sie sich ihren Rucksack und steuerte den Ausgang des Festzelts an. Das Handy ließ sie dabei keine Sekunde aus den Augen. Jemand war auf ihrem Hof, sie hatte ihn gesehen! Sein Gesicht war nicht zu erkennen gewesen, er hatte den Rücken zur Kamera gewandt. Gelassen, als wäre es sein gutes Recht, sich auf dem Grundstück aufzuhalten, war er zur Scheune geschlendert, hatte das Tor aufgezogen und war im Innern und damit aus dem Sichtfeld der Kamera verschwunden.

Er ist nicht im Haus, Lea ist sicher, versuchte Michelle sich zu beruhigen. Aber wie lange? Selbst wenn sie sämtliche Geschwindigkeitsbegrenzungen ignorierten, bräuchten sie mindestens zehn Minuten bis nach Hause. In dieser Zeit konnte alles Mögliche passieren. Ihre Gedanken überschlugen sich. Vor ihrem geistigen Auge sah sie, wie der Fremde sich der Haustür näherte, wie er sie aufstieß und mit schnellen Schritten die

Treppe hochjagte. Lea war vermutlich am Handy, hatte womöglich ihre Kopfhörer in den Ohren. Sie würde ihn nicht kommen hören, hätte keine Chance zu flüchten.

Die Angst um ihre Tochter schnürte Michelle die Kehle zu, ihr Herz raste. Warum nur hatten sie Lea allein gelassen, wieso war sie nicht bei ihr geblieben? Und wie um alles in der Welt war sie darauf gekommen, dass es eine gute Idee sein könnte, diesen gottverlassenen Bauernhof zu kaufen? Seit ihrer Ankunft dort schien ein Fluch auf ihrer Familie zu liegen. Nein, kein Fluch. Das war nichts Übersinnliches. Jemand hatte es auf sie abgesehen und versuchte ganz gezielt, ihnen Angst einzujagen.

Michelle wagte es nicht, den Blick vom Display zu nehmen, während sie sich ihren Weg durch das Festzelt bahnte. Jemand rannte in sie rein, Bier ergoss sich über ihren Arm. Sie schüttelte die Flüssigkeit ab. Die Person legte die Hand auf ihre Schulter.

»Hey, Michelle! Was ist los?«

Sie erkannte Tomkes Stimme und schaute endlich auf. Ihre Augen füllten sich mit Tränen. In ihrem Kopf war so viel los, dass sie kaum die richtigen Worte fand. »Die App ... Der Alarm ging los. Da ist jemand!«

Der irritierte Ausdruck auf seinem Gesicht wandelte sich in Besorgnis. Er stellte die Gläser auf den Tisch neben ihnen, nahm ihr das Handy aus der Hand und betrachtete das Video. »Wo ... Was zum Teufel?«

»Er ist in der Scheune!« Sie zeigte auf das Tor, welches nun offen stand.

»Du suchst Aaron und ich rufe die Polizei an.« Er drückte ihr das Telefon wieder in die Hand. Nach dem ersten Schrecken schien er sich schnell gefangen zu haben.

Michelle war froh, dass er die Führung übernahm, denn sie war viel zu fahrig, um einen klaren Gedanken fassen zu können. Sie nickte nur und stürmte ins Freie, wo sie kurz innehielt und sich umsah. Der Regen hatte aufgehört und die Sonne brach bereits wieder durch die Wolken.

»Aaron, wir fahren«, rief sie in Richtung Spielfeldrand. Der Platz, an dem ihr Sohn vorhin gestanden und die Spieler angefeuert hatte, war leer. Gerade war Halbzeit und die Dorfmannschaft stand mit ihrem Trainer im Pulk zusammen. Auch andere Kinder tummelten sich dort, Aaron war jedoch nicht darunter.

Hektisch sah Michelle sich nach links und nach rechts um. Beim Essensstand, am Getränkewagen, zwischen den anderen Leuten, nirgends konnte sie ihn entdecken. Das konnte nicht sein, Aaron würde nicht einfach so den Fußballplatz verlassen, ohne Bescheid zu sagen. Er kannte hier außerdem noch niemanden, wo sollte er also hin sein?

Auf dem Klo. Das musste es sein! Michelle folgte der Beschilderung zu den Toilettenwagen und zwang sich, nicht zu rennen.

Es ist alles in Ordnung, das hier ist ein Dorffest. Aaron wird schon nichts passiert sein, sagte sie sich dabei mantraartig vor.

Eine lange Schlange hatte sich vor dem Anhänger gebildet. Michelle hastete daran vorbei und ignorierte die bösen Blicke, die sie dafür erntete.

»Hinten ist, wo der Hintern ist«, wurde sie von einer Jugendlichen angezickt.

»Sorry, ich suche nur nach meinem Sohn, geht ganz schnell.« Am Anfang der Schlange angekommen, warf Michelle einen Blick durch die Tür zum Männerklo. Ein unangenehmer Geruch nach Urin und anderen Ausscheidungen kam ihr entgegen.

»Aaron, bist du auf dem Klo?«, rief sie. Ein paar Stehpinkler an den Pissoirs drehten sich zu ihr um. Keine Antwort von ihrem Sohn. Anscheinend war er nicht hier.

So langsam verlor Michelle die Geduld. Wo verdammt noch mal steckte er bloß? Sie schloss einen Moment die Augen und atmete tief durch. In hektischen Situationen war man gut beraten, einen Gang zurückzuschalten, damit man nicht die Nerven verlor. Was leichter gesagt als getan war, wenn die Tochter fernab von irgendwelchen Nachbarn mit einem Fremden, der wer weiß welche Absichten hatte, allein auf dem Hof war. Sie musste Aaron finden, und zwar schnell.

In der Hoffnung, dass sie einfach nur aneinander vorbeigelaufen waren, rannte sie zurück zum Spielfeldrand. Von Aaron fehlte weiterhin jede Spur. Michelle hatte das Gefühl, als würde eine riesige Hand ihre Lungenflügel zusammenquetschen, sodass sie nicht richtig atmen konnte.

»Die Polizei ist unterwegs«, sagte Tomke, als sie neben ihm ankam.

»Ich finde Aaron nicht!« Michelles Stimme klang schrill.

Ein Schatten legte sich auf Tomkes Gesicht. Er schaute sich mit konzentrierter Miene um, als wollte er überprüfen, ob Michelle nur nicht richtig geschaut hatte und Aaron in der Nähe war. Dann nahm er sein Handy raus. »O Mist!«

Michelles Nackenhaare stellten sich auf. »Was ist?«

»Ich hab den Bereich nicht umgestellt.«

Sie brauchte einen Moment, bis sie verstanden hatte, wovon er sprach. Seit ein paar Monaten trug Aaron eine Kinder-Smartwatch, eine Digitaluhr, die wie ein abgespecktes Handy funktionierte. In einer dazugehörigen App konnte man sogenannte Sicherheitszonen einstellen. Sobald das Kind den angegebenen Radius verließ, bekamen die gekoppelten Handys der Eltern eine Mitteilung, allerdings musste man immer genau einstellen, wo sich das Kind aufhalten durfte, ohne dass eine Meldung kam. Michelle war gegen die Uhr gewesen, aber Tomke, der berufsbedingt ein Technikfreak war, hatte darauf bestanden, nachdem Gerüchte umgegangen waren, dass ein Mann vor der Grundschule in Frankfurt Kinder angesprochen hätte.

Michelle warf ihm einen bitterbösen Blick zu. Wozu hatten sie so ein Teil, wenn er sich dann nicht darum kümmerte, dass es ordentlich funktionierte? »Das ist nicht dein Ernst, oder?«

»Streiten bringt uns jetzt auch nicht weiter. Lass uns lieber zusehen, dass wir ihn finden.«

Die Ruhe, die Tomke ausstrahlte und die sie normalerweise erdete, fand Michelle in diesem Moment nicht zum Aushalten. »Du fragst hier rum, ob ihn jemand gesehen hat, und ich schaue draußen auf dem Parkplatz«, entschied sie.

Das Spiel wurde wieder angepfiffen. Michelle

stürmte vom Gelände. Der Schotterplatz voller Autos lag menschenleer vor ihr.

»Aaron«, rief sie, ohne viel Hoffnung, eine Antwort zu erhalten. Was sollte er hier wollen? Hier gab es nichts, das für ihn von Interesse sein könnte. Ihre Sorge um Lea wurde abgelöst von Wut darüber, dass Aaron einfach irgendwohin gegangen war, ohne ihr oder Tomke Bescheid zu geben. Er wusste genau, dass er das nicht sollte. Oder hatte er gar nicht die Möglichkeit gehabt, weil ihn jemand mitgenommen hatte? Ein Fest mit etlichen Menschen, wo niemand so recht auf den anderen achtete, das war eine gute Gelegenheit, sich ein Kind zu schnappen, oder nicht?

»Hör auf, dir solche Horrorgeschichten zusammenzuspinnen, sonst drehst du noch völlig durch«, murmelte Michelle sich selbst zu. Es war niemandem geholfen, wenn sie jetzt die Nerven verlor. Außerdem waren sie hier auf dem Dorf. Da rannte niemand rum und entführte Kinder.

Andererseits hätte sie auch nicht damit gerechnet, bereits in den ersten Tagen in ihrem neuen Haus mit einem Tiermörder und Vandalen konfrontiert zu werden …

Sie verdrängte den Gedanken, denn er brachte sie keinen Schritt weiter. Wie automatisch lief sie los, ohne wirklich ein Ziel zu haben. Der Fußballplatz lag etwas außerhalb des Dorfes, drumherum nichts als Felder und Wald. Zu Letzterem zog es sie, wobei sie immer wieder nach ihrem Sohn rief.

Zwischen den Bäumen, die so eng standen, dass es im Vergleich zu der grellen Sonne schon fast düster war, strömte ihr angenehm kühle Luft entgegen. Michelle blieb stehen, um einen Moment zu verschnaufen und sich zu orientieren. An einem der Bäume rechts neben ihr hing ein Schild.

Achtung, Wege nicht verlassen. Explosionsgefahr!

Michelle erinnerte sich, dass bei Forstarbeiten im vergangenen Jahr Spuren von Munitionsresten, die die Amerikaner dort hinterlassen hatten, im Wald gefunden worden waren. Einer von Tomkes Brüdern hatte davon erzählt.

Plötzlich fühlte Michelle sich fehl am Platz. Zwischen den dicht an dicht stehenden Stämmen und den gedrungenen Sträuchern am Boden konnte sie gar nichts erkennen. Ein paar Meter weiter machte der Weg eine Biegung und führte steil bergauf.

Warum hätte Aaron hierherkommen sollen? Er kannte sich doch überhaupt nicht aus und es sah ihm nicht ähnlich, sich einfach davonzustehlen, erst recht nicht in den Wald. Fußball, das war sein Ding. Es gab Nachmittage, da machte er nichts anderes, als seinen Ball gegen irgendwelche Wände zu kicken, nur um dann abends ins Training zu gehen. Auf einen Baum war er in seinem ganzen Leben noch nicht geklettert, geschweige denn allein in der Natur unterwegs gewesen.

Eine Gänsehaut jagte ihr über den Körper. So laut sie konnte, rief sie den Namen ihres Sohnes. Ihre Stimme verhallte zwischen den Bäumen. Neben ihr knackte es im Unterholz.

War da jemand?

Michelle fuhr herum, sah aber niemanden. Ein Vogel flatterte aus dem Laub am Boden.

»Was mache ich hier nur? Wir sollten längst auf dem Weg zu Lea sein!« Dennoch ging sie den Weg entlang, tiefer in den Wald. Wenn nicht hier, wo sonst sollte Aaron stecken? Auf dem freien Feld hätte sie ihn sehen müssen, es lag also nahe, dass er sich – aus welchem Grund auch immer – entschieden hatte, dem Waldweg zu folgen.

Es sei denn, er wurde doch …

»Michelle!« Es war Tomkes Stimme. Er stand am Waldrand und winkte ihr zu. Vor Erleichterung stiegen ihr Tränen in die Augen, als sie die kleine Gestalt neben ihm entdeckte. Er hatte Aaron gefunden. Doch die Angst um Lea kehrte unverzüglich und mit voller Wucht zurück. Sie mussten nach Hause. Sofort.

KAPITEL ZWANZIG

Der Sattlerhof lag verlassen vor Rouven. Er stieg aus und schlenderte die Zufahrt entlang. Am Himmel türmten sich blaugraue Wolken und es war unerträglich schwül geworden. Die Vögel schossen auf der Jagd nach Insekten tief über seinem Kopf vorbei. Aus dem Augenwinkel beobachtete er das Haus. Auf dem Weg hierher war er beim Fußballplatz vorbeigefahren und hatte Tomkes Protzkarre auf dem Parkplatz gesehen, doch er wusste nicht mit Sicherheit, ob nicht jemand zu Hause geblieben war.

Er stellte sich vor, wie er die Frau beim Sonnenbaden erwischte. Natürlich nackt, hier draußen gab es schließlich niemanden, der sie dabei beobachten konnte. Bei dem Gedanken musste er grinsen. Ihr Hintern war ihm zwar eindeutig zu fett, aber sie hatte ein hübsches Gesicht und volle Lippen, sodass er sie sicher nicht von der Bettkante stoßen würde. Höchstens, um sie davor knien zu lassen, während sie ihm einen ...

Sein Blick fiel auf einen kleinen weißen Kasten, der

über der Haustür angebracht war, und Rouven blieb stehen. Eine Überwachungskamera? Es sah ganz danach aus. Über diese Dummheit konnte er nur den Kopf schütteln. Seiner Meinung nach gab es wenig, das mehr schrie: »Hier gibt es was zu holen«, als wenn das Haus mit Kameras überwacht wurde. Wenn sie überhaupt echt waren. Oft hängten die Leute irgendwelche Attrappen auf, in der Hoffnung, dass sich die Einbrecherbande aus dem Staub machte, wenn sie so ein Teil nur von Weitem sah.

Da er jedoch nicht sicher sein konnte, dass Tomke sich nur eine Nachbildung hingehängt hatte, musste er aufpassen, nicht auf den Aufnahmen erkannt zu werden. Sich im Haus umzusehen, fiel damit aus. Andererseits ... Bestimmt hingen nicht an allen vier Hausseiten Kameras und hier draußen würde es niemand mitbekommen, wenn er ein Fenster einschlug, um sich Zutritt zu verschaffen. Tomke würde sich in die Hose machen, wenn er nach Hause kam und merkte, dass jemand bei ihm eingebrochen war. Vielleicht würde er sich einfach den Spaß erlauben, ganz egal, ob er in der Scheune bereits fand, wonach er suchte, oder nicht.

Rouven marschierte los, hielt aber kurz darauf inne. Sein Blaumann war ein Problem. Sollte die Kamera doch echt sein und am Ende noch hochauflösend – was Tomke als ehemaligem IT-ler durchaus zuzutrauen war –, könnte er ihn daran erkennen. Er machte kehrt und ging zu seinem Auto, wo er einen Kapuzenpullover hatte. Darin würde er zwar schwitzen wie ein Schwein, aber die Arbeitshose wirkte damit eher wie eine normale Jeans.

So angezogen steuerte er auf die Scheune zu. Das Tor

quietschte beim Aufschieben und er schlüpfte schnell ins Innere, obwohl weit und breit niemand war, der das Geräusch hören konnte. Drinnen war es düster, nur durch die Ritzen im Holz fiel etwas Licht. Rouven unterdrückte ein Husten. Es stank nach Moder und vergammeltem Stroh und die Luft war unerträglich stickig. Es musste Jahre her sein, dass hier zuletzt eine frische Ernte eingelagert worden war. Der alte Sattler hatte schon einige Zeit seine Felder nicht mehr bestellt.

Als sich seine Augen an die Dunkelheit gewöhnt hatten, schaute er sich um. Der Boden im unteren Bereich war noch vollständig mit altem Stroh und Heu bedeckt. Das löcherige Dach wurde von alten Holzbalken getragen und befand sich etwa fünf Meter über ihm. Über die Hälfte des Innenraums zog sich eine Empore, zu der eine morsche Leiter führte. Dort war das Gästezimmer. Rouven hielt auf die Leiter zu. Seine Schritte wirbelten jahrealten Staub auf, dessen Partikel in den Lichtstreifen herumwirbelten. Er atmete flach, damit er nicht zu viele davon in die Lunge bekam.

Das alte Holz ächzte unter seinem Gewicht, als er auf die Empore trat. Hoffentlich krachte ihm das Ding nicht unter dem Arsch zusammen. Besser, er beeilte sich, hier wieder rauszukommen. Das Gästezimmer lag an der rechten Außenwand und war überraschenderweise nicht abgeschlossen. Auf seine alten Tage war der Sattler dann wohl doch nachlässig geworden. Oder lagerte er womöglich gar nichts mehr hier?

Er öffnete die schwergängige Tür und schaute sich um. Da es hier ein Fenster gab, war es nicht so düster wie im Rest der Scheune. Viola hatte recht gehabt, die Nichte vom alten Sattler hatte den Raum nicht auf dem Schirm gehabt. Die Einrichtung schien noch vollständig zu sein: Gegenüber der Tür stand ein alter, mit einer Staubschicht überzogener Küchenschrank, daneben ein Tisch mit einem Stuhl, neben dem Fenster ein Bett mit einer stockfleckigen Matratze. Das Holz an den Pfosten der Kopfseite war zerkratzt. Den Grund dafür blendete Rouven aus, so wie alles andere, was hier drin geschehen war. Er hatte etwas zu erledigen und nicht darüber nachzudenken, wozu dieses Zimmer gedient hatte.

Rouven öffnete zuerst die oberen Schrankfächer, die von Spinnenweben durchzogen waren. Alte, von Mäusen zerfressene Bettwäsche, Handtücher, eine Kiste mit ... er zog angewidert die Hand zurück, als er den Inhalt erkannte. Ihm wurde übel. Das war eindeutig Sexspielzeug. Taschenmuschis, oder wie man die Teile nannte, ein großer schwarzer Dildo, uraltes Gleitgel ... Schnell warf er die Tür zu und widmete sich dem unteren Teil. Hier kam er der Sache schon näher. Eine Reihe von unbeschrifteten Büchern füllte die Fächer. Er klappte eines davon auf, dann ein zweites, überflog die handschriftlichen Notizen. Der alte Sattler hatte so eine Sauklaue gehabt, dass Rouven die Schrift kaum entziffern konnte. Ein genervtes Seufzen entwich ihm. Der Kram war nicht nur schwer zu lesen, die Bücher schienen auch keine bestimmte Reihenfolge zu haben. Er würde sich nicht die Mühe machen, sie alle durchzublättern, denn hinter den Büchern entdeckte er, wonach er eigentlich suchte. Jedenfalls hoffte er, dass es sich nicht um eine weitere Kiste voller Nippelklemmen und Analplugs handelte.

Gerade wollte er die Blechkiste herausholen, als ihn ein Geräusch innehalten ließ. Das Brummen eines Motors näherte sich. Er sprang auf und schaute aus dem vor Dreck fast blinden Fenster neben dem Bett. Ein Streifenwagen hielt hinter seinem Firmenbus. Die Tür ging auf und Andreas Horn stieg aus.

Verdammt, das hat mir gerade noch gefehlt.

Er schnappte sich die Blechkiste und öffnete den Deckel. Bingo. Da waren die Fototaschen. Die Schritte der schweren Polizeischuhe näherten sich der Scheune. Rouven schüttete den Inhalt der kleinen Truhe auf den Boden.

»Rouven, bist du hier?«, rief Horn von unten.

Eilig stopfte er sich die Bilder unter dem Pullover in die Bauchtasche seines Blaumanns. Dann hastete er aus dem Gästezimmer. Unten wurde das Tor vollends aufgeschoben. Das Licht durchflutete die Scheune, als Rouven die Tür hinter sich schloss und zur Leiter ging. Er schaute in das verwunderte Gesicht von Andreas Horn, dessen Hand an seinem Holster lag.

Um ein lockeres Lächeln bemüht, hob er die Hände. »Hey, immer langsam. Du willst doch keinen unschuldigen Mann erschießen.« Bei jedem Schritt, den er auf die Leiter zumachte, knisterte es unter seinem Pullover.

Horn entspannte sich und ließ die Hand sinken. »Was hast du hier zu suchen?«

»Ich hab nach der veralteten Elektrik geschaut. Kein Grund, mich mit der Waffe zu bedrohen.« Eike stieg die Leiter herunter.

»Und die Duvnjaks wissen davon? Die haben

nämlich gerade auf der Wache angerufen und einen Einbruch gemeldet.«

Diese verdammte Kamera. Dann war sie also doch keine Attrappe. Hätte er doch bloß die Biege gemacht, als er sie vorhin entdeckt hatte. Eine Schweißperle löste sich aus Rouvens Haaransatz und rann über die Stirn in seine Augenbraue. Er wischte sie mit dem Handrücken weg. Jetzt brauchte er eine Idee, wie er aus der Nummer wieder rauskam, und zwar schnell. Sicher dauerte es nicht lang, bis Tomke ebenfalls hier aufschlug. »Ehrlich gesagt, nein.«

»Aha. Was genau soll das dann hier?«

»Eine … Überraschung«, erklärte er, weil ihm aus dem Stegreif nichts Besseres einfiel. »Tomke und ich kennen uns noch von früher, aus der Schule. Als ich gehört hab, dass er den alten Sattlerhof gekauft hat, dachte ich mir, ich fahr mal vorbei und schaue, ob die nicht etwas Hilfe bei den Elektroarbeiten gebrauchen können. Hier wurde ja Jahre nichts gemacht. Gestern war ich schon mal hier. Bin gerade aufgebrochen, als ihr auf den Hof gefahren seid.«

»Dement bin ich nicht …«

»Jedenfalls ist da oben ein altes Gästezimmer und ich hab einen Blick auf die Elektrik geworfen. Du kannst dir ja vorstellen, was passiert, wenn es hier drin zu einem Funkenschlag kommt.« Rouven blies die Backen auf und ahmte mit seinen Händen eine Explosion nach.

»Und da hast du dir gedacht, du fährst doch heute gleich mal her und erledigst das, ohne die Duvnjaks zu informieren? Als Überraschung?« Die Skepsis war Horn anzusehen.

Rouven beugte sich verschwörerisch zu ihm. »Es war vielleicht eine dumme Idee, aber nachdem mir Tomkes Frau gestern gesagt hat, dass sie sich momentan keine Handwerker leisten können und alles in Eigenregie machen, dachte ich, es wäre doch ganz nett …«

»Ganz nett, soso.«

»Ja, wie gesagt, Tomke und ich sind alte Freunde, unter denen sorgt man sich um die Sicherheit. Für mich sind das keine zehn Minuten Arbeit, die Stromzufuhr zur Scheune sicher zu kappen, damit kein Risiko mehr besteht.« Rouven schwitzte immer mehr. Wenn er nicht bald aus diesem verdammten Pullover rauskam, würde er noch einen Kreislaufkollaps bekommen. Aber er konnte ihn unmöglich ausziehen, solange Horn vor ihm stand, sonst würde der die Fotos entdecken und was dann passierte, wollte er sich lieber gar nicht erst vorstellen.

»Dann erklärst du das der Familie am besten gleich selbst.«

Rouven trat unbehaglich von einem Bein auf das andere. Der Blaumann klebte mittlerweile klatschnass an seinem Rücken. »Muss das sein? Du weißt doch, Tomke ist Kroate …«

»Weiß ich nicht!«

»… Und die Jugos sind viel zu stolz, um Hilfe anzunehmen. Es wäre ihm nur peinlich, wenn er zugeben müsste, dass er sich um diesen Kram nicht selbst kümmern kann und auch nicht die Kohle hat, einen Handwerker dafür zu bezahlen. Am Ende gibts noch Stress zwischen ihm und seiner Frau, weil sie mich gebeten hat, drüberzuschauen, während er nicht da war.«

Horn schaute ihn ungerührt an. So langsam gingen

Rouven die Argumente aus. Wenn Tomke und sein Anhang erst mal hier eintrafen, käme raus, dass er einen Riesenhaufen Scheiße erzählt hatte.

»Warst du in den letzten Tagen schon mal ohne das Wissen der Familie auf dem Hof?«

»Nein, nur gestern, als ich mit …« Er überlegte fieberhaft, doch er konnte sich einfach nicht erinnern, ob sie ihm ihren Namen genannt hatte. »… der Frau geredet hab. Warum?«

»Weil jemand seit dem Einzug der Familie sein Unwesen auf dem Grundstück treibt. Die Kellertür wurde aufgebrochen, das Scheunentor mit Farbe beschmiert …« Horn zögerte. »Allerdings hab ich Mirco Frickel in Verdacht. Er hat sich auch schon persönlich vorgestellt und ist dabei wenig feinfühlig vorgegangen.«

Rouven lachte, die Anspannung löste sich. »Dann hätten wir das ja geklärt.« Er wollte an Horn vorbeigehen, doch der hatte offenbar anderes im Sinn.

»Auch wenn ich nicht glaube, dass du derjenige bist, der hier nachts herumschleicht, kann ich dich nicht einfach gehen lassen. Das wäre gegen die Dienstvorschrift.«

»Ich versteh ja, dass du als Polizist was machen musst. Aber du sagst doch selbst, dass höchstwahrscheinlich Mirco den ganzen Quatsch angestellt hat. Konzentrier dich doch auf den und spar dir die Mühe, mich da mit reinzuziehen.« Obwohl sein Geduldsfaden kurz vorm Reißen war, gab Rouven sich Mühe, freundlich zu bleiben und sich nichts anmerken zu lassen. Wenn sie noch ein bisschen länger diskutierten, bräuchte er eine gute Erklärung für seine Lügen. »Ist doch immer so viel Papierkram. Willst du das?«

Der Hinweis auf die Arbeit, die Horn erwartete, wenn er jetzt ein Riesending draus machte, schien zu wirken. »Dem Duvnjak sage ich dann, die Person, die er auf der Kamera gesehen hat, wäre schon verschwunden gewesen, als ich hier ankam?«

»Für den Frieden wärs besser.« Rouven lächelte unschuldig.

»Na schön.« Es kostete ihn sichtlich Überwindung. »Wenn du ihnen nicht genau in die Arme laufen willst, solltest du jetzt gehen. Sie sind auf dem Weg hierher.«

Innerlich atmete Rouven auf. Er tippte sich an die Stirn, deutete eine Verbeugung an und sah sich um. Wenn er nicht frontal von der Kamera eingefangen werden wollte, konnte er nicht einfach durch das Tor verschwinden. Er entdeckte eine Tür an der Rückseite des Gebäudes. »Ich geh besser da lang«, sagte er und schlüpfte hindurch, als Horn ihm nicht widersprach. Auf dem Weg zum Auto konnte er sich ein triumphierendes Lachen nicht verkneifen. Dieser verdammte Horn hatte ihn ganz schön ins Schwitzen gebracht, aber er war cool geblieben. Er hatte alles unter Kontrolle.

Zu Hause angekommen, legte er Viola seine Beute auf den Tisch. Mit spitzen Fingern zog sie die Aufnahmen aus dem ersten Umschlag, der feucht von Rouvens Schweiß war. Sie nahm ein Foto nach dem anderen in die Hand, um sie anzuschauen und danach auf den Tisch zu legen. Zum ersten Mal sah er mit eigenen Augen Abzüge der Bilder, die der alte Sattler heimlich mit seinen Wildkameras aufgenommen hatte. Im Laufe der Jahre hatte der Bauer eine beachtliche Menge an Leuten vor seine versteckte Linse bekommen, die im Wald alles Mögliche anstellten.

Da waren Anwohner zu sehen, die ihren Baumüll entsorgten oder ihre verstorbenen Haustiere verbuddelten. Jugendliche, die heimlich rauchten, kifften oder sich besoffen. Auch ein Foto von ihm und ein paar Freunden gab es, wie sie mit der selbst gebauten Kartoffelkanone im Schutz des Waldrands herumballerten. Rouven konnte jetzt noch den dumpfen Knall hören, den das Rohr von sich gegeben hatte, als das Gas-Luftgemisch in der Brennkammer explodierte. Der alte Sattler hatte nie einen von ihnen dafür belangt, aber Rouven konnte sich vorstellen, dass er bei denjenigen, die illegal ihren Müll im Wald abluden, weniger gnädig vorgegangen war. Viola war mit Sicherheit nicht die Einzige gewesen, die er mit diesen Fotos erpresst hatte.

Im zweiten Umschlag wurden die Bilder schlüpfriger, anscheinend hatte der alte Sattler sie sortiert. Knutschende Jugendliche, leicht bekleidete Besucher des Fischteichs, der mitten im Wald lag und schließlich Leute, die es miteinander trieben. Auch ohne dass man Details erkennen konnte, waren die Posen eindeutig.

»Igitt!« Viola warf das Foto aus dem dritten Umschlag, das sie gerade angesehen hatte, so heftig von sich, dass es über den Tisch rutschte und auf den Boden fiel.

Rouven hob es auf und betrachtete es. In dem Moment, als er auf den nackten Hintern vom alten

Sattler glotzte, wünschte er, er hätte es nicht getan. Der Bauer bestieg eine Frau, deren Gesicht nicht zu sehen war, da sie vornübergebeugt den Oberkörper auf den Sprossen eines Hochsitzes abgelegt hatte. Unweigerlich drängte sich ihm ein anderes Bild auf, eines, auf dem die Frau in die Kamera blickte. Seine Frau.

»Der Typ war ein ekelhaftes Schwein«, knurrte Rouven mit geballter Faust. Bis gerade eben war es ihm gelungen, zu verdrängen, was der Bauer mit Viola gemacht hatte, doch jetzt war sein Kopfkino in Gang gesetzt. »Hoffentlich hat es damals lang gedauert, bis er endgültig hinüber war.«

Nach dem, was man sich im Dorf erzählt hatte, war der alte Sattler eines Morgens im letzten Winter auf einer gefrorenen Pfütze ausgerutscht und mit dem Hinterkopf auf den Boden geknallt. Da er allein auf dem Hof lebte, musste er wohl eine ganze Weile hilflos herumgelegen haben, bis er schließlich erfror. Ein verdientes Ende in Rouvens Augen und nach dem, was jetzt in seiner Vorstellung herumspukte, noch viel zu gnädig.

Viola antwortete nicht. Sie starrte weiter mit aufgerissenen Augen auf das Foto in ihrer Hand. Unter der Schminke war sie leichenblass geworden, ihre Lippen bebten. Schließlich zerriss sie die Aufnahme in kleine Teile.

»Wenn dieser Bastard noch leben würde, ich …«, sagte Rouven.

»Ach, jetzt würdest du was? Du wusstest die ganze Zeit, was er mir angetan hat. Wieso bist du nicht früher auf die Idee gekommen, etwas dagegen zu unternehmen?« Viola sprang auf und funkelte ihn wütend an.

Rouven schluckte die Erwiderung herunter, dass es im Grunde ihre eigene Schuld gewesen war. Er konnte nicht abstreiten, dass er einen gewissen Anteil daran hatte, aber im Endeffekt hatte sie selbst dafür gesorgt, dass es so weit gekommen war. Er stand ebenfalls auf, um sie in den Arm zu nehmen, doch sie drehte sich von ihm weg. »Was hätte ich tun sollen? Er hatte uns in der Hand.«

»Zum Beispiel hättest du dafür sorgen können, dass er einen Unfall hat«, giftete sie ihn an. »Auf dem Hof gab es etliche Gefahren, das hab ich dir immer wieder durch die Blume mitgeteilt. Eine Güllegrube, in die man stürzt, gestapelte Heuballen, die über einem zusammenkrachen können. So viele Möglichkeiten, aber du hast lieber den Kopf in den Sand gesteckt und so getan, als wäre er ein netter alter Mann, dem ich hin und wieder zur Hand gehe.«

»Ich bin eben kein Mörder.«

Viola gab ihm eine schallende Ohrfeige. Verdient, wie er zugeben musste, weshalb er den Reflex unterdrückte, zurückzuschlagen. Sie setzte sich wieder an den Tisch und ging schweigend die restlichen Bilder durch, wobei sie immer hektischer wurde. »Es ist nicht da!«, kreischte sie, als sie beinahe mit dem letzten Umschlag durch war.

»Das ist unmöglich, ich hab alles mitgenommen. Gib mal her.«

»Nein, es ist hier nicht. Du musst was übersehen haben.« Sie begann, erneut die Fotos durchzublättern. Ihre Hände zitterten.

Rouven deutete auf den Stapel Bilder auf dem Tisch.

»Ich hab nur das, was du da siehst. Mehr war da nicht. Vermutlich hat er es längst entsorgt.«

Viola starrte ihn entgeistert an. »Das ist nicht dein Ernst! Warum sollte er alles aufgehoben haben, nur das eine Foto nicht?«

Er zuckte mit den Schultern. »Weil er bekommen hat, was er wollte?«

»Nein, o nein! Darauf werde ich mich ganz bestimmt nicht verlassen. Du musst noch mal dort vorbeifahren. Such nach den Notizbüchern, vielleicht hat er sie da eingeklebt oder so.«

»Das geht nicht.«

»Und warum nicht?«

»Weil die Polizei aufgetaucht ist, während ich in der Scheune war.«

Nun verlor Viola endgültig die Fassung. »Die Polizei?«, kreischte sie. »Du hast dich erwischen lassen? Wie kann man denn nur so blöd sein?«

»Ganz so war das nicht. Tomke hat Überwachungskameras installiert und gesehen, wie jemand in die Scheune eingestiegen ist, da hat er die Bullen gerufen. Aber es war nur der Horn.«

»Oh, das gibt es doch nicht. Wie konntest du die Kameras übersehen? Nicht mal das bekommst du hin.« Sie vergrub ihr Gesicht in den Händen. »Jetzt wird er erst recht das Gästezimmer genauer unter die Lupe nehmen.«

»Wird er nicht. Ich hatte Glück im Unglück. Der Horn ging doch damals in meine Parallelklasse. Ich hab ihm eine Geschichte aufgetischt, die er gefressen hat, also durfte ich gehen. Tomke wird nicht erfahren, dass ich es war.«

Anstatt erleichtert zu sein, nahm Viola die Information ungerührt hin. Wie es aussah, wollte sie mit dem Ausgang der Sache einfach nicht zufrieden sein. Weil man es ihr nie recht machen konnte.

»Zerbrich dir nicht den Kopf wegen dem bescheuerten Foto«, versuchte Rouven sie und auch sich selbst zu beruhigen. »Selbst wenn es noch dort in den Büchern sein sollte und Tomke oder seine Frau sie irgendwann finden, werden sie das Zeug doch einfach wegschmeißen. Niemand interessiert sich für den Krempel, den der Vorbesitzer zurückgelassen hat.« Ein Geräusch in der Diele ließ ihn verstummen. Die Kellertür öffnete sich und kurz darauf kam Kai in die Küche geschlendert.

Er guckte beide nacheinander an. »Was ist denn hier los?«

In dem Versuch, die Aufnahmen vor ihm zu verbergen, legte Viola ihre Arme darauf ab.

»Nichts, geh wieder runter«, versuchte Rouven, ihn abzuwimmeln.

Kai hielt unbeeindruckt von seiner Aufforderung auf den Kühlschrank zu. »Ich wohne hier, also werde ich wohl in der Küche abhängen dürfen.« Er warf Rouven einen provozierenden Blick zu. »Übrigens bin ich kein Kind mehr und dumm auch nicht. Ich merke doch, dass bei euch irgendwas nicht stimmt. Schon seit Tagen benehmt ihr euch merkwürdig.«

»Vielleicht hältst du dich für besonders erwachsen, aber das heißt nicht, dass du alles wissen musst. Sieh also zu, dass du Land gewinnst.« Rouven zog ihn am Arm vom Kühlschrank weg und schlug die Tür zu.

»Du kannst mich mal, echt.«

»Pass auf, wie du mit mir redest, du …«

»Es reicht!« Viola sprang vom Stuhl auf und funkelte Rouven wütend an. »Kai kann nichts dafür, dass du diese eine Sache, um die ich dich gebeten habe, nicht richtig erledigen konntest, also lass ihn gefälligst in Ruhe.« Sie folgte ihm in die Diele. An der Tür drehte sie sich noch mal um. »Sieh zu, dass die Teile im Schredder landen. Und dann lass dir besser eine Lösung einfallen. Es geht dabei schließlich nicht nur um mich.«

KAPITEL EINUNDZWANZIG

Tomke jagte den Wagen über die Landstraße. Die Angst saß ihm im Nacken und brachte ihn dazu, das Gaspedal noch weiter durchzudrücken, obwohl er längst weit über der zugelassenen Höchstgeschwindigkeit fuhr. Hoffentlich war Lea nichts passiert. Für diesen schrecklichen Fall, den Tomke sich gar nicht ausmalen wollte, war Michelle mit Aaron auf dem Sportplatz geblieben. Sofern es irgendwie möglich war, sollte Aaron nicht mitbekommen, was auf dem Hof vor sich ging, er sollte sich dort sicher fühlen und seine Unbeschwertheit behalten. Aus demselben Grund hatten sie Lea nicht vorgewarnt, und jetzt war sie allein im Haus mit diesem Fremden.

Nicht allein, die Polizei ist bestimmt längst eingetroffen, beruhigte er sich. Aber was, wenn sie zu spät gekommen waren? Wenn der Unbekannte ...

Obwohl er in den Kurven den Wagen kaum noch halten konnte, gab Tomke weiter Gas. Es kam ihm vor, als würde er kaum vorankommen, noch immer war er mehr als fünf Minuten entfernt. Wenn dieser Kerl Lea etwas antat, würde Tomke es sich nie verzeihen, dass er nicht auf Michelle gehört hatte. Einer von ihnen hätte mit Lea zu Hause bleiben müssen. Warum nur hatte er nicht ernster genommen, was ihnen in den letzten Tagen passiert war? Jemand schlich sich nachts auf ihrem Grundstück herum, legte tote Tiere in ihrem Haus ab und bedrohte sie indirekt, indem er einen riesigen Blutfleck aus Holzlack auf das Scheunentor schmierte und eine Axt hineinhieb.

Ein Traktor wechselte in einiger Entfernung vom Feld auf die Landstraße und fuhr in Tomkes Richtung. Trotz der lang gezogenen Kurve, die vor ihm lag, zog er auf die linke Spur und beschleunigte. Er raste an dem Gefährt mit Anhänger vorbei und verriss beinahe das Lenkrad, als er den Radfahrer bemerkte, der ihm entgegenkam. Der Mann riss panisch den Lenker herum und landete seitlich im Straßengraben. Im Vorbeifahren meinte Tomke, Mirco erkannt zu haben, doch es ging alles viel zu schnell, als dass er es mit Sicherheit hätte sagen können.

Endlich erreichte er den Feldweg, der zu ihrem Hof führte. Das Auto rumpelte durch die Schlaglöcher. Der Polizeiwagen stand vor der Zufahrt zu ihrem Grundstück. Tomke hielt dahinter, stieg aus und rannte in Richtung Haus. Vor der Haustür standen ein Streifenbeamter und Lea. Eine tonnenschwere Last fiel von ihm ab, als er erkannte, dass sie unverletzt war.

»Ist alles in Ordnung?« Er zog sie in seine Arme und drückte sie an sich.

Lea versteifte sich und tätschelte ihm unbeholfen die Schulter. Sie hatte ein Alter erreicht, in dem es uncool war, in Anwesenheit anderer Menschen Körperkontakt zu ihren Eltern zuzulassen. Tomke war das egal.

»Ihrer Tochter geht es gut«, sagte der Streifenbeamte.

Endlich ließ Tomke Lea los, die das mit einem erleichterten Seufzer quittierte.

»Seit wann hast du das Haus denn in einen Überwachungsstaat verwandelt?«, fragte sie mit einem Blick auf den weißen Kasten, den Tomke über der Eingangstür angebracht hatte.

Tomke ignorierte ihre Frage und schaute den Beamten an. »Sie haben das Haus überprüft? Da ist niemand?«

Der Mann nickte.

»Lea, geh bitte rein. Wir reden später darüber, okay?«

»Hey, du hetzt mir die Bul... Polizei auf den Hals und jetzt darf ich nicht mal erfahren, worum es geht?«, widersprach sie gespielt beleidigt, aber Tomke hatte in diesem Augenblick keinen Sinn für Humor.

»Tu bitte einfach, was ich dir sage.«

Sie bedachte ihn mit einem theatralischen Augenrollen, trollte sich aber schließlich. Als er ihre Schritte auf der Treppe hörte, bedeutete Tomke dem Polizisten, mit ihm rüber zur Scheune zu gehen. Der Mann, der sich als Andreas Horn vorstellte, kam ihm bekannt vor, aber jetzt war nicht der richtige Zeitpunkt, darüber nachzudenken, ob sie früher miteinander zu tun gehabt hatten.

»Tut mir leid, Herr Duvnjak, ich konnte leider niemanden antreffen. Bis auf Ihre Tochter natürlich.«

»Aber es war jemand hier, die App hat es gemeldet. Ich hab ihn selbst gesehen, er ist in die Scheune eingedrungen.« Er zog das Tor auf und starrte in das Halbdunkel dahinter, halb in der Erwartung, dass ihm gleich jemand entgegengestürmt käme.

»Das glaube ich Ihnen ja. Sicher ist das beunruhigend, wenn man bedenkt, was Sie in letzter Zeit erlebt haben. Ich habe es gestern ja bereits Ihrer Frau gesagt. Mirco ist ein ganz harmloser Kerl. Geistig umnachtet, aber ungefährlich.«

»Es war also dieser Geisteskranke, der in die Scheune eingestiegen ist? Sie haben ihn gesehen?«

»Herr Frickel ist nicht geisteskrank, auch wenn wir ihn aus Spaß den Dorfirren nennen. Er ist nur etwas zurückgeblieben. Entwicklungsverzögert ist wahrscheinlich der korrekte Begriff. Niemand, vor dem Sie sich fürchten müssen.«

»Sie haben also gesehen, dass er es war?«, wiederholte Tomke seine Frage. Womöglich war der Radfahrer, den er gerade eben mit seinem Überholmanöver in den Straßengraben gejagt hatte, tatsächlich dieser Mirco gewesen, der auf dem Nachhauseweg war, nachdem er sich in ihrer Scheune herumgetrieben hatte. Dann fiel ihm jedoch ein, dass Michelle in der ersten Nacht eindeutig ein Auto gesehen und gehört hatte. »Hat der Kerl überhaupt einen Führerschein?«

»Nein, Herr Frickel darf kein Fahrzeug führen. Und wie ich vorhin bereits sagte, als ich hier eintraf, war niemand zu sehen. Allerdings liegt die Vermutung …«

»Wie wäre es dann, wenn Sie sich nach Beweisen umsehen, die Ihre Vermutung bestätigen?«, unterbrach Tomke ihn. Er würde nicht noch einmal den Fehler machen und sich mit der erstbesten Erklärung zufriedengeben. »Die Aufnahmen der Kamera zum Beispiel.«

»Die schaue ich mir natürlich gern an, allerdings wüsste ich nicht, was das bringen soll.«

»Na, um den Täter zu identifizieren. Meine Tochter war in Gefahr.«

»Ihrer Tochter geht es gut, Herr Duvnjak. Und geklaut wurde wohl auch nichts, oder hatten Sie in der Scheune irgendwelche Wertgegenstände gelagert?«

»Natürlich nicht. Aber wenn Sie gestern schon hier waren, wissen Sie ja auch, was sonst noch die letzten Tage vorgefallen ist.«

»Darüber haben wir Kenntnis, aber auch das habe ich Ihrer Frau bereits gesagt. Wir können eine Anzeige wegen Sachbeschädigung aufnehmen für das beschmierte Tor, und heute ... Nun ja, Ihr Hof ist nicht eingefriedet. Für die Scheune können Sie unter Umständen einen Strafantrag wegen Hausfriedensbruchs gegen Unbekannt stellen. Solange das Tor nicht abgeschlossen war, zählt das nicht als Einbruch. Und wenn die Person auf den Videos nicht eindeutig zu identifizieren ist, mache ich Ihnen wenig Hoffnung, dass wir den Schuldigen auftreiben.«

»Ihre Motivation ist geradezu erstaunlich«, murmelte Tomke kopfschüttelnd. Nicht zu fassen, dass sie kaum eine Handhabe hatten, solange noch nichts Schlimmes passiert war. Mit der Betonung auf »noch«. Musste der Fremde erst mitten in der Nacht an ihrem Bett stehen und sie mit einem Messer bedrohen, bevor die Polizei tätig wurde? Er drehte sich um und ging in Richtung Haus. »Lassen Sie uns zuerst die Videos anschauen. Vielleicht muss die Anzeige gar nicht gegen Unbekannt gemacht werden.«

. . .

Bis zum Abend hatte Tomke sich die Aufnahmen Dutzende Male angesehen, gemeinsam mit dem Polizisten, allein und gemeinsam mit Michelle. Sosehr er sich auch bemühte, die Auflösung der Aufnahme zu verbessern, mehr, als dass es sich sehr wahrscheinlich um einen Mann handelte, war einfach nicht zu erkennen. Die Person, die am Mittag in ihre Scheune eingedrungen war – im Hochsommer mit einem dunklen Pullover und langer Hose bekleidet –, schien darauf geachtet zu haben, der Kamera stets den Rücken zuzuwenden.

Je länger er darüber nachdachte, desto überzeugter war er, dass es sich nicht um Mirco handeln konnte. Als er vor einigen Tagen bei ihnen im Garten aufgetaucht war, war Tomke zuerst der merkwürdige Gang aufgefallen. Nach links gebeugt, als würde ihn ein Gewicht runterziehen. Beim Stehen hatte er den Kopf in dieselbe Richtung geneigt, ihn fast auf der Schulter abgelegt. All das war auf dem Video nicht zu erkennen. Wer auch immer sich auf ihrem Hof herumgedrückt hatte, der Kerl hatte weder einen Gehfehler noch wies er sonst irgendwie Ähnlichkeit mit dem geistig behinderten Mann auf.

Trotzdem ließ sich Andreas Horn nicht von seiner Vermutung abbringen und nahm nur widerwillig die Anzeige auf. Immerhin versprach er – was er auch am Tag zuvor schon Michelle versichert hatte, wie Tomke im Nachhinein erfuhr –, dass er ein ernstes Gespräch mit Mirco führen würde, damit der endlich verstand, dass er auf dem Sattlerhof nichts mehr verloren hatte.

Um die Kinder nicht zu beunruhigen, entschieden Tomke und Michelle, ihnen als Begründung für die Kameras und den Polizeibesuch die Version des geistig verwirrten Mannes aufzutischen, der nicht verstand, dass der ehemalige Besitzer des Hofes verstorben war. Lea hatte sich nicht besonders überrascht gegeben, offenbar hatte sie Mircos Auftritt auf der Terrasse mitbekommen, aber nichts dazu gesagt, da er ihr nicht bedrohlich vorgekommen war.

Tomke hatte sich fest vorgenommen, es ähnlich wie seine Tochter ein wenig gelassener zu sehen. Andreas Horn hatte schon recht, wenn er sagte, dass eigentlich gar nichts passiert war. Und doch beschäftigten ihn die Zwischenfälle, die so geballt nacheinander auftraten, mehr als er zugeben wollte. Die Frage, wer sie seit ihrem Einzug auf dem Hof terrorisierte, ließ ihn nicht los. Die Antwort musste in der Scheune zu finden sein. Immerhin war sie zweimal das Ziel des Unbekannten gewesen, der sich nachts oder während ihrer Abwesenheit auf ihrem Grundstück herumtrieb.

Da Tomke seit Stunden wach lag und kein Auge zubekam, während Michelle neben ihm längst eingeschlafen war, beschloss er, selbst nachzusehen, was es dort so Interessantes geben könnte. Als er das Tor aufzog, strömte ihm stickige, warme Luft entgegen, sodass es ihm fast den Atem raubte. Er tastete sich an der Bretterwand entlang, fand aber natürlich keinen Lichtschalter. Zum Glück hatte er sein Handy eingesteckt, also aktivierte er die Taschenlampe und schaute sich in dem schwachen Lichtschein um.

Bei den Besichtigungsterminen auf dem Hof hatte er

nur einen flüchtigen Blick in die Scheune geworfen, um zu sehen, ob sich hier ein Hofladen realisieren lassen würde, und seit ihrem Einzug war er einfach noch nicht dazu gekommen, sich näher mit diesem Gebäude zu beschäftigen. Bei jedem Schritt knisterte das alte Heu unter seinen Füßen und er musste von dem aufgewirbelten Staub niesen. Etwas raschelte links von ihm.

Tomke zuckte zusammen und leuchtete mit der Lampe hinterher, doch er konnte nicht erkennen, worum es sich handelte. Bei dem Gedanken, dass es eine Ratte gewesen sein könnte, schüttelte es ihn kurz und er unterdrückte den Impuls, zu verschwinden und morgen bei Tageslicht wiederzukommen. Wenn er sich jetzt nicht gründlich hier umschaute, würde er sich weiter schlaflos im Bett herumwälzen und sich fragen, was es mit der Scheune auf sich hatte.

Rechts von ihm entdeckte er eine Empore, der er bei den Besichtigungen kaum Aufmerksamkeit geschenkt hatte. Laut der Maklerin befand sich dort oben ein Raum, den man als Gästezimmer nutzen konnte. Tomke hatte sich gefragt, wer denn wohl seine Nacht in der Scheune verbringen wollte, ohne Toilette in der Nähe. Aaron war von dieser Idee ganz verzückt gewesen und Tomke hatte ihm versprechen müssen, dass er irgendwann mal dort drin übernachten durfte.

Tomke ging zu der Leiter, die nach oben führte, und prüfte die Sprossen. So morsch, wie sie aussahen, schienen sie nicht zu sein, das Holz war nur etwas wurmstichig, aber wirkte stabil. Er steckte das Handy in seine Brusttasche, um die Hände frei zu haben. Um ihn herum war es still. Wieder raschelte es nicht weit von ihm entfernt. Dieses Mal meinte er, Schritte zu hören. War das ein Atmen? Ein Keuchen? Kurz hatte er das Gefühl, dass in der Dunkelheit etwas nach ihm greifen würde. Er wich ein wenig zurück, besann sich dann aber. Er war ein erwachsener Mann und Monster gab es nicht. Das hier war nur eine Scheune und damit wesentlich ungefährlicher als ein nächtlicher Gang durch die Frankfurter Innenstadt.

Energisch stieg Tomke die Leiter hinauf. Auf der Empore zog er sein Handy wieder hervor und leuchtete um sich. Hier oben sah es nicht viel anders aus als unten, nur dass mehr vollständige Ballen herumlagen und der muffige Geruch nach Staub und vergammeltem Heu intensiver war. Außerdem war es hier oben noch wärmer, sodass Tomke der Schweiß aus allen Poren strömte. Er wischte sich mit dem Handrücken über die Stirn. Ein Grund mehr, der gegen eine Übernachtung im Gästezimmer sprach. Im Sommer war es heiß und im Winter sehr wahrscheinlich bitterkalt. Vermutlich ließ es sich dort drin nur an zwei Tagen im Jahr aushalten.

Etwa auf der Mitte der Empore entdeckte er einen abgetrennten Bereich und erkannte beim genaueren Hinsehen auch eine Tür. Da war es also. Tomke spürte, wie sein Herz aus unerfindlichen Gründen schneller schlug. Was würde er dort vorfinden?

»Warst du hier oben drin?«, fragte er und erschrak vor seiner eigenen Stimme in der Stille.

Langsam trat er auf die Tür zu. Die alten Holzdielen ächzten unter seinen Schritten. Er drückte die Klinke herunter. Zu seiner Überraschung sprang die Tür direkt mit einem leisen Quietschen auf. Er hielt den Atem an in der Erwartung fliehender Ratten oder Fledermäuse, doch nichts geschah. Auch hier tastete er nach einem Lichtschalter und wurde fündig. Eine alte Glühbirne ging flackernd an, er war kurz geblendet, weil er direkt hineingesehen hatte. Die Funzel spendete für ein paar Sekunden gelbliches Licht, dann ging sie mit einem leisen Klacken kaputt.

»Mist«, fluchte Tomke und tastete erneut nach seinem Handy. Der Schein der Taschenlampe warf dunkle Schatten an die Holzwände. Direkt gegenüber der Tür stand ein alter Buffetschrank, von dem die weiße Farbe abblätterte. Die Glasfenster der oberen Schranktüren waren von innen mit Vorhängen abgehängt. Eine der Schubladen stand einen Spalt offen, genauso die unteren Türen. »Da warst du also. Was hast du gesucht?«

Die Schublade war leer. In den oberen Fächern fand er verstaubte Bettwäsche und Handtücher, die so hart waren, dass sie einem vermutlich die Haut vom Körper rubbelten, wenn man sich damit abtrocknete. Er bückte sich, um die unteren Ablagen zu inspizieren. Im Staub, der das Holz in einer dicken Schicht überzog, war eine Spur zu sehen. Jemand hatte etwas hier herausgeholt.

Wieder hörte er ein Rascheln, dieses Mal gefolgt von einem Knacken. Es war so laut, dass er zusammenzuckte. Mit angehaltenem Atem lauschte er, doch es blieb alles still. Vermutlich war das nur irgendein Nager, der sich in der Scheune eingenistet hatte und jetzt auf Beutezug ging.

Tomke widmete sich wieder dem Buffet und leuchtete erneut in eines der unteren Fächer. Mit seiner Hand geriet er in ein Spinnennetz und zuckte zurück.

Instinktiv schüttelte er sich. Im Lichtkegel sah er eine fette schwarze Spinne davonkrabbeln. Nervös wischte er sich über die Haare und den Nacken, zupfte an seinem Shirt. Er wurde das Gefühl nicht los, dass noch mehr davon irgendwo auf ihm saßen wie die Fliegen aus der Harry-Potter-Kammer. Überall kribbelte es auf seiner Haut.

Er blendete es aus und konzentrierte sich wieder auf den Schrank. Die Fächer waren vollgestellt mit Büchern. Mit der Taschenlampe beleuchtete er die Rücken. Alle waren ohne Titel. Anscheinend handelte es sich um Notizbücher. Gerade, als Tomke eines davon herausnehmen und aufschlagen wollte, hörte er wieder ein Knacken. Dieses Mal war es jedoch viel lauter als zuvor. Das klang nicht nach einem Tier in der Größe einer Ratte. Und es kam von draußen. Da war wieder jemand auf dem Hof.

Angespannt fuhr Tomke herum. Dieses Mal würde er sich den Mistkerl schnappen. Er rannte auf den Rand der Empore zu und blickte in die Dunkelheit. Wieder hörte er ein Geräusch. Schnell steckte er das Handy ein und sprang blind in die Tiefe, da er die Leiter auf die Schnelle nicht finden konnte. Er verfehlte die Ballen und kam hart auf dem Boden auf. Das alte Heu dämpfte seinen Sturz und er hatte sich rasch wieder hochgerappelt. Erst jetzt bemerkte er das zuckende, orangefarbene Licht.

Im selben Moment roch er es.

Rauch!

Irgendwo auf dem Hof brannte es.

KAPITEL ZWEIUNDZWANZIG

Der vertrocknete Weizen knisterte unter seinen Füßen. Am Nachmittag hatte es zwar einen Regenschauer gegeben, doch der hatte hier draußen auf dem Feld nicht viel ausrichten können. Die Böden waren weiterhin ausgedörrt.

Endlich erreichte er den Hof. Im Wohnhaus war alles dunkel, nur der Mond tauchte die Umgebung in ein silbriges Licht. Direkt vor ihm lag sein Ziel. Er blieb stehen, stellte die beiden Kanister ab und wischte sich den Schweiß von der Stirn. Er hatte unterschätzt, wie schwer die insgesamt zwanzig Liter auf die Distanz wurden.

Sein Blick fiel auf den ehemaligen Schweinestall. Im Sommer hatten dort im Schatten des Gebäudes die Käfige mit den Hasen gestanden. Er erinnerte sich daran, wie er sich das erste Mal mit einem der Viecher die Zeit vertrieben hatte.

Eigentlich war es streng verboten gewesen, die Käfige zu öffnen, weil die Gefahr bestand, dass eines der Tiere entwischte. Er verstand die ganze Aufregung nicht, sie wurden doch so oder so geschlachtet, da war es doch egal, ob eins mehr oder weniger dabei war. Er stand eine Weile fasziniert vor den Käfigen und beobachtete die Tiere, bis er nicht mehr widerstehen konnte. Sie waren so flauschig und mit ihren langen Ohren so niedlich, er musste sie einfach streicheln, also öffnete er eines der Gatter. Damit er nicht erwischt wurde, nahm er den Hasen heraus und trug ihn in seine Kammer unter der Treppe.

Dort hockte er sich im Schneidersitz hin und versenkte seine Finger in dem weichen Fell. Er wagte es kaum, sich zu bewegen, weil das Tier so ruhig auf ihm saß und seine Streicheleinheiten genoss, doch irgendwann schlief sein rechtes Bein ein und er lehnte sich etwas nach links, um es auszustrecken. Dabei rutschte der Hase von seinem Schoß. Seine Krallen klackten leise über den Holzboden, als er von ihm weghoppelte. Schnell streckte er seine Hand nach dem Tier aus und bekam es zu fassen. Er zog es zu sich heran, wobei es wie wild zappelte. Dabei erwischte es ihn mit einer Pfote am Arm und kratzte ihn.

Im Licht, das durch den Türschlitz fiel, betrachtete er die Wunde, die anfing zu bluten. Er hatte nicht gewusst, dass Hasen so scharfe Krallen hatten. Die Wunde brannte und der Hase in seinem Arm zappelte und kratzte ihn nun auch noch an seinem Bein.

»Blödes Vieh«, fuhr er ihn an. In seiner Wut drückte er ihm den Hals zu. Das Tier strampelte noch mehr, riss das Maul auf und schnappte verzweifelt nach Luft. Die Augen schienen aus seinem Schädel herauszutreten. Fasziniert beobachtete er, wie sie immer größer wurden, sodass er befürchtete, sie würden jeden Moment platzen. Während er den Hasen bei seinem Todeskampf beobachtete, stieg eine wohlige Aufregung in ihm auf. In seinem Magen kribbelte es, und als der Hase schließlich erschlaffte und seine Zunge aus dem Maul hing, hätte er beinahe vor Freude gejubelt.

Er riss sich aus seinen Gedanken an die Vergangenheit und fokussierte sich auf das, was vor ihm lag. Auch wenn es ihm leidtat, weil er den Hof mochte, so musste er es doch tun. Es ging hier um mehr als um seine Erinnerungen. Es ging darum, die seinen zu schützen und diese neue Familie zu vernichten, koste es, was es wolle.

KAPITEL DREIUNDZWANZIG

Tomke wusste nicht, wie lange er dagestanden hatte, unfähig, den Blick von dem Flackern hinter der Bretterwand abzuwenden. Nur langsam sickerte in sein Bewusstsein, was ein Feuer in der Scheune bedeutete. All das trockene Heu und Stroh wirkten wie Zunder. Innerhalb kürzester Zeit würde hier drin die Hölle ausbrechen. Wie viel Meter waren es bis zum Haus? Fünf? Vielleicht zehn? Eine Distanz, die ein glühender Funke in einem Windstoß leicht überwinden konnte.

Löschen!, schoss es ihm durch den Kopf. Er musste das Feuer irgendwie löschen, bevor es auf die Bretterwand übergriff und alles in eine Flammenhölle verwandelte.

Endlich löste er sich aus seiner Starre. Er rannte ins Freie. Am ehemaligen Stall neben der Scheune gab es einen Wasserhahn, ein Schlauch war daran befestigt. Nach wenigen Schritten hielt er inne. Der zuvor stockfinstere Hof wurde vom Schein der Flammen erhellt. Dichte Rauchschwaden vernebelten die Umgebung. Das hier war kein kärglicher Schwelbrand, vielmehr schien das halbe Feld hinter der Scheune zu brennen. Tomke meinte, die Hitze im Gesicht zu spüren. Den Brand konnte er nicht allein unter Kontrolle bekommen. Er brauchte die Feuerwehr.

Mit zitternden Fingern tastete er seine Hosentaschen nach dem Handy ab, bis er merkte, dass er es längst in der Hand hielt. Die Taschenlampe beleuchtete seine Füße. Im ersten Moment wusste er nicht, welche Nummer er wählen sollte. In seinem Kopf waren Tausende Gedanken und gleichzeitig herrschte vollkommene Leere. Das Rauschen des Blutes in seinen Ohren war so laut wie ein Wasserfall. Endlich fiel es ihm ein und er wählte die 112.

Noch bevor er das Telefon an sein Ohr gehoben hatte, hörte er eine männliche Stimme aus dem Gerät. »Feuerwehrnotruf, in welcher Stadt ist der …«

»Es brennt«, rief er panisch dazwischen. Sein Herz raste. »Ich brauche die Feuerwehr hier, sofort!«

»Wo ist der Notfall?«, fragte der Mann ruhig nach. »Nennen Sie mir bitte die Adresse.«

Automatisch nannte Tomke ihre alte Anschrift in Frankfurt. »Halt! Nein, das war falsch.« Er überlegte, die Adresse des Hofs wollte ihm jedoch einfach nicht einfallen. Da er sich nicht anders zu helfen wusste, beschrieb er, wo sich ihr neues Zuhause befand. Dabei erinnerte er sich und konnte schließlich doch die Straße nennen. Ohne es zu bemerken, war er zum Stall gerannt und stand nun vor dem Wasserhahn. Er packte mit der freien Hand den Griff und drehte daran. Das Teil bewegte sich nicht. Zu lange hatte niemand hier Wasser gezapft.

Am anderen Ende der Leitung hörte er das Klacken einer Tastatur, während der Mann seine Informationen in einer nervtötenden Besonnenheit aufnahm. »Sehen Sie Feuer oder nur Rauch?«

»Feuer. Das verdammte Feld steht in Flammen und die greifen gleich auf die Gebäude über. Schicken Sie jemanden. Schnell!«

Der Mann redete weiter, doch Tomke steckte das Telefon in seine Tasche. Wenn er nicht wollte, dass sein Hof abfackelte, musste er handeln. Er versuchte erneut, den Hebel zu lösen, dieses Mal mit beiden Händen. Erst da merkte er, dass er in die falsche Richtung drehte. Endlich löste sich der Griff und der Schlauch bäumte sich unter dem Wasserdruck auf. Aus seiner Hose ertönte weiterhin die Stimme des Disponenten der Leitstelle, die er ignorierte. Es blieb keine Zeit, irgendwelche Fragen zu beantworten.

Mit dem Schlauch in der Hand rannte er auf das Feuer zu. Der Brandgeruch biss in seiner Lunge. Er richtete den Strahl auf die Wand der Scheune, an der die Flammen bereits leckten. Als das Wasser auf das Feuer traf, zischte es laut, die Rauchschwaden verdichteten sich. Tomkes Augen brannten. Er hustete und drehte den Kopf weg. Blind hielt er den Schlauch weiter in die Richtung, wobei er sich bemühte, so wenig wie möglich zu atmen, damit nicht so viel Qualm in seine Lunge gelangte. Die Hitze brannte auf seiner Hand, seinem Arm, seinem Hinterkopf.

Am Rand seines Bewusstseins bemerkte er eine weitere Stimme. Sie kam nicht aus dem Telefon, sondern gehörte zu Aaron. Einen schrecklichen Moment lang glaubte er, sie käme aus dem Innern der Scheune. Dann besann er sich eines Besseren. Das war unmöglich. Dort war niemand außer Tomke gewesen. Aaron musste aufgewacht und nach draußen gekommen sein, während er den Notruf gewählt hatte.

»Papa! Hilfe!«

Tomke blinzelte in den Rauch. Er konnte nichts erkennen. »Bleib zurück«, rief er. »Alles wird gut, geh wieder rein.« Mit der freien Hand fuchtelte er in die Richtung, in der er das Haus vermutete.

Jemand packte ihn am Arm. Michelles Gesicht tauchte auf einmal vor ihm auf. Nur in T-Shirt und Unterhose stand sie vor ihm, die Augen angstgeweitet. Sie zerrte an ihm, doch er schüttelte sie ab.

»Wo ist Aaron?«, kreischte sie. Obwohl sie direkt neben ihm stand, hörte er ihre Stimme wie aus weiter Ferne.

»Ich weiß nicht.« Er musste husten. »Irgendwo dort hinten.«

Michelle drehte sich um, allerdings nicht zum Haus, sondern in Richtung Scheune.

Wieder hörte er seinen Sohn. Er klang verzweifelt, angsterfüllt. Das Rauschen in Tomkes Ohren verschwand schlagartig. Sein Kopf wurde völlig klar. Dieses Mal war er sich sicher. Das Geräusch kam aus der Scheune.

Auch Michelle hatte es offenbar bemerkt. Auf nackten Füßen rannte sie los auf das Scheunentor zu, aus dem dichter Rauch drang. Die Zeit schien sich zu verlangsamen. Michelle zog ihr Shirt über Mund und Nase. Dann verschwand sie aus Tomkes Sichtfeld in der dunklen Scheune. Aaron gab mittlerweile nur noch panische Laute von sich.

Die Augen zusammengekniffen, schaute er nach rechts an die Bretterwand. Unter den Schwaden des Wasserdampfes glühte das Holz bereits, das Stroh dahinter musste jeden Moment Feuer fangen. Er richtete den Schlauch darauf. Im Innern der Scheune rief Michelle mit erstickter Stimme nach Aaron. In der Ferne schlängelte sich das zuckende Blaulicht der Feuerwehr über den Feldweg. Tomke führte weiterhin seinen aussichtslosen Kampf gegen die Flammen.

Es dauerte eine gefühlte Ewigkeit, bis das erste Einsatzfahrzeug in die Einfahrt bog und auf dem Hof zum Stehen kam. Chaos brach um ihn herum aus. Etliche Feuerwehrmänner sprangen aus dem Wagen. Klappen wurden geöffnet, Schläuche auf den Hof geworfen.

»Meine Frau und mein Sohn«, brüllte Tomke ihnen entgegen. »Sie sind da drin!«

Einer der Einsatzkräfte kam zu ihm, nahm ihn an der Schulter und führte ihn weg. Er ließ es geschehen. Zwei Feuerwehrmänner rannten in voller Montur und mit Atemschutzmasken ausgestattet in die Scheune. In der Haustür stand Lea, das Gesicht von Entsetzen gezeichnet.

»Wie viele Personen?«, fragte die Person neben ihm. Es war eine Frau.

»Zwei«, wollte Tomke antworten, doch die Angst um Michelle und Aaron schnürte ihm die Kehle zu. Wenn das Stroh erst mal Feuer gefangen hatte, würde sich die Scheune innerhalb von Sekunden in ein flammendes

Inferno verwandeln. Den Blick nicht von dem Tor lösend, hob er zwei Finger. Die Frau gab die Informationen über Funk an die Kollegen weiter. Noch mehr Fahrzeuge rumpelten auf den Hof.

Kommt schon, beschwor Tomke im Geiste die Einsatzkräfte. Seine Brust drohte zu zerspringen, so heftig klopfte sein Herz. *Holt sie dort raus.*

Eine entsetzliche Ewigkeit lang passierte nichts. Befehle wurden gebellt, die Löscharbeiten begannen. Dann endlich erschien eine Gestalt im dichten Rauch. Gemeinsam mit einer kleineren Person stürzte sie ins Freie. Aaron! Dicht dahinter folgten der zweite Feuerwehrmann und Michelle.

Vor Erleichterung gaben Tomkes Beine nach. Er sank auf die Knie und schlug die Hände vors Gesicht. Aaron und Michelle wurden zu einem der Fahrzeuge geführt, wo sie Masken übergestülpt bekamen.

»Sauerstoff«, erklärte ihm die Frau, die immer noch neben ihm stand.

Er hörte sie kaum. Die Geräusche ringsum drangen wie gedämpft an seine Ohren. Das Stimmengewirr, das Brummen der Fahrzeuge, das Rauschen des Wassers in den Schläuchen, die Pumpe, die es aus dem Tank beförderte, alles kam ihm vor, als geschähe es weit weg.

Wie hatte das nur passieren können? Warum hatte er nicht gemerkt, dass Aaron ihm in die Scheune gefolgt war? Die Geräusche ... er hätte früher reagieren müssen. Nachsehen, was sie verursacht hatte. Stattdessen hatte er sich nur dafür interessiert, was er in diesem verdammten Gästezimmer finden würde.

Aber war es wirklich nur Aaron gewesen, von dem

die Geräusche stammten, oder war da noch jemand anderes gewesen? Das Feuer war vom Feld gekommen und hatte sich rasch ausgebreitet. Es konnte sich nicht von allein entzündet haben. Jemand musste es gelegt haben.

Er dachte an den Fremden, der am Mittag in die Scheune eingedrungen war. Die Überwachungskamera fiel ihm ein. Vielleicht hatte die was aufgezeichnet. Tomke wollte aufspringen, doch zwei Hände auf seiner Schulter drückten ihn nach unten. Die Feuerwehrfrau stand noch immer hinter ihm und zwang ihn, sich wieder zu setzen. »Die Sanitäter kommen gleich zu Ihnen, um Sie zu untersuchen. Wir müssen ausschließen, dass Sie einen Schock haben.«

»Mir geht es gut. Ich muss zur Polizei«, presste er hervor, doch er blieb sitzen, denn es fehlte ihm die Kraft, hochzukommen. Jemand warf sich an seine Schulter. Es war Lea.

»Wo bringen sie sie hin?«, kreischte sie direkt an seinem Ohr und doch hörte es sich an, als befände sie sich hinter Glas.

Tomke folgte ihrem Blick und sah, wie ein Sanitäter Michelle in den Rettungswagen half, in dem bereits Aaron saß. »Alles kommt in Ordnung«, redete er beruhigend auf Lea ein, obwohl er nicht wusste, ob das die Wahrheit war. Warum brachten sie Michelle und Aaron weg? Wenn es ihnen gut ging, mussten sie doch nicht ins Krankenhaus. Ein unaussprechliches Entsetzen packte ihn bei der Vorstellung, dass er beide hätte verlieren können. Er begann zu zittern.

KAPITEL VIERUNDZWANZIG

TAG 5

Alles ging so schnell. Michelle fühlte sich wie in Trance, als sie aus dem Rauch ins Freie geführt wurde. Jemand stülpte ihr eine Beatmungsmaske übers Gesicht und nur wenige Sekunden später – oder waren es Minuten? – wurde sie zum Rettungswagen gebracht. Vorweg lief ein Sanitäter mit Aaron auf dem Arm. Im Behandlungsraum des Fahrzeugs legte er ihn auf die Trage. Für Michelle klappte er einen Sitz links daneben aus. Sie ließ sich darauf fallen und ergriff Aarons Hand. Ihre Lunge schmerzte und ihre Augen brannten. Die Beatmungsmaske wurde an den Sauerstofftank angeschlossen.

Der Fahrer stieg vorn ein und der Wagen setzte sich in Bewegung, während alle möglichen Kabel an Aaron angeschlossen wurden. Eine Sanitäterin, die Michelle zuvor nicht bemerkt hatte, erklärte ihr die einzelnen Schritte. Begriffe flogen ihr um die Ohren, die sie zwar hörte, aber nicht verstand. Sauerstoffsättigung, Blutdruck, EKG, Atemschlauch, Zugang. Ihr Sohn schien nur noch aus Kabeln und Schläuchen zu bestehen.

Michelle schloss die Augen. Sofort tauchte das Bild der verrauchten Scheune in ihrem Geist auf. Wie der Qualm ihr innerhalb von Sekunden den Atem geraubt hatte. Sie hatte nichts gesehen, war nur Aarons Stimme gefolgt. Ihr war bewusst gewesen, was für ein Risiko sie einging, doch sie hatte unmöglich tatenlos danebenstehen können, während ihr Sohn eingeschlossen von Rauch panisch nach Hilfe brüllte. Nichts und niemand hätte sie davon abhalten können, dort drin nach ihm zu suchen. Sie war so fokussiert auf ihn gewesen, dass sie nicht mitbekommen hatte, dass die Feuerwehr genau in dem Moment eintraf, um sie und Aaron aus dieser Hölle zu befreien.

Um sie herum wurde es hektisch. »... Bewusstsein verloren ... Intubieren ... Bereite alles vor.« Sie schlug die Augen auf. Aarons schlaffe Finger wurden ihr aus der Hand gezogen.

»Was ist mit ihm?«, kreischte sie durch die Beatmungsmaske, die ihre Stimme dämpfte. Sie fühlte sich damit wie unter einer Tauchglocke, weshalb sie sich das Teil vom Gesicht riss. »Schatz, die Mama ist hier. Du musst wach bleiben, hörst du?«

»Behalten Sie das bitte auf!« Die Sanitäterin versperrte ihr die Sicht auf ihren Sohn. Die Frau wühlte in einem Schrank herum. Ihre geübten Handgriffe wirkten unerträglich ruhig auf Michelle, in deren Kopf das reinste Chaos herrschte. Hin und wieder konnte sie einen Blick auf die Folterwerkzeuge werfen, die von der Sanitäterin bereitgelegt wurden, bevor sie und ihr Kollege mit der Intubation begannen.

»Gib mir das Laryngoskop«, sagte der Sanitäter, der sich hinter Aarons Kopf platziert hatte. Seine Kollegin reichte ihm das Gerät, das aussah wie eine Miniatursense. Der Begriff brannte sich in Michelles Hirn ein, als hinge in diesem Moment ihr eigenes Leben davon ab.

»Ich bin jetzt in der Vallecula und sehe die Glottisebene. Reich mir den Tubus.«

Was so fachlich und steril klang, war für Michelle grauenhaft mit anzusehen. Behandschuhte Finger drängten den Mund ihres Sohnes auf. Das Foltergerät aus Edelstahl wurde ihm in den Rachen eingeführt und anschließend daran herumgehebelt, um den Schlauch nachzuschieben.

Michelle hyperventilierte unter ihrer Maske, die sie wie angewiesen wieder aufgesetzt hatte. Tränen liefen ihr aus den brennenden Augen.

Die Sanitäterin wandte sich ihr zu und drückte beruhigend ihren Oberarm. »Das sieht brutal aus, aber Ihr Sohn spürt nichts und er wird dabei auch nicht verletzt. So stellen wir nur sicher, dass er weiterhin genug Sauerstoff bekommt.«

Michelle nickte, doch das war zu viel für sie. Obwohl sie wusste, dass alle in diesem Rettungswagen ihr Bestes gaben, um ihren Sohn zu retten, geriet sie in Panik. Ihr Gehirn zog die Reißleine und erst in einem Krankenzimmer nahm sie wieder bewusst wahr, was um sie herum geschah.

Sie saß an Aarons Bett. All die Schläuche und Kabel waren immer noch da und führten zu Geräten, die piepten oder zischten. Der Tubus war entfernt worden, was sie als gutes Zeichen wertete. Sorgen machte ihr, dass sie es nicht mitbekommen hatte. War sie ebenfalls bewusstlos gewesen? Aber dann würde sie nicht hier sitzen ...

Ihr gegenüber auf der anderen Seite des Bettes stand eine Krankenschwester, die sie mitleidig ansah. »Sie sollten sich dringend ausruhen«, sagte sie mit einem Blick auf ihre Armbanduhr. »Da drüben haben wir eine Jogginghose aus dem Fundus für Sie, ziehen Sie die ruhig über.«

Da die Frau Michelle die Zeit nicht verriet, holte sie ihr Handy hervor und schaute selbst nach. Es war bereits nach sechs. Etwas über vier Stunden waren vergangen, seit sie vom Hof gefahren waren. Da sie nur bruchstückhafte Erinnerungen an die letzten Ereignisse hatte, kam es ihr nicht so vor.

»Ich bleibe hier sitzen, bis er aufwacht«, sagte sie und ergriff Aarons Hand. Anscheinend war ihr Auftreten vehement genug, denn die Krankenschwester hob kapitulierend die Hände und verließ den Raum. Michelle blieb allein zurück. Die Geräusche der Maschinen um sie herum dröhnten in ihrem Kopf.

Sie schaute aus dem Fenster, um zu erkennen, wo man sie hingebracht hatte, die Umgebung kam ihr nicht bekannt vor. Erschöpfung machte sich in ihr breit, weshalb sie ihren Kopf auf der Matratze ablegte. Sie fühlte sich wie betäubt.

Nein, das traf es nicht wirklich. Eher waren zu viele Gefühle in ihr, die sich zu einem undurchdringlichen Brei vermischten. Vorherrschend war die Sorge, ob Aaron wieder gesund werden würde. Seine Gesichtsfarbe war bedenklich grau und er reagierte nicht, wenn sie mit ihm redete. Sie erinnerte sich daran, mit einem Arzt gesprochen zu haben, der ihr sagte, dass die Bewusstlosigkeit von einem Schock herrührte. Die Sauerstoffsättigung in seinem Blut sei den Umständen entsprechend in Ordnung, genau wie bei ihr. Sie waren dem giftigen Rauch schnell genug entkommen.

Was sie auch Tomke zu verdanken hatten, der mit dem Gartenschlauch hinausgezögert hatte, dass die Flammen auf das Gebäude übergriffen. Damit hatte er vermutlich Aaron und ihr das Leben gerettet, denn die Scheune war zwar verraucht gewesen, allerdings nur von dem Qualm, der durch die Ritzen von draußen eingedrungen war. Hätte das Stroh bereits Feuer gefangen, hätten sie und Aaron in einer Todesfalle gesessen. Derjenige, der den Brand gelegt hatte, hatte riskiert, dass sie ums Leben kamen.

Michelle wollte gar nicht daran denken, was alles hätte passieren können, wenn Tomke das Feuer nicht so früh bemerkt hätte. Es hätte sich ungehindert ausbreiten und auf das Haus übergreifen können. Bisher hatten sie noch keine Rauchmelder installiert, da sie die vergangenen Tage andere Sorgen gehabt hatten. Sie hätten alle im Schlaf ersticken können, wäre niemand von ihnen rechtzeitig aufgewacht.

Die Tatsache, dass jemand ihre ganze Familie hatte umbringen wollen – oder zumindest im Kauf genommen hatte, dass jemand starb –, jagte ihr schreckliche Angst ein. Wie sollte es weitergehen, wenn sie und Aaron entlassen wurden? Offensichtlich hatte sich jemand vorgenommen, ihnen das

Leben auf dem Hof zur Hölle zu machen, und die Polizei interessierte sich einen Dreck dafür. Anstatt die Vorfälle, die Michelle geschildert hatte, ernst zu nehmen, hatten sich die Beamten über sie lustig gemacht.

Auf der anderen Seite, was hätten sie schon großartig tun sollen? Was auch immer der Grund für die Übergriffe sein mochte, solange sie nicht wussten, wer dahintersteckte, konnten sie die Person nicht stoppen. Dieser Gedanke brachte Michelle zur Verzweiflung. Die einzige Lösung, die ihr einfiel, um diesem Albtraum der letzten Tage zu entkommen, war ein erneuter Umzug. Aber wohin sollten sie gehen?

Ihre Wohnung war verkauft, die neuen Eigentümer hatten bereits mit der Renovierung begonnen. Ihre Mutter war nach dem Tod ihres Vaters in eine kleine Wohnung gezogen, dort gab es nicht genügend Platz für sie. Ein Hotel oder eine Pension war eine Zwischenlösung, aber wie sollte es dann weitergehen? Sie hatten beinahe ihre gesamten Ersparnisse in den Kauf des Hofes investiert und Tomke hatte momentan keinen Job. Aber eine andere Lösung, als den Rückzug anzutreten, sah sie nicht.

Normalerweise war Michelle nicht der Typ, der schnell klein beigab oder das Feld räumte, bloß weil irgendjemand es für notwendig hielt. In ihrer jetzigen Situation war Kampfgeist jedoch nicht angebracht. Es ging darum, ihre Familie zu schützen. Sie musste Tomke davon überzeugen, denn er war noch weniger jemand, der gern die Waffen streckte.

Aarons Finger zuckten in ihrer Hand. Sie fuhr in

dem Moment hoch, als er seine Augen öffnete. Sofort kamen ihr die Tränen.

»Mama«, krächzte er. Seine Stimme war angeschlagen vom Qualm in der Scheune und dem Tubus.

»Ich bin hier, Schatz. Alles wird gut.«

Fragend schaute er sich um und betrachtete die Hand, in der der Zugang steckte, der mit dem Infusionsbeutel verbunden war. Vor Schreck weiteten sich seine Augen. Es gab wenig, das er so sehr hasste wie Spritzen.

»Du bist im Krankenhaus und bekommst Medikamente«, erklärte sie ihm.

Sein Blick wanderte zurück zu ihr. »Warum?«

Als sie ihm den Grund dafür nennen wollte, bekam sie keinen Ton heraus. Ein hemmungsloses Schluchzen kroch ihre Kehle hinauf. So gern wollte sie ihren Sohn in die Arme schließen und ihn an sich drücken, doch sie hatte Angst, bei den zahlreichen Kabeln etwas kaputtzumachen. Also begnügte sie sich damit, seine kleine Hand wieder und wieder mit Küssen zu bedecken.

»Mama, wer ... wer ...« Das Piepsen des EKGs beschleunigte sich.

Michelle hatte keine Ahnung von solchen Dingen, aber gut konnte das in seinem Zustand nicht sein. Beruhigend streichelte sie über seinen Arm. »Sprich besser nicht zu viel, dein Hals ist noch wund.«

Aaron ließ sich jedoch nicht beirren, und krächzte weiter. Um ihn zu verstehen, musste sie sich näher an seinen Kopf bringen.

»Wer war die Frau?«, flüsterte er.

Sie fragte sich, wen er meinte. Die Sanitäterin aus dem Rettungswagen? Oder die Krankenschwester, die

Michelle wiederholt nach Hause schicken wollte? »Welche Frau, Schatz?«

Die Antwort war so leise, dass Michelle sie kaum verstehen konnte. Und sie ließ sie vor Entsetzen nach Luft schnappen.

»Bei der Scheune. Wer war die Frau mit dem Feuer?«

KAPITEL FÜNFUNDZWANZIG

Das verlebte Wohnzimmer stank nach Kuhdung und modrigem Holz. Rouven wunderte sich. Der alte Sattler hielt Schweine, aber keine Kühe. Was auch immer der Grund für den Geruch war, jemand sollte dringend lüften. Aber das war nicht sein Problem, und der Bauer hätte in wenigen Momenten auch andere Sorgen als den Mief, der in seinem Haus herrschte. Er saß gefesselt auf einem Stuhl und gab erstickte Laute von sich. Dabei hatte Rouven ihn unmissverständlich angewiesen, sein Maul zu halten. Als Strafe dafür, dass er sich nicht daran hielt, verpasste er dem Alten eine schallende Ohrfeige.

Es fühlte sich gut an, den Schmerz in den Augen dieses Dreckskerls zu sehen. Endlich war Rouven am Zug. So lange hatte er sich vorgestellt, wie er die Angelegenheit selbst in die Hand nahm und dem Alten zeigte, was alles in ihm steckte, aber er hatte sich nie getraut. Jetzt hatte er den Mut, all seinen Fantasien freien Lauf zu lassen. Da er ihm in Gedanken schon so viel angetan hatte, fiel ihm die Entscheidung nun jedoch schwer, womit er anfangen sollte. Die Eier, das lag in der Natur der Sache, würde er ihm ganz zum Schluss abschneiden. Bis dahin sollte der Alte aber möglichst bei Bewusstsein bleiben, damit er Rouvens Behandlung auch genießen konnte.

Der alte Sattler keuchte auf, als ob er Rouvens Gedanken lesen könnte. Als Antwort setzte es einen weiteren Schlag ins Gesicht, dieses Mal mit der Faust. Es krachte und knackte, als die Nase brach. Blut schoss daraus hervor und lief über die Lippen des Mannes. Rouven genoss den Anblick.

Plötzlich verschwand jedoch der Knebel aus dem Mund. Die kleinen Schweinsaugen des Bauern veränderten sich und Hannah blickte Rouven mit einem gequälten Ausdruck an.

Er wich einen Schritt zurück. Was hatte er getan? Seine Knöchel schmerzten noch, so heftig hatte er zugeschlagen.

Hannah starrte ihn weiter an und leckte sich das Blut von den Lippen. In seiner Hose wurde es eng, so lasziv sah sie dabei aus. Wollte sie ihn dazu auffordern, sie zu …

Sie spuckte es ihm entgegen, so unerwartet, dass er nicht ausweichen konnte. Ein paar Spritzer trafen ihn im Gesicht. Mit dem Handrücken wischte er sich über die Augen, da es ihm die Sicht nahm. Es klingelte. Rouven erstarrte in der Bewegung. Niemand außer Viola wusste, dass er hier war und was er vorhatte. Hatte sie ihn verraten oder stand sie selbst vor der Tür? Weil sie geahnt hatte, dass Hannah auftauchen würde? Weil sie ihm seinen Spaß nicht gönnte? Das schrille Geräusch der Türglocke ertönte erneut.

»Es klingelt«, hörte er Violas Stimme direkt neben sich. »Mach doch mal auf.«

Er fuhr herum und stellte erschrocken fest, dass er in seinem Bett lag. Das Geräusch hatte also nicht zu seinem Traum gehört. Es klingelte zum dritten Mal, länger und durchdringender. Wer auch immer vor der Tür stand, schien so langsam die Geduld zu verlieren.

Widerwillig quälte Rouven sich aus dem Bett. Der Wecker zeigte Viertel nach sechs an. Wer zum Teufel wagte es, um diese unchristliche Uhrzeit ohne Ankündigung vor der Tür zu stehen?

»Machst du jetzt vielleicht mal auf oder soll ich in meinem Negligé …«

»Stress mich nicht, ich bin ja schon unterwegs.« Nur mit T-Shirt und Boxershorts bekleidet ging er nach unten. Er spürte deutlich den Restalkohol in seinem Magen wüten. Gestern Abend war es in der Kneipe spät geworden, aber er hatte auch allen Grund gehabt, sich ordentlich einen hinter die Binde zu kippen. Mit einer Frau, der man es nie recht machen konnte, hatte man es nicht leicht.

Durch die Milchglasscheibe erkannte er, dass es die Bullen sein mussten, die vor der Tür standen. Kurz überlegte er, ob er wohl Mist gebaut hatte, aber so abgefüllt war er auch wieder nicht gewesen, schließlich hatte er keinen Filmriss. Er öffnete die Tür einen Spalt.

Andreas Horn schaute ihn an. »Na, harte Nacht gehabt?«

Der Unterton, der in der Frage mitschwang, versetzte Rouven in Alarmbereitschaft. Horn klang wie eine eifersüchtige Ehefrau, die ihren Mann mit einer Affäre erwischt hatte und nun prüfen wollte, ob er geständig war.

»Ich hab hervorragend geschlafen, danke der Nachfrage«, gab er betont gelassen zurück. »Womit habe ich mir deinen frühen Besuch verdient?«

Horn ging nicht auf seine Frage ein. »Du warst die ganze Zeit zu Hause, ja?«, wollte er stattdessen wissen.

»Was soll das hier werden? Es klingt fast so, als würdest du mich nach einem Alibi fragen.«

»Keine Sorge, ich bin inoffiziell hier. Also, wo warst du letzte Nacht?«, blieb Horn hartnäckig.

Rouven lachte auf. Inoffiziell, das klang wie Musik in seinen Ohren. Dann konnte der Grund nicht so wild sein. »Wie wär's, wenn du mir erst mal verrätst, warum dich das interessiert, und dann überlege ich mir, ob ich darauf antworte.«

»Denkst du, so läuft das?«

»Wenn du außerdienstlich mit mir reden willst, läuft das exakt so und nicht anders«, gab Rouven unnachgiebig zurück. Horn konnte ihn mal am Arsch lecken, wenn er glaubte, ihn unter Druck setzen zu können. Vielleicht hatte er ihm gestern einen Gefallen getan, indem er ihn hatte gehen lassen, aber deswegen schuldete er ihm noch lange nichts.

Oben öffnete sich die Schlafzimmertür. Anscheinend war Viola jetzt auch auf den Beinen. Sollte sie nach unten kommen, konnte Horn sich auf was gefasst machen. Ihre Laune war morgens nicht die Beste, was noch harmlos ausgedrückt war. Wenn Viola mit ihm fertig war, würde er sich wünschen, nicht um die Uhrzeit bei ihnen geklingelt zu haben.

Horn stöhnte genervt auf. »Na schön. Letzte Nacht hat es gebrannt. Bei den Duvnjaks.«

»Das ist ja tragisch.« Es kostete Rouven seine gesamte Beherrschung, nicht die Kontrolle über seine Gesichtszüge zu verlieren.

»Nicht wahr? Und ein merkwürdiger Zufall. Ausgerechnet in der Nacht, nachdem ich dich bei ihnen in der Scheune erwischt habe, fackelt die ab.«

Rouven zog die Augenbrauen hoch. »Die Scheune, sagst du? Gar nicht das Haus? Dann haben sie wohl ziemliches Glück gehabt.« Abgefackelt bedeutete wohl, dass nur noch Schutt und Asche übrig waren. Womit auch die Notizbücher nicht mehr existierten und wenn doch, hatte das Löschwasser ihnen sicherlich den Rest gegeben. Für solche guten Nachrichten lohnte es sich, in der Früh aus dem Bett geklingelt zu werden, auch wenn er seine Freude darüber nicht zeigen konnte, sondern ein betroffenes Gesicht machen musste.

»Weißt du, was mir komisch vorkommt? Dass du gestern noch davon gesprochen hast, wie brandgefährlich die veraltete Elektrik sein kann.«

»Tja, hättest du es mich besser mal richten lassen.«

»Du hast dich doch angeblich bereits gekümmert.«

»Hab ich das?« Rouven kniff die Lippen zusammen. Er sollte sich seine Lügen in Zukunft besser merken. Es konnte aber auch niemand ahnen, dass es so schnell eine Rolle spielen würde.

»Wenn die Ermittlungen ergeben, dass irgendwelche losen Kabel ...« Horn brach ab und schaute an Rouven vorbei.

Der folgte seinem Blick und entdeckte Viola, die

hinter ihm in der Diele stand. Sie trug ihren kurzen Morgenmantel aus Seide oder Satin oder irgendeinem anderen dünnen Stoff, Rouven hatte keine Ahnung von Mode. Jedenfalls zeichneten sich ihre Nippel darunter deutlich ab, was dafür sorgte, dass Horn beinahe die Augen rausfielen.

»Was bitte schön gibt es denn zu dieser unmöglichen Uhrzeit zu diskutieren?«, blaffte sie die beiden an.

»Tomkes Scheune hat es dem Erdboden gleichgemacht. Das Teil ist niedergebrannt«, antwortete Rouven und freute sich über das erwartete Leuchten in ihren Augen. Sie hatte ihr Gesicht schlechter unter Kontrolle als er, aber sie lenkte davon ab, indem sie ihre Hand auf die Brust legte, wobei der Morgenmantel ein kleines Stück verrutschte. Die Tricks der Frauen hatte sie voll drauf.

»Das ist ja entsetzlich. Wirklich tragisch. Aber was hat Rouven damit zu schaffen?«

Horn erzählte ihr die Story von ihrem gestrigen Aufeinandertreffen.

»Ist ja wirklich interessant, aber ich verstehe immer noch nicht, was du jetzt von uns willst. Ist Rouven etwa verdächtig, etwas mit dem Brand zu tun zu haben, bloß weil er nett sein wollte?«

»Die Ursache für das Feuer steht noch nicht fest, demnach auch nicht, ob es Brandstiftung war oder ein technischer Defekt. Auch Fahrlässigkeit kommt infrage …«

»Na bitte.«

»Trotzdem wollte ich mich schon mal erkundigen, wo dein Mann letzte Nacht war.«

»Hier, wo denn sonst«, antwortete sie wie aus der Pistole geschossen und verzog dabei keine Miene.

Rouven war stolz. Seine Frau war die beste Lügnerin, die es gab, vor allem in Situationen, in denen es darauf ankam. Solange sie beide zusammenhielten, konnte ihnen niemand etwas anhaben.

Horn nickte und setzte seine Dienstmütze auf. »Dann lasse ich euch jetzt mal in Ruhe Kaffee trinken. Sorry für die Störung.« Er machte Anstalten, zum Streifenwagen zu gehen, hielt aber noch mal inne. »Die Frau und der Sohn liegen übrigens im Krankenhaus. Komisch, dass du dich gar nicht erkundigt hast, wo du doch so gut mit der Familie befreundet bist, dass du kleinere Arbeiten sogar umsonst erledigst.«

Rouven schenkte ihm ein aufgesetztes Lächeln. »Danke fürs Bescheidgeben. Einen ruhigen Arbeitstag wünsche ich.« Damit knallte er die Haustür zu. »Was für ein blödes Arschloch«, murmelte er. »Hält sich wohl für Columbo. Der kann mir gar nichts.«

Er drehte sich zu Viola, die Luft holte, um etwas zu sagen, doch er bedeutete ihr, den Mund zu halten. Als sich das Motorengeräusch entfernte, nickte er ihr zu.

Sie fiel ihm in die Arme und rieb ihre Nase an seinem Hals. Ihre Brüste drückten sich gegen seinen Körper. Einen kurzen Augenblick stellte Rouven sich vor, dass es Hannah wäre. Da er sie gerade erst im Traum vor sich gesehen hatte, fiel ihm das nicht schwer, und seine Hose erwachte zum Leben.

»Ich muss zugeben, viel Vertrauen hatte ich nicht, dass du es noch hinbekommst. Offenbar habe ich dich unterschätzt. Dafür hast du dir eine Belohnung verdient.« Ihre Hand wanderte zwischen seine Beine. Sanft massierte sie seine Eier, sodass er noch härter wurde. »Guten Morgen, kleiner Mann. Kommst du mit mir ins Schlafzimmer, damit wir ein wenig Spaß haben können?«

Rouven stöhnte auf. Sie löste sich von ihm und stieg vor ihm die Treppe nach oben. Sein Blick klebte an ihrem phänomenalen Arsch. Diese Eiweißdiät lohnte sich, das musste er zugeben. Er folgte ihr, um sich seine Belohnung abzuholen. Mit dem Brand hatte er zwar nichts zu tun, doch er würde sie bestimmt nicht eines Besseren belehren. Es war ja auch scheißegal, wer das Teil im Endeffekt abgefackelt hatte. Die Hauptsache war, dass sich damit all ihre Probleme in Rauch aufgelöst hatten.

KAPITEL SECHSUNDZWANZIG

Michelle hatte sich auf eigene Verantwortung selbst aus dem Krankenhaus entlassen. Entgegen dem Rat der Ärzte, die ihr eingebläut hatten, dass Patienten mit einer mittelschweren Rauchvergiftung besser bis zu vierundzwanzig Stunden überwacht werden sollten. So viel Zeit hatte sie nicht, sie musste sofort mit Tomke reden und da er nicht an sein verdammtes Handy ging, musste sie wohl nach Hause fahren. Erst als sie im Taxi saß, kam ihr der Gedanke, dass sie es auch bei Lea hätte versuchen können, doch jetzt war sie schon auf dem Weg.

Auf der halbstündigen Fahrt nickte sie mehrfach ein, die Aufregung der letzten Nacht zollte langsam ihren Tribut. Als der Fahrer anhielt und sich räusperte, öffnete sie die Augen. Sie waren auf dem Hof angekommen, der sich für sie von Tag zu Tag weniger wie ein Zuhause anfühlte, dabei sollte es doch genau andersrum sein. Jetzt am Morgen wirkte er trotz der Sonne, die bereits vom Himmel strahlte, düster und bedrohlich auf sie.

Unfähig, sich zu rühren, betrachtete sie durch das

Seitenfenster den Schaden, den das Feuer verursacht hatte. Das Feld, das an die Scheune angrenzte, war zum Großteil verkohlt. Das Löschwasser hatte tiefe Pfützen hinterlassen, die in der Sonne schwarz glänzten. Unwillkürlich fragte sie sich, ob es mit irgendwelchen Zusätzen versehen war, die dafür sorgten, dass die Erde kontaminiert war und man deshalb erst mal nichts anbauen konnte. Als ob das jetzt noch eine Rolle spielte.

Die Scheune hatte den Brand überlebt, allerdings war die Seite, die zum Stall zeigte, stark in Mitleidenschaft gezogen. Anstelle des Dachs ragten schwarze Balken in den blauen Himmel und die Holzwände waren verkohlt. Die andere Seite jedoch sah aus, als hätte sie nichts von der Katastrophe abbekommen, die sich in der letzten Nacht hier ereignet hatte. Dennoch musste sicher das komplette Gebäude abgerissen werden.

Bei dem Anblick wurde Michelle klar, was für ein Glück sie und Aaron gehabt hatten, es lebend dort rauszuschaffen. Wäre die Feuerwehr nicht rechtzeitig eingetroffen, um sie mit Schutzmasken aus dem Rauch zu holen und zu verhindern, dass das Feuer sich weiter voran fraß …

Der Taxifahrer sagte etwas und Michelle zuckte zusammen. Sie hatte völlig ausgeblendet, dass sie noch immer im Wagen saß. Wahrscheinlich wollte er sein Geld haben. »Entschuldigen Sie, mein Geldbeutel ist im Haus.« Ihre Stimme war so rau, als hätte sie die letzten zwanzig Jahre drei Packungen Zigaretten am Tag weginhaliert. »Ich bin etwas durch den Wind. Sie dürften bemerkt haben, was hier los war.«

Im Spiegel sah sie, wie er nickte. »Tut mir echt leid.

In unserer Straße hats auch mal gebrannt. War wohl das Ladegerät von der elektrischen Zahnbürste. Die Leute waren zu Hause, deswegen gings glimpflich aus.«

Großartig, dachte Michelle. Das war eine Information, die sie in ihrer jetzigen Verfassung nun wirklich nicht gebrauchen konnte. Ab jetzt würde sie wohl immer darauf achten, den Stecker der Zahnbürste zu ziehen und das Teil nur tagsüber zu laden, wenn jemand zu Hause war und ein Auge darauf haben konnte.

»Sie können auch mit dem Handy bezahlen«, sagte er und nannte ihr den Betrag.

Michelle öffnete die entsprechende App auf ihrem Telefon und reichte ihm das Gerät nach vorn. Beim Öffnen der Autotür schlug ihr sofort der Brandgeruch entgegen. Ihr wurde übel und sie fühlte sich in die letzte Nacht zurückversetzt, als sie orientierungslos durch die verrauchte Scheune gestolpert war. Ein Kloß bildete sich in ihrem Hals, der sich einfach nicht herunterschlucken ließ. Sie gab sich dennoch einen Ruck und überquerte den Hof.

Ein Feuerwehrmann grüßte sie, sie hatte ihn zuvor nicht bemerkt. »Brandwache«, erklärte er, da er ihren skeptischen Blick, der eher der Umgebung als ihm galt, wohl falsch deutete. »Bei dem ganzen trockenen Heu und Stroh besteht die Gefahr, dass sich irgendwo ein Glutnest erneut entzündet und alles von vorn losgeht. Da ist es sicherer, wenn einer von uns noch vor Ort ist und rechtzeitig eingreifen kann.«

Michelle brachte nur ein Nicken zustande, ihre Augen füllten sich zum wiederholten Male an diesem Morgen mit Tränen. Hier zu sitzen und Wache zu halten, war sein Job, doch sie fühlte eine tiefe Dankbarkeit dafür, dass dieser Mann auf sie aufpasste und ihr Sicherheit vermittelte.

»Ihr Mann ist drinnen, mit der Kripo«, sagte er, als sie nichts erwiderte.

»Der Kripo?«, wiederholte sie verwundert. Sie hatte doch noch gar nicht bei der Polizei angerufen, warum waren sie schon hier?

»Keine Sorge, das ist das übliche Prozedere. Es muss schließlich die Ursache herausgefunden werden. Ist ja auch für die Versicherung wichtig.« Er machte eine Pause und musterte sie. »Sie haben doch eine, oder?«

In der noch recht frischen Morgenluft brach Michelle der Schweiß aus. Für einen erschreckenden Moment kannte sie die Antwort auf diese Frage nicht. Hatte sie nach dem Kauf eine abgeschlossen oder war das eins der Dinge, die sie sich für später vorgenommen hatte? Um Tomke wegen seiner Burn-out-Erkrankung zu entlasten, waren alle Aufgaben rund um den Hauskauf ihr zugefallen. Dazu zählten auch die Versicherungspolicen.

Bei einer Eigentumswohnung waren eine Feuer- sowie eine Grundbesitzerhaftpflichtversicherung Pflicht, was bei einem eigenen Haus anders aussah. Dann erinnerte sie sich, dass sie eine Wohngebäudeversicherung abgeschlossen hatte, bei der die Absicherung gegen Feuerschäden enthalten war. Erleichtert atmete sie auf und nickte, ohne sich daran zu erinnern, ob auch Nebengebäude eingeschlossen waren. Im Augenblick wollte sie sich nicht damit befassen. Das alles erdrückte sie schon jetzt.

Sie löste ihren Blick von der Scheune und setzte ihren Weg zum Haus fort. In der Diele ließ der Gestank etwas nach, kaum dass sie die Tür hinter sich geschlossen hatte. Er war zwar noch wahrnehmbar, aber bei Weitem nicht so stark wie draußen.

Aus der Küche hörte sie Stimmen. Sie folgte dem Geräusch. Zwei Männer in Jeans und kurzärmeligen Hemden saßen mit Tomke an dem alten Holztisch, den sie günstig bei Kleinanzeigen erstanden hatten. Alle drei schauten auf, als sie den Raum betrat.

»Du wurdest schon entlassen?«, fragte Tomke sichtlich überrascht und sprang auf, um sie zu umarmen. »Geht es dir gut? Was ist mit Aaron?«

»Alles in Ordnung. Er kommt wieder auf die Beine.« Sie lehnte sich an ihn. »Ich habe die ganze Zeit versucht, dich zu erreichen, aber dein Handy war aus«, murmelte sie das Gesicht an seine Schulter gepresst. Auch er stank nach Rauch.

Tomke löste sich von ihr und holte das Handy aus seiner Hosentasche. »Oh, was für ein Mist. Der Akku muss leer sein.« Er hängte es an das Ladegerät, das auf der Arbeitsplatte lag.

Michelle nickte matt. Das erklärte zwar, warum ständig nur die Mailbox rangegangen war, nicht aber, warum er seit letzter Nacht um zwei nicht einmal draufgeschaut hatte, um zu bemerken, dass es ausgeschaltet war. Immerhin waren Aaron und sie ins Krankenhaus gebracht worden, da sollte man davon ausgehen können, dass Tomke auf eine Nachricht von ihr oder den Ärzten wartete.

Sei nicht so streng mit ihm, sagte sie sich selbst.

Wahrscheinlich stand er mit der Feuerwehr und der Polizei auf dem Hof so sehr unter Stress, dass er das nicht auch noch auf dem Schirm hatte. Aber dabei seine Familie zu vergessen?

Die Kripobeamten musterten sie erwartungsvoll, sodass sie den Gedanken vorerst beiseiteschob. Sie wandte sich ihnen zu. »Tut mir leid, ich komme gerade erst aus dem Krankenhaus.«

»Ihr Mann hat uns bereits informiert, dass Sie bei der Befragung sehr wahrscheinlich nicht anwesend sein können«, sagte einer der beiden, der eine rahmenlose Brille mit dicken Gläsern trug. »Gut, dass Sie nun doch dazugestoßen sind. Können wir anfangen?«

»Die Spurensicherung sollte auch bald eintreffen, dann haben Sie es auch schon hinter sich. Ihr Haus hat ja zum Glück nichts abbekommen, sodass Sie weiter darin wohnen können.« Der Mann lächelte sie aufmunternd an und zupfte an seinem Schnauzbart herum.

Michelle nickte. Ihr Mund war vor Nervosität ganz ausgetrocknet. Obwohl sie nichts verbrochen hatte, fühlte sie sich in Anwesenheit der Kommissare unbehaglich.

Sie und Tomke setzten sich zu den beiden an den Tisch. Der Bebrillte legte ein Notizbuch vor sich, während der andere permanent an seinem Schnauzer herumfummelte und Michelle damit in den Wahnsinn trieb. Konnte er seine Finger nicht mal still halten?

»Nach Aussage der Feuerwehr haben Sie den Brand vergangene Nacht sehr früh bemerkt und versucht, mit dem Gartenschlauch Schlimmeres zu verhindern.« Der Beamte blinzelte Tomke durch die Glasbausteine an.

»Wie kam es, dass Sie so schnell darauf aufmerksam wurden?«

Eigentlich wollte Michelle damit rausplatzen, was Aaron im Krankenhaus zu ihr gesagt hatte, doch die Antwort auf die Frage interessierte sie ebenfalls, also hielt sie sich zurück.

»Weil ich in der Scheune war ...«

»Was hatten Sie um diese Uhrzeit dort zu suchen?«, unterbrach der Schnauzbart ihn. Michelle mochte nicht, wie vorwurfsvoll er dabei klang. Als wäre es etwas Schlechtes oder gar Unrechtes, sich nachts außerhalb des Wohnhauses aufzuhalten, selbst wenn es auf dem eigenen Grundstück war.

Tomke schien es ähnlich zu gehen, seine Kiefermuskulatur verspannte sich sichtlich. »Gestern Mittag, als wir unterwegs waren, ist ein Fremder auf unseren Hof gekommen und in die Scheune eingedrungen. Es hat mir keine Ruhe gelassen, was er dort wollte, und da ich eh nicht schlafen konnte, habe ich nachgesehen. Nach einer Weile roch ich den Rauch und ...«

»Jetzt mal eins nach dem anderen.« Erneut war es der Schnauzbart, der ihn nicht ausreden ließ. »Jemand ist also gestern in Ihre Scheune eingebrochen, als Sie nicht zu Hause waren. Wie haben Sie davon erfahren?«

»Moment.« Tomke stand auf und ging aus der Küche. Kurz darauf kam er mit seinem Laptop zurück. Er hatte bereits das Video der Überwachungsapp aufgerufen und zeigte es den Beamten, während er erklärte, was sich zugetragen hatte.

Michelle lehnte sich vor, um ebenfalls einen Blick auf den Monitor zu erhaschen. Konzentriert betrachtete sie die Gestalt, die über ihren Hof schlich, wie sie es schon gestern etliche Male gemeinsam mit Tomke getan hatte. Jetzt achtete sie allerdings auf etwas anderes. Konnte es sich bei der Person um eine Frau handeln? Aarons Worte hallten in ihrem Kopf nach. Immer wieder hatte er sie gefragt. Er schien sich so sicher.

Die Frau mit dem Feuer, Mama. Wer war sie?

Auf dem Video war eindeutig ein Mann mit breitem Kreuz zu sehen. Steckten etwa mehrere Leute hinter den Vorfällen? Michelles Blick wanderte zu dem Pflaster unter Tomkes Auge. Sie dachte daran, wie die Verletzung zustande gekommen war. Judith und ihr Bruder, der nicht vor einer Auseinandersetzung auf dem Friedhof zurückschreckte. Würden sie auch so weit gehen, das Leben der Familie in Gefahr zu bringen?

Diese Judith war ebenfalls auf dem Sommerfest gewesen und Michelle war nicht entgangen, wie sie permanent zu ihnen rübergestarrt hatte. Ihr Gesichtsausdruck hatte Bände gesprochen, was sie davon hielt, Tomke dort zu sehen. Hatte sie danach entschieden, dass es nicht mehr genug war, die Familie in Angst und Schrecken zu versetzen, indem sie nachts auf dem Hof herumschlichen?

»Wie kam es zu der Schramme unter Ihrem Auge?«, wollte der Brillenmann wissen und sorgte so dafür, dass Michelle sich wieder auf das Gespräch konzentrierte.

»O ja, das solltest du unbedingt …«, setzte Michelle an, wurde aber sofort von Tomke unterbrochen.

Anstatt die volle Wahrheit zu sagen, erzählte er zwar, dass er auf dem Friedhof mit einem Grabstein zusammengekracht war, verschwieg dabei allerdings, wie es dazu gekommen war. Michelle schaute ihn fassungslos an.

Es ging darum, herauszufinden, wer ihnen das angetan hatte, warum ließ er ein so wichtiges Detail aus? Sie holte Luft, um die Beamten aufzuklären, doch ein Seitenblick von Tomke ließ sie verstummen. Wieso wollte er das bloß verheimlichen? War das eine merkwürdige Form von Loyalität den Geschwistern seiner Ex-Freundin gegenüber? Hier ging es um seine Familie, die ihm eigentlich wichtiger sein sollte.

»Wieso hat sich Ihr Sohn in der Scheune aufgehalten?«, fragte der Schnauzbart, der endlich damit aufgehört hatte, daran herumzuzupfen. Stattdessen hatte er die Finger aneinandergelegt, wie der Bösewicht in einem *James-Bond*-Film, der darauf wartete, seine Weltzerstörungspläne darzulegen.

»Ich hab keine Ahnnung. Bevor meine Frau nach draußen kam, wusste ich gar nicht, dass er da drin ist. Wäre sie nicht gewesen ...« Tomkes Stimme brach, seine Hand tastete nach der von Michelle. Die Berührung fühlte sich tröstlich an, aber gleichzeitig war Michelle wütend auf ihren Mann. Warum wollte er Judith und ihren Bruder schützen?

»Er hat gehört, wie mein Mann nach draußen gegangen ist, und ist ihm dann gefolgt. So hat er es mir im Krankenhaus erklärt«, sagte Michelle.

»Wie alt ist er? Ist es denkbar, dass er dort drin geraucht hat?«

Michelle stieß ein ironisches Lachen aus. Das klang ja geradezu danach, als würden sie versuchen, ihnen die

Schuld für das Feuer zuzuschieben. »Ganz bestimmt nicht. Er ist zehn.«

Der Beamte mit der Brille zuckte unbeeindruckt die Schultern. »Er wäre nicht der Erste, der sich in dem Alter aus der Schachtel von Mama oder Papa bedient. Sie haben noch eine Tochter, oder? Wie sieht es bei ihr aus?«

»Wir rauchen beide nicht, ebenso wenig unsere Tochter. Von uns hat niemand den Brand verursacht«, beharrte Michelle auf ihrem Standpunkt. Dann platzte sie mit ihrer Neuigkeit heraus. »Ich bin mir sicher, dass jemand das Feuer gelegt hat, denn Aaron hat die Person gesehen. Es war eine Frau!«

Sie beobachtete aufmerksam Tomkes Reaktion auf diese Information. Seine Augen weiteten sich, er schnappte nach Luft.

Der Schnauzbärtige schien nicht überzeugt. »Haben Sie im Außenbereich denn ausreichend Beleuchtung installiert, dass er das tatsächlich erkannt haben könnte? Bei der Scheune?«, fragte er.

»Nur an der Haustür und die war nicht eingeschaltet.«

Der Bebrillte nickte selbstzufrieden, als wäre das der unumstößliche Beweis dafür, dass sie Unsinn redete.

»Er hat sie gesehen, weil sie das Feuer gelegt hat. Dabei entsteht meiner Erfahrung nach auch Licht«, giftete Michelle den Kerl mit der Rotzbremse an. Sollte das nun genauso laufen wie mit den Streifenbeamten vor zwei Tagen? Wie lange wollte die Polizei die Angriffe auf sie und ihre Familie noch abtun und irgendwelche harmlosen Erklärungen dafür finden? Würde so lange niemand etwas unternehmen, bis sie allesamt ermordet in der Küche lagen?

Ihr Unverständnis wandelte sich in Zorn darüber, dass sie sich nun schon zum zweiten Mal zwei Polizisten gegenübersah, die sie behandelten, als wäre sie die Verrückte und nicht die Person – oder die Personen –, die sie in den vergangenen Nächten drangsaliert hatten. Ihr Magen zog sich zu einem Klumpen zusammen. Wenn sie verhindern wollte, dass sie die Beamten anbrüllte und so dafür sorgte, dass sie ihnen noch weniger zugeneigt wären, musste sie dringend hier raus.

Sie stand auf und murmelte eine halbherzige Entschuldigung, dass sie aufs Klo müsse. Da sie in der Diele nicht so recht wusste, wohin mit sich – überall schienen Leute herumzuwuseln –, ging sie tatsächlich ins Bad. Tomke hatte sich dort augenscheinlich nach seiner Löschaktion gewaschen und nicht sauber gemacht. Der Boden war voller schwarzer Schuhabdrücke, im Waschbecken waren Rußpartikel und die Seife war noch dreckig.

Der Anblick war der berühmte Tropfen, der das Fass zum Überlaufen brachte, und sie brach in Tränen aus. Sie war am Ende ihrer Kräfte und hatte keine Ahnung, wie sie schaffen sollte, was noch vor ihr lag. Die Versicherung musste informiert werden, die Kripo überzeugt, dass es jemand auf ihre Familie abgesehen hatte. Sie musste Tomke überreden, so schnell wie möglich den Hof zu verlassen und eine Wohnung zu suchen ... Der Aufgabenberg, der sich vor ihr auftürmte, schien schier unüberblickbar.

Michelle hatte keine Ahnung, wie lange sie schon auf

dem Klodeckel saß und sich die Seele aus dem Leib heulte, als es klopfte. Bevor sie antworten konnte, öffnete Tomke die Tür.

»Die Kripo ist gefahren und die Spurensicherung ist auch durch«, sagte er und kam zu ihr rüber. »Sie würden gern die Tage noch mal mit dir und Aaron reden.« Er wollte sie umarmen, doch sie schob ihn von sich.

»In ein paar Tagen, ja? Du meinst, wenn bis dahin niemand unser Haus abgefackelt oder Schlimmeres getan hat.«

Tomke schüttelte den Kopf. »Das wird nicht passieren. Wenn Mirco das Feuer gelegt hat, wovon ich ausgehe, hat er sicher nicht damit gerechnet, so einen Schaden anzurichten. Das wird ihm eine Lehre gewesen sein.«

Michelle konnte nicht fassen, was sie da hörte. Wie konnte Tomke allen Ernstes noch immer denken, dass Mirco hinter all dem steckte? »Eine Frau. Aaron hat eine Frau gesehen, verdammt«, presste sie hervor.

»Das mag er ja vielleicht glauben, aber …«

»Jetzt fang du nicht auch damit an«, unterbrach sie ihn. Wenn nicht mal sein eigener Vater ihm glaubte, wieso sollte dann die Kripo auf ihn hören? »Verrat mir mal lieber, warum du den Beamten vorhin nicht die Wahrheit über dein blaues Auge gesagt hast.«

»Ich habe doch gar nicht gelogen.« Er klang wie ein trotziges Kind.

»Aber du hast ihnen nicht alles erzählt. Warum willst du Judith da raushalten? Ich wiederhole es noch mal, nur falls du es nicht verstanden hast. Eine Frau hat den Brand gelegt.«

»Auf dem Video von gestern Mittag war aber ein einzelner Mann zu sehen, Michelle. Selbst wenn Judith etwas gegen mich hat, meinst du nicht, ich bringe sie noch mehr gegen mich auf, wenn die Kripo plötzlich vor ihrer Tür steht und sie nach einem Alibi für letzte Nacht fragt?«

Michelle sprang vom Klo auf und funkelte ihn wütend an. »Aaron hat eine Frau gesehen und ich vertraue ihm, wenn er das sagt. Du als sein Vater solltest das auch. Oder willst du mir jetzt auch einreden, dass er oder Lea heimlich rauchen und dabei die Scheune in Brand stecken? Und der Mann auf den Aufnahmen könnte genauso gut Judiths Bruder sein. Er war es immerhin, der dich über den Friedhof gejagt hat! Offensichtlich ist er gewaltbereit und hat sich nicht im Griff, wenn er an so einem Ort handgreiflich wird.«

»So war das nicht ...« Obwohl Tomke nach außen in Verteidigungshaltung ging, legte sich seine Stirn in Falten. Er schien ins Grübeln zu geraten. Jetzt durfte sie nicht lockerlassen.

»Es ist mir egal, wenn wir sie noch mehr gegen uns aufbringen, weil die Kripo sie wegen Brandstiftung in die Mangel nimmt. Falls sie es waren, müssen sie zur Rechenschaft gezogen werden. Wir müssen uns wehren.«

Tomke nickte, sein Blick wirkte leer. Er ging an Michelle vorbei zur Tür.

»Was machst du?«, fragte sie, als er das Bad verließ, ohne einen Ton zu sagen. Sie bekam keine Antwort.

»Hey, ich rede mit dir!«, rief sie, da er bereits bei der Tür angekommen war und in seine Schuhe schlüpfte. »Was hast du vor?«

»Du hast recht, wir können uns das nicht bieten lassen. Deshalb regle ich das jetzt.« Damit verschwand er nach draußen und zog die Tür hinter sich zu, bevor sie weitere Fragen stellen konnte. Der Motor ihres Geländewagens heulte auf. Kurz darauf fuhr Tomke mit quietschenden Reifen vom Hof.

Michelle ahnte, dass er nicht deshalb so schnell fuhr, weil er unbedingt die Beamten der Kripo einholen wollte. *Bau bloß keinen Mist,* sagte sie im Geiste zu ihm.

KAPITEL SIEBENUNDZWANZIG

Obwohl sie Urlaub hatte, war Judith früh wach. In dieser Nacht hatte sie geschlafen wie ein Baby. Nein, kein Baby. Sie hatte nie verstanden, warum man das so sagte. Ihre Erfahrung mit Moritz als Säugling war eine andere, er war unruhig gewesen und hatte einen leichten Schlaf gehabt. Ihre Nacht hingegen war himmlisch gewesen. Es fühlte sich gut an, Tomke gestern die Stirn geboten zu haben, auch wenn es nicht wirklich zu einer Konfrontation gekommen war.

Eigentlich hatte sie ihn nur bei ihrer Ankunft am Fußballplatz gesehen. Sie war stolz auf sich, dass sie es geschafft hatte, ihm nicht die ganze Zeit ihre Aufmerksamkeit zu widmen. Zwischenzeitlich hatte sie sogar komplett ausgeblendet, dass er auch dort war, weil es sie so gefangen genommen hatte, wie viel Spaß Moritz beim menschlichen Tischkicker hatte.

Das war einer der seltenen Momente gewesen, in denen sie darüber nachdachte, ob es nicht ein Fehler war, ihn so zu isolieren. Ihre Angst davor, dass andere Kinder ihm wehtun könnten, brachte für ihn eine Menge Entbehrungen mit sich. Dann aber beruhigte sie ihr Gewissen damit, dass er vor seiner Konsole oder beim Schwimmtraining auch seinen Spaß hatte und nicht so sehr wie bei einem Mannschaftssport Gefahr lief, als Mobbingopfer herhalten zu müssen.

Nachdem Judith noch eine Weile im Bett gelegen hatte, stand sie auf und machte sich zum Frühstück Pfannkuchen. Zum ersten Mal seit Tagen hatte sie wirklich Appetit und verputzte sogar die Portion, die sie eigentlich für Moritz gemacht hatte. Der lag noch im Bett und schlief, was sie nach gestern nicht wunderte. Nach dem Fest war er total aufgedreht gewesen, sodass er vor zehn Uhr nicht ins Bett zu bekommen war.

Als sie aufgegessen hatte, machte sie sich daran, endlich die Wäsche zusammenzulegen, die seit Tagen im Trockner darauf wartete, in den Schrank geräumt zu werden. Im Schlafzimmer schaltete sie sich leise Musik an, um Moritz nicht zu wecken. Draußen hupte jemand lang und durchdringend. Dann nach kurzer Zeit wieder. Sie ging ans Fenster, um nachzusehen, wer es da so eilig hatte. Ein Lieferwagen blockierte die enge Sackgasse, an deren Ende ihre Wohnung lag. Als sie sah, wer nicht warten konnte, bis der Fahrer sein Paket losgeworden war, erstarrte sie. Es war Tomkes Auto, das an der Einmündung zu ihrer Straße stand.

Er will bestimmt nur zum Friedhof, sagte sie sich, wusste aber, dass das Schwachsinn war. Womit sie recht behalten sollte. Nur wenige Augenblicke später parkte er direkt vor dem Haus und sprang aus dem Wagen. Judith stand stocksteif am Fenster, bis das Schrillen der

Türklingel sie aus der Lähmung riss. Sie war fest entschlossen, ihm nicht zu öffnen. Hektisch suchte sie nach ihrem Telefon, um Jannik anzurufen, da hörte sie, wie Moritz' Zimmertür aufgemacht wurde.

»Halt, nicht!«, rief sie ihm zu, während Tomke unten auf der Straße ihren Namen brüllte. Was war denn bloß in ihn gefahren? Er klang, als wäre er völlig außer sich, und das machte ihr Angst.

»Geh wieder in dein Zimmer«, wies sie Moritz an. Sein Fenster zeigte zum Garten raus, da würde er hoffentlich von Tomkes Geschrei nichts mitbekommen. Als er verschwunden war, nahm sie mit zitternden Fingern den Hörer der Sprechanlage ab.

»Bist du von allen guten Geistern verlassen?«, fragte sie und gab sich alle Mühe, sich ihre Verunsicherung nicht anmerken zu lassen.

»Mach auf!«, verlangte er barsch, als hätte sie ihm gegenüber eine Verpflichtung.

»Warum sollte ich«, entgegnete sie mit einer Ruhe, die sie selbst überraschte. Anstelle einer Antwort krachte es laut. Judith zuckte zusammen. Anscheinend hatte er gegen die Tür getreten oder mit der Faust dagegen geschlagen. Vor Angst verkrampfte ihr Magen. Was wollte er hier? Hatte er vor, ihr etwas anzutun? Und Moritz? Sie musste verhindern, dass er ins Haus kam.

»Wenn du nicht willst, dass ich Kleinholz aus dieser verdammten Tür mache, lässt du mich sofort rein«, brüllte er.

Jetzt zeigte er also sein wahres Gesicht. Das, von dem Judith bislang nur gehört hatte, das sie aber nie selbst hatte erleben müssen. Im Gegensatz zu ihrer Schwester.

. . .

Judith saß mit Viola auf einer Parkbank am Waldrand. Mit den Fingerspitzen strich sie über ein kleines Messingschild, das am rechten Rand auf die rot lackierte Sitzfläche genagelt war. Darauf stand, dass irgendein Anwohner namens Willy Ziegler die Bank gespendet hatte, was sie nicht so recht kapieren wollte. Warum sollte man Geld für etwas ausgeben, das irgendwo im Feld stand und einem selbst gar nichts nutzte?

Viola hockte auf der Lehne und rauchte eine Zigarette. Es war ihr Lieblingsplatz, beinahe jedes Mal, wenn sie sich nach der Schule trafen, wollte sie hierhergehen. Sogar jetzt noch, obwohl das Wetter langsam schlechter wurde, da es auf den Herbst zuging. In letzter Zeit verabredeten sie sich jedoch seltener, denn Viola war ganz frisch mit Rouven zusammen und wollte ständig nur mit ihm abhängen. Judith mochte ihn nicht besonders. Er wohnte im selben Haus wie sie und ihre Familie und er hatte sie einmal nachts im Treppenhaus zu Tode erschreckt, als sie aus dem Keller gekommen war, wo sie Hannah was zu essen gebracht hatte. Seitdem guckte er sie immer so merkwürdig an, als würde sie dieses Geheimnis irgendwie verbinden.

»Meinst du, es hätte was geändert, wenn sie sich mir anvertraut hätte?« Judith nahm sich jedes Mal vor, es nicht zu tun, aber sie konnte einfach nicht anders, als über ihre Schwester zu sprechen. Manchmal hatte sie Schiss, dass Viola mit der Zeit genervt davon sein könnte und nichts mehr mit ihr zu tun haben wollte, aber bis jetzt hörte sie sich alles geduldig an und war für Judith da.

Hannah war jetzt seit vierundfünfzig Tagen nicht mehr bei ihnen und es fühlte sich noch immer unwirklich an. Jeden Abend wartete Judith darauf, dass sie durch die Tür spaziert kam und verkündete, dass alles nur ein saublöder Witz gewesen war und ab jetzt alles wieder sein würde wie früher. Aber das würde es nicht.

»Weiß nicht«, sagte Viola wie immer, wenn Judith diese Frage stellte. Heute klang sie tatsächlich etwas genervt. Sie zog an ihrer Zigarette und blies perfekte Kreise in die Luft. »Vermutlich nicht. Du hättest ihr Problem auch nicht für sie lösen können.«

Problem, wie das klang. Es ging um ein Kind, das mit seiner Mutter in dem Wald hinter ihnen gestorben war. »Aber sie hat immer alles mit mir geteilt. Ich verstehe nicht, warum sie dieses Mal nicht mit mir geredet hat.« Diese Frage zermürbte Judith. Sie und Hannah waren eher beste Freundinnen als Schwestern gewesen, zumindest die meiste Zeit. Ausgerechnet in dieser einen Sache, wegen der Hannah beschlossen hatte, sich das Leben zu nehmen, hatte sie Judith außen vor gelassen.

»Weil es gewisse Dinge gibt, die man nicht unbedingt mit seiner kleinen Schwester bereden will. Sex zum Beispiel«, lautete normalerweise Violas Antwort. An diesem Tag sagte sie jedoch etwas anderes.

»Es gibt da noch mehr, was sie dir verschwiegen hat.« Nachdenklich drehte Viola ihre Zigarette zwischen den Fingern. »Ich glaube nicht, dass sie sich umgebracht hat, weil sie schwanger war und deswegen Angst vor deinem Vater hatte. Jedenfalls nicht nur.«

»Sondern?« Judiths Mund war mit einem Mal ganz trocken. Der Geschmack von Nikotin lag ihr auf der

Zunge, obwohl sie nicht geraucht hatte. Diesen Gedanken hatte sie schon öfter gehabt. Es passte so gar nicht zu Hannah, die, wenn sie Ärger bekommen hatte, eigentlich immer nur bockig reagiert hatte. Judith konnte sich kaum erinnern, ihre Schwester jemals heulen gesehen zu haben, so wie sie, wenn ihr Vater mit ihr schimpfte.

Viola beugte sich zu ihr runter und sprach ganz leise, als ob sie Angst hätte, dass sie jemand belauschen könnte. »Tomke war es.«

Vor Überraschung riss Judith die Augen auf, während ihr Hirn versuchte, die Information zu verarbeiten. »Du meinst, er hat sie … umgebracht?«

Viola verzog das Gesicht und Judith wusste, dass sie was Dummes gesagt hatte. Aber wie sollte sie diese Aussage sonst verstehen?

»Quatsch. Das hätte die Polizei doch rausgefunden. Oder haben die gesagt, dass es doch kein Selbstmord war?«

Judith schüttelte den Kopf.

»So war es auch nicht gemeint. Aber Tomke hat sie …« Viola brach ab und schien zu überlegen, ob sie es ihr wirklich verraten sollte.

»Was hat er? Komm schon, ich will es wissen«, drängelte Judith, nachdem sie eine Weile angespannt geschwiegen hatte.

»Na gut, weil du ihre Schwester bist. Sie hat es mir im Vertrauen erzählt, niemand sonst weiß davon. Du weißt ja, dass sie Tomke abserviert hat, oder? In den Osterferien war das.«

Judith nickte. Vor Aufregung war ihr Hals wie zugeschnürt und sie hatte Angst, dass sie kein Wort rausbekommen würde.

»Das hat er aber nicht akzeptiert. Er hat einfach so getan, als wären sie noch zusammen, nur dass er schlimmer war als vorher.«

»Wieso schlimmer?« Ihre Stimme war ganz rau.

»Weil er immer eifersüchtig war und sie kontrollieren wollte. Das musst du doch auch wissen.«

»Aso, ja. Klar.« Judith hatte keine Ahnung gehabt. So langsam fragte sie sich, ob sie überhaupt gewusst hatte, wie es ihrer Schwester wirklich gegangen war. Wann hatte Hannah aufgehört, alles mit ihr zu teilen?

»Ständig hat er sie genervt, war immer da, wo sie gerade war, und hat so getan, als wären sie noch zusammen. Sie hatte Angst vor ihm und versuchte, ihm aus dem Weg zu gehen.«

Judith konnte kaum glauben, was sie da hörte. Oft hatte sie nicht mit Tomke zu tun gehabt, aber wenn, war er immer nett gewesen. Sie konnte sich an keine Gelegenheit erinnern, bei der er sich wie ein Arschloch aufgeführt hatte. Allerdings erinnerte sie sich daran, dass ihr einige Wochen vor Hannahs Tod Veränderungen an ihrer Schwester aufgefallen waren. Sie war nicht mehr so viel unterwegs wie vorher – um Tomke aus dem Weg zu gehen? – und hatte oft schlechte Laune, wirkte genervt oder traurig. Da etwa zu diesem Zeitpunkt ihr Vater damit angefangen hatte, sie zur Strafe in den Keller zu sperren, hatte Judith es darauf geschoben.

»Das ist noch nicht alles. Als er gemerkt hat, dass Hannah sich nicht wieder auf ihn einlassen will, hat er sie erpresst. Sie sollte mit ihm Sex haben oder er würde eurem Vater erzählen, dass sie noch zusammen wären.«

»Nie im Leben!«, platzte es aus Judith heraus. »Hannah hätte sich nie auf so eine Scheiße eingelassen!«

»Meinst du? Wieso war sie dann schwanger?« Viola zuckte mit den Schultern und drückte ihre Zigarette auf der Sitzfläche aus. »Rechne doch mal nach, dann weißt du Bescheid. Sie hat ihn in den Osterferien abserviert. Das war im März. Man hätte längst einen Bauch sehen müssen, wäre sie da schon schwanger gewesen.«

»Ach du Scheiße!« Darüber hatte Judith noch nie nachgedacht, aber jetzt, wo Viola es ihr vorrechnete ...

Viola sprang von der Bank. »Sorry, aber jetzt weißt du es. Hannah war das alles so peinlich, dass niemand davon erfahren sollte.« Eine neue Zigarette landete zwischen ihren Lippen. »So, ich muss dann mal weg, dem Sattler beim Ausmisten helfen.«

Judith verzog das Gesicht und nickte ihr zu. Seit einigen Wochen besserte Viola bei dem Bauern ihr Taschengeld auf. Bisher war sie trotzdem chronisch pleite. Wahrscheinlich, weil sie alles für Kippen ausgab.

»Danke, dass du es mir verraten hast«, sagte sie noch, bevor Viola davonging. Und sie meinte es so. Das würde Judith ihr niemals vergessen.

Auch wenn sie jetzt noch mehr Fragen im Kopf hatte als vorher, fühlte sie sich etwas leichter. Immerhin wusste sie nun, dass Hannah sich nicht aus Angst vor ihrem Vater umgebracht hatte oder aus Enttäuschung, weil ihre Stiefmutter Monika sie verraten hatte. Ihre Familie traf keine Schuld. Nein, Tomke war derjenige, der sie in den Tod getrieben hatte, weil er nicht akzeptieren konnte, dass sie ihn nicht wollte. Er hatte ihre Schwester auf dem Gewissen.

. . .

Noch ehe ihr klar wurde, was sie da tat, war Judith ins Treppenhaus gestürmt und auf dem Weg nach unten. Nicht mal Jannik hatte sie vorher angerufen, damit er ihr zu Hilfe eilte. Die Wut war ihr Begleiter. Es war Zeit, Tomke endlich ins Gesicht zu sagen, was er wirklich war. Ein Mörder. Auch wenn ihn kein Gericht der Welt dafür verurteilen würde, so trug er die alleinige Schuld an Hannahs Tod. Er hatte sie bedrängt, vergewaltigt, geschwängert, bis sie keinen anderen Ausweg mehr gesehen hatte.

Sie riss die Tür auf und stieß ihn mit aller Kraft vor die Brust. Sichtlich überrascht taumelte er rückwärts. Judith setzte hinterher, ließ ihrem Zorn freien Lauf. »Was fällt dir eigentlich ein, du verdammtes Arschloch«, schrie sie ihn an und wollte ihn erneut schubsen, aber er war schneller und hielt sie an den Oberarmen fest. Sie wand sich, doch seine Hände umklammerten sie wie ein Schraubstock. »Lass mich sofort los!«

»Was mir einfällt?« Seine Stimme war ganz leise und gepresst. Erst jetzt schaute sie ihm ins Gesicht und erschrak. Seine Augen, in denen der pure Hass stand, waren blutunterlaufen, seine sonst vollen Lippen waren vor Anspannung nur noch ein schmaler Strich und bebten. Getrockneter Speichel klebte in seinen Mundwinkeln und er stank, als wäre er geradewegs aus einem Schornstein gestiegen. Seine Finger bohrten sich immer tiefer in ihre Arme.

»Hör auf, du tust mir weh. Lass mich los!« Sie zappelte und trat nach ihm. Sahen denn keine Nachbarn, was er hier machte? Warum half ihr niemand? Noch einmal trat sie nach ihm aus und erwischte sein Schienbein. Endlich lockerte sich sein Griff und sie konnte sich befreien. Sie wich vor ihm zurück, doch er setzte ihr nach, kam ihr bedrohlich nahe.

»Glaubst du, du kannst meinen Hof abfackeln und damit durchkommen?«, knurrte er. »Eins sag ich dir, das wirst du bereuen. Wenn du mir oder meiner Familie noch mal zu nahe kommst …«

»Was redest du denn da?« Judith war völlig perplex über seine Anschuldigung. Ein Feuer? Deshalb sah er also so mitgenommen aus und stank wie ein Schornstein?

»Mach nicht einen auf unschuldig. Du weißt genau, worum es geht! Gib einfach zu, dass du es warst!«

»Spinnst du? Gar nichts hab ich gemacht«, verteidigte sie sich wie Moritz, wenn sie ihn beim Mistbauen erwischte.

»Wenn du glaubst, du kommst damit durch, dann hast du dich aber geschnitten. Du wurdest gesehen und es ist nur eine Frage der Zeit, bis die Polizei Beweise dafür findet. Solltest du oder dein Bruder, bis es so weit ist, noch mal einen Fuß auf unser Grundstück setzen, dann gnade dir Gott.« Tomke hob die Faust und hielt sie ihr vors Gesicht.

Unwillkürlich zuckte sie zurück und blinzelte, dabei wollte sie vor ihm keine Schwäche zeigen. »Von Gott brauchst ausgerechnet du nicht anfangen«, murmelte sie. »Du bist es, der auf seine Gnade hoffen muss.«

»Halt deinen Mund. Ist dir nicht klar, was du angerichtet hast? Meine Frau und mein Sohn wären beinahe draufgegangen.«

»Du meinst so wie meine Schwester?«

»Hör auf mit diesem Schwachsinn. Hannah hat mich damals verlassen und nicht umgekehrt. Keine Ahnung, was du dir die letzten fünfundzwanzig Jahre eingeredet hast, aber deine Familie sollte sich mal an die eigene Nase packen. Euer Vater war ein Tyrann …«

»War ja klar, dass du mir mit so einer dummen Provokation kommst.« Tatsächlich legte Tomke damit den Finger direkt in die Wunde. Eine alte Verletzung, die zwar vernarbt, aber immer noch wetterfühlig war. Bis sie von Viola die Wahrheit erfahren hatte, war Judith andauernd dieser Gedanke gekommen. War ihr Vater schuld daran, dass Hannah sich umgebracht hatte? Vor Tomke würde sie das allerdings sicher nicht zugeben.

»Unser Vater hat gar nichts damit zu tun, also zieh ihn da nicht mit rein. Du konntest einfach nicht akzeptieren, dass sie keinen Bock mehr auf dich hatte. In deiner Ehre hast du dich gekränkt gefühlt. Einen Tomke Duvnjak verlässt man nicht einfach so.« Ihr Puls beschleunigte sich und sie redete sich in Rage. Es war befreiend, ihm endlich all die Dinge an den Kopf zu knallen, die sie so viele Jahre gequält hatten. »Nicht mal vor einer verdammten Vergewaltigung bist du zurückgeschreckt, um dir zu nehmen, was dir deiner Meinung nach zustand. Ihr Blut und das deines Kindes klebt an deinen Händen.«

»Mein Kind? Wovon redest du da?«

»Hannah war schwanger. Von dir. Jetzt tu nicht so, als wäre das eine Neuigkeit für dich! Wissen das deine Frau und dein Sohn?«

Einen kurzen Moment verlor sich der Zorn in

Tomkes Gesicht und wich der Verwunderung, so als wüsste er tatsächlich nicht, wovon sie redete. Dann fing er sich wieder. »Wer hat dir denn diesen Mist eingetrichtert?«

»Hannah«, spie sie ihm entgegen. Eine Lüge, aber sie konnte unmöglich Viola in die Angelegenheit reinziehen.

Tomke wirkte noch entgeisterter als zuvor. Er schüttelte den Kopf. »Und weil du glaubst, es wäre so gewesen, zündest du meine Scheune an? Du musst vollständig den Verstand verloren haben.«

»Ich habe ganz bestimmt kein Feuer gelegt. Wer weiß, wie viele Mädchen du damals noch schlimmer als einen Fußabtreter behandelt hast. Vielleicht solltest du besser bei ihnen klingeln.«

Mit einem Mal wurde sein Blick wieder dunkel und sein Ausdruck ganz kalt. Er packte Judith an den Oberarmen und grub seine Finger in ihre Muskeln, bis es schmerzte. »Ich habe deine Schwester nicht vergewaltigt«, knurrte er und kam ihr dabei so nahe, dass sie die feinen Aschepartikel sehen konnte, die sich in seine Poren gesetzt hatten.

»Lass mich sofort los, sonst brülle ich die ganze Nachbarschaft zusammen!«

Die Drohung wirkte, sein Griff lockerte sich und er ließ seine Hände sinken. »Du wirst noch bereuen, was du getan hast, so viel kann ich dir versprechen. Das war ein Schritt zu weit!«

»So, wie du es bereust, was du Hannah angetan hast?«, konterte sie und war selbst überrascht von ihrer Schlagfertigkeit. »Ach, ich vergaß. Du hast kein Gewissen.«

Mit malmenden Zähnen starrte er sie an. Innerlich wappnete sie sich gegen den nächsten Angriff, doch er drehte sich wortlos um und ließ sie einfach stehen. Als er in sein Auto stieg, atmete sie auf und ging zurück ins Treppenhaus. Bei dem Geräusch der Tür, die hinter ihr ins Schloss fiel, bröckelte ihre Fassade. Sie zitterte unkontrolliert und Tränen schossen ihr aus den Augen. Sollte sie jemals auch nur den Hauch eines Zweifels an Violas Version gehabt haben, so war dieser jetzt eindeutig ausgemerzt.

KAPITEL ACHTUNDZWANZIG

DAMALS

Ich habe nicht damit gerechnet, in dieser Nacht noch Glück zu haben, aber als ich bei Viola ankomme, brennt in ihrem Zimmer Licht. Sie und ihre Mutter wohnen im Erdgeschoss, sodass ich einfach an die Scheibe klopfen kann. Als sie mich draußen sieht, werden ihre Augen groß. Ich erkläre ihr kurz, dass ich von zu Hause ausgerissen bin – den Keller erwähne ich erst mal nicht, das wäre zu viel auf einmal – und sie lässt mich durch das Fenster reinklettern.

Neben ihrem Bett steht ein Fernseher, sie schaut sich *Takeshi's Castle* an.

»Bekommst du denn gar keinen Ärger, wenn du um diese Zeit noch wach bist?«, frage ich neidisch. Mein Vater hätte längst die Sicherung zu meinem Zimmer rausgemacht.

Viola zuckt mit den Schultern. »Meiner Ma ist das völlig wurst«, sagt sie. »Die hat sich mal wieder zugedröhnt und liegt im Delirium auf der Couch.«

Ich weiß, dass ihre Mutter Depressionen hat, das hat

sie mir erzählt nach dieser Sache mit dem Liebesbrief, den die ganze Schule gelesen hat. Damals war ich die Einzige, die sich nicht über sie lustig gemacht hat. Sie konnte sich bei mir ausheulen, ich tröstete sie und seitdem sind wir Freundinnen.

Jedenfalls muss ihre Mutter gegen diese Krankheit Medikamente nehmen, die so ähnlich wie Drogen sind und die sie komplett ausschalten. Ich habe keine wirkliche Vorstellung davon, was Depressionen genau sind, aber es scheint wohl ziemlich schlimm zu sein. Ich weiß nur, dass man da irgendwie ständig traurig ist und sich am liebsten umbringen würde. Manchmal glaube ich, ich habe auch welche, aber für meine Traurigkeit gibt es eigentlich immer einen Grund, also stimmt das vermutlich nicht.

Eine Weile sitzen wir schweigend auf der Matratze und schauen den Japanern dabei zu, wie sie durch den Parcours rennen und daran scheitern. Ich hatte es mir fest vorgenommen, aber nun kann ich mich doch nicht überwinden, ihr zu erzählen, was passiert ist. Es ist einfach zu beschämend und ich habe außerdem Angst, dass auch sie mir nicht glaubt. Immerhin hat sie eine Art Vorgeschichte mit ihm, die Sache mit dem Brief. Doch damals in der Pause, als er ihn vor seinen ganzen Kumpels laut vorgelesen hat und alle Viola ausgelacht haben, hat sie sein wahres Gesicht gesehen. Eigentlich müsste sie ihn genauso hassen wie ich.

Der Gedanke macht mir Mut und in einer Werbepause fasse ich mir ein Herz und erzähle ihr, was *er* mir seit den Osterferien antut. Ich beginne mit dem ersten Mal, als er nachts zu mir in den Keller gekommen ist und mich auf der alten und stinkenden Matratze vergewaltigt hat, erzähle ihr von den weiteren Malen, die immer brutaler und heftiger wurden, und ende damit, dass ich nun sein Kind in meinem verdammten Bauch trage.

»Als ich das Testergebnis gesehen habe, wollte ich einfach nur so lange kotzen, bis es mit rauskommt«, sage ich, obwohl ich natürlich weiß, dass das anatomisch unmöglich ist.

Erstaunlicherweise fühlt es sich richtig gut an, mir endlich alles von der Seele zu reden. Es ist befreiend, meine Probleme, meine Ängste und meine Sorgen nicht mehr mit mir allein ausmachen zu müssen. Viola ist sichtlich schockiert von dem, was sie da gerade gehört hat, und ich verstehe sie. Es ist wirklich ziemlich viel auf einmal zu verdauen, aber sie fängt sich schnell. Wir sprechen über meinen Plan, zu Hause zu erzählen, dass der Test gar nicht von mir gewesen wäre.

»Klar helfe ich dir«, sichert sie mir sofort zu und ich möchte ihr am liebsten um den Hals fallen, aber ich weiß, dass sie so was nicht besonders mag.

»Vorher müssten wir uns aber ... also du müsstest ...«

»Ich weiß, das Kind muss weg. Ich will es auch gar nicht behalten, aber ich weiß einfach nicht, wie so was funktioniert. Geht man da einfach zum Frauenarzt?« Ich meine, irgendwann mal in der *Bravo* gelesen zu haben, dass man vorher ein Beratungsgespräch absolvieren muss. Davor graut es mir, denn je mehr Menschen davon wissen, desto eher könnte mein Vater irgendwann doch die Wahrheit herausfinden. Außerdem weiß ich auch gar nicht, wohin ich da gehen sollte. Kostet so etwas Geld? Woher soll ich das nehmen?

»Und wenn ich ihn doch anzeige?«, frage ich spontan. Jetzt, wo ich es laut ausgesprochen habe, gefällt mir diese Lügengeschichte doch nicht mehr. Das Kartenhaus könnte jederzeit zusammenbrechen und am Ende wäre mein Vater noch enttäuschter als jetzt schon. Außerdem würde *er* vermutlich einfach weitermachen und ich will nichts sehnlicher, als dass es endlich endet.

»Oh, bist du dir sicher, dass du das willst?«, fragt Viola mit hochgezogenen Augenbrauen. »Ich meine, ich will dir nichts ausreden, aber dir ist schon klar, dass du dann mit sehr vielen Leuten darüber reden musst. Dein Vater müsste wahrscheinlich sogar bei deiner Aussage dabei sein, immerhin bist du noch minderjährig. Am Ende glaubt dir niemand, und was dann? Ich glaube, ich könnte das nicht.«

Darüber habe ich tatsächlich nicht nachgedacht. Wenn es mir schon schwerfällt, mit ihr darüber zu sprechen, wie soll es mir dann erst bei einem völlig Fremden gehen? Wenn dann auch noch mein Vater daneben sitzt ... Nein. Das kommt nicht infrage. »Du hast recht. Dann bleibt es dabei, dass wir behaupten, der Test wäre von dir.«

Viola nickt langsam, ihr Blick geht an mir vorbei ins Leere. »Für das ... Kind hab ich, glaube ich, auch eine Lösung, bei der du niemanden einweihen musst.«

»Ich versuche es nicht mit dem Kleiderbügel!«, sage ich sofort. Ich habe mal gelesen, dass ein Mädchen sich sein Baby mit dem Metallbügel wegmachen wollte und daran gestorben ist, das werde ich auf keinen Fall tun.

»Nein, es ist viel einfacher. Meine Mutter hat viele unterschiedliche Tabletten mit krassen Nebenwirkungen. Ich weiß, dass da welche dabei sind, die man auf keinen Fall in der Schwangerschaft einnehmen darf, weil man sonst eine Fehlgeburt bekommt.«

Das klingt grauenhaft, aber gleichzeitig wie Musik in meinen Ohren. Ich habe für das Wesen in mir – wenn es denn überhaupt schon eines ist – keinerlei Gefühle, außer vielleicht Hass, weil es von ihm stammt. Kann es wirklich so einfach sein? Ein paar Tabletten einwerfen und alles ist wieder wie vorher? »Aber würde sie nicht merken, wenn was davon fehlt?«

Viola zuckt gelassen mit den Schultern. »Das kriege ich schon hin. Du darfst sie nur nicht hier nehmen, weil dir vielleicht schlecht wird und du dann stundenlang das Bad blockierst. Morgen können wir zusammen irgendwohin gehen, wo uns niemand beobachtet, und dann machen wir das da, okay?«

Ich bin ihr so dankbar, dass mir Tränen in die Augen steigen. »So machen wir das«, sage ich mit erstickter Stimme. »Du bist echt meine Rettung.«

KAPITEL NEUNUNDZWANZIG

Michelle lauschte dem verklingenden Geräusch des Motors. Es war lange zu hören in dieser Einöde. Wahrscheinlich sogar, bis Tomke die knapp vierhundert Meter Feldweg hinter sich gebracht hatte und auf die Landstraße abbog. Danach war es ruhig.

Viel zu ruhig für ihren Geschmack, denn ihre Gedanken waren zu laut. Sie war wütend auf Tomke und obendrein enttäuscht. Es wollte ihr nicht in den Kopf, warum er die Beamten von der Kripo angelogen hatte. Oder ihnen nicht die ganze Wahrheit gesagt, wie er es nannte. Was für eine behämmerte Wortklauberei. Fakt war doch, dass er ihnen etwas Entscheidendes verschwiegen hatte. Und verteidigt hatte er sie und Aaron auch nicht, als der Schnauzbärtige unterstellt hatte, ihr Sohn hätte sich das alles nur ausgedacht.

Wollte Tomke etwa nicht, dass herauskam, wer ihnen das alles antat? Weil es etwas mit ihm zu tun hatte? Weil er womöglich etwas zu verbergen hatte?

Von seiner Vergangenheit in Seelberg wusste

Michelle kaum etwas, wenn sie so darüber nachdachte. Anekdoten über lustige Begebenheiten, wie Tomke sie auch mit diesem Atze beim Sommerturnier ausgetauscht hatte. Oberflächlichkeiten, aber nicht, wie er hier wirklich aufgewachsen war. Zum Beispiel hatte er ihr nie von seiner Ex-Freundin Hannah erzählt, geschweige denn von dem, was mit ihr geschehen war. Was hatte er ihr noch verschwiegen?

Um sich abzulenken, schaltete sie die Alexa-Box ein und forderte sie auf, eine der Favoriten-Playlists zu starten. Sofort beschwerte sich Lea aus ihrem Zimmer, weil ihr Player automatisch gestoppt wurde. Michelle schaltete Alexa wieder aus. Die Musik hatte sie ohnehin mehr gestört als die Stille, denn so konnte sie nicht hören, wenn Tomke zurückkehrte. Oder jemand anderes ...

Eine Gänsehaut breitete sich über ihrem gesamten Körper aus, aber keine der guten Sorte. Der Entschluss, den sie im Grunde bereits im Krankenhaus getroffen hatte, festigte sich. Sie mussten raus hier, wenigstens, bis die Polizei herausgefunden hatte, wer hinter der ganzen Sache steckte. Ob sie sich danach noch einmal auf den Sattlerhof und Seelberg einlassen konnte, wusste sie nicht. Momentan konnte sie sich nicht vorstellen, hier jemals entspannt leben zu können.

Während sie darauf wartete, dass Tomke wieder auftauchte, machte sie sich auf die Suche nach einer vorübergehenden Unterkunft in der Nähe. Da in fast allen Bundesländern noch Sommerferien waren, stellte sich das als schwieriger heraus, als sie erwartet hatte. Anscheinend wollte ganz Deutschland im Odenwald Urlaub machen, zwei Doppelzimmer zu bekommen, schien ein Ding der Unmöglichkeit. Erst bei der zehnten Pension, die bei Google nicht gerade die besten Bewertungen vorzuweisen hatte, hatte sie Glück. Lea würde nicht begeistert sein, sich mit ihrem Bruder ein Bett zu teilen, sobald er aus dem Krankenhaus entlassen wurde, aber da musste sie durch.

»Gehen wir zurück nach Frankfurt?«, fragte sie hoffnungsvoll, als Michelle ihr mitteilte, dass sie packen sollte.

»So einfach geht das nicht«, dämpfte sie den Enthusiasmus ihrer Tochter. »Ihr seid hier auf der Schule angemeldet und ich werde übernächste Woche meine neue Stelle antreten müssen. Wie es langfristig weitergeht, besprechen wir in Ruhe mit Papa.« Michelle wollte sich am liebsten in den Hintern beißen dafür, dass sie ihre Wohnung so voreilig verkauft hatten. Es wäre klüger gewesen, Mieter zu suchen, dann könnten sie jetzt Eigenbedarf anmelden und wären in drei Monaten zurück in ihrem alten Leben.

Sie ging ins Schlafzimmer, um das Notwendigste einzupacken, und hatte mit Aarons Sachen schnell zwei volle Taschen zusammen. Als sie runter in die Diele kam, standen bereits Leas Koffer neben der Treppe. Genau in diesem Moment bog auch Tomke auf den Hof. Mittlerweile war es beinahe zwei Stunden her, dass er losgefahren war. Ihr war gar nicht aufgefallen, wie viel Zeit vergangen war.

»Wo hast du so lange gesteckt?«, fragte sie und konnte kaum verbergen, dass sie angefressen war.

»Eigentlich wollte ich ins Krankenhaus, mir einen

Wisch über meine Verletzungen holen und dann zur Polizei.«

»Ach.« Der plötzliche Sinneswandel überraschte sie. War er doch noch zur Vernunft gekommen. Allerdings ... »Was heißt eigentlich? Kam dir was dazwischen?«, fragte sie scharf.

Tomke richtete den Blick nach draußen und schaute zu dem Feuerwehrmann, der weiterhin vor ihrer Scheune Brandwache hielt. »Können wir das vielleicht ohne Zuhörer besprechen?«, flüsterte er.

Sie zuckte mit den Schultern, öffnete aber trotzdem die Tür und ging ins Haus. Das konnte nur bedeuten, dass er kein besonders friedliches Gespräch erwartete. Michelle schwante Übles, doch ihr fehlte gerade die Kraft für Diskussionen. »Lass uns das später klären. Jetzt pack erst mal ein paar Sachen.«

»Wozu?«, fragte er sichtlich überrumpelt. »Das Haus ist doch bewohnbar.«

Michelle seufzte. Sie hatte befürchtet, dass er so etwas sagen würde. »Auf Leute, die gern Russisches Roulette spielen, mag das zutreffen«, gab sie nüchtern zurück. »Ich bleibe auf keinen Fall hier, bis nicht sichergestellt ist, dass so etwas nicht noch mal passiert. Und das ist es nicht, bis die Polizei herausgefunden hat, wer unsere Scheune angezündet hat.«

»Es wird nichts mehr in dieser Art passieren.«

Michelle lachte freudlos auf. »Und wie willst du das garantieren? Wer auch immer es auf uns abgesehen hat, sie kann jederzeit zurückkommen, um zu beenden, was sie angefangen hat. So naiv, dass du glaubst, wir hätten jetzt unsere Ruhe, kannst du wohl kaum sein.«

Tomke schüttelte den Kopf. Es schien ihm tatsächlich nicht in den Sinn gekommen zu sein, dass Michelle es hier keine Sekunde mehr länger als nötig aushielt. Sie hatte befürchtet, dass er einen auf unerschütterlich machen würde und sich einredete, alles wäre halb so schlimm. Dass es auch wirklich so kam, enttäuschte sie. Doch das schien er nicht zu bemerken.

»Wir sind ja nicht mal eine Woche hier. Willst du dich wirklich dem Willen derjenigen beugen, denen wir anscheinend ein Dorn im Auge sind? Was für eine Botschaft würde das senden? Wir haben viel Geld ausgegeben, um hier glücklich zu werden.«

Michelle stieß ein verzweifeltes Lachen aus. Sie nahm ihn an der Schulter und drehte ihn zu dem Spiegel, der neben der Eingangstür hing. »Sieh uns doch nur an!« Sie deutete auf ihr Gesicht und tippte dann mit dem Zeigefinger knapp unter das Pflaster auf Tomkes Wange, das mittlerweile gräulich verfärbt war. »Sehen so vielleicht glückliche Menschen aus? Fünf Tage sind wir jetzt in Seelberg und jeder davon war schlimmer als der davor.«

»Du hast ja recht. Aber ich bin nicht bereit, meinen Traum aufzugeben, bloß weil …«

»Deinen Traum, ja«, unterbrach Michelle ihn. Sie war bereit gewesen, viel dafür aufzugeben. Ihre Schule und Freunde, die sie beinahe täglich sah, zurückzulassen. Ihre gewohnte Umgebung, in der sie über vierzig Jahre gelebt hatte, zu verlassen. Aber all das hatte sie unter anderen Voraussetzungen getan. Tränen stiegen ihr in die Augen. »Niemand von uns wird hier zur Ruhe kommen, so wie es aktuell ist, auch du nicht,

Tomke. Dein Traum ist für mich zum Albtraum geworden.«

Tomke nickte, etwas Besseres schien ihm nicht einzufallen. Wenn er ihr doch recht gab, warum war er dann nicht längst oben, um ebenfalls ein paar Sachen zu packen?

»Angenommen, ich willige ein, wo sollten wir überhaupt hin? Übernächste Woche fängt die Schule an, wir können nicht einfach bei Freunden in Frankfurt unterkommen.«

»Oh, ich warte nicht auf deine Einwilligung. Während du weg warst, habe ich ein wenig rumtelefoniert und eine Pension gefunden, die trotz Ferien noch zwei Zimmer für uns hat. Dort können wir uns in Ruhe überlegen, wie es weitergehen soll.« Sie deutete auf die Taschen. »Oben steht ein leerer Koffer. Am besten gehst du packen, damit wir loskommen.«

Tomke starrte sie nur regungslos an. »Seit wann sprechen wir uns bei so weitreichenden Entscheidungen nicht mehr ab?«

»Wärst du vorhin nicht mitten im Gespräch einfach abgehauen ...« Michelle winkte ab. Es spielte doch keine Rolle, schließlich hatte sie nicht ohne Absprache entschieden, dass sie ins Ausland auswanderten oder so etwas. »Genau das tun wir außerdem in diesem Augenblick. Wir reden darüber, dass wir die rationalste Option wählen und gehen.«

»Nein, du stellst mich vor vollendete Tatsachen. Für mich reagierst du nicht rational, sondern völlig kopflos.«

»Kopflos nennst du das, ja?« Nun reichte es Michelle. Was auch immer der Grund dafür war, dass er sich weigerte, vernünftig zu sein, sie würde sich von ihm nicht so hinstellen lassen, als wäre sie überempfindlich oder gar paranoid. Nicht noch einmal. Es war von Anfang an ein Fehler gewesen, die Vorfälle herunterzuspielen und zu hoffen, dass es von allein wieder aufhörte. »Weil alles nur dumme Streiche von irgendwelchen Jugendlichen sind, hm? Alles nur halb so schlimm. Tote Tiere, Feuer, mein Gott, das kann doch mal passieren. Meine Entscheidung steht. Ich will sicher sein. Ich will, dass meinen Kindern nicht noch einmal so etwas widerfährt, ob du es nun kopflos nennst oder sonst wie. Es liegt bei dir, ob du mitkommst oder nicht.«

»Wir sind hier sicher!« Tomke reagierte in diesem Moment, wie er immer reagierte, wenn er sich in die Ecke gedrängt fühlte. Mit Trotz, der Michelle in den Wahnsinn trieb.

»Das da draußen sagt etwas anderes«, brüllte sie ihn an. »Das sagt, jemand hat riskiert, dass wir im Schlaf vom Feuer eingeschlossen werden und ersticken, dass wir alle sterben.«

»Du tust gerade so, als hätte jemand das Haus angezündet …«

Michelle hob die Hand, um ihn zu unterbrechen. In ihrem Inneren brodelte es und wenn sie nicht explodieren wollte, musste sie das Gespräch an dieser Stelle abbrechen. »Es reicht. Ich bin es leid, mit dir darüber zu diskutieren, dass Brandstiftung kein Spaß ist.«

»Schön. Reisende soll man nicht aufhalten. Aber du erklärst Lea, dass sie in diesem Kaff, das sie hasst, jetzt auch noch in einer gammeligen Pension wohnen muss, anstatt in ihrem eigenen Bett schlafen zu können.«

»Oh, hör auf. Lass die Kinder da raus. Mit Lea ist längst alles geklärt. Was sie will, hat dich übrigens wenig interessiert, als es darum ging, Frankfurt zu verlassen. Es hätte genug ruhige Vororte gegeben, von denen aus man in einer halben Stunde mit der Bahn in der Stadt ist. Aber du musstest dich für den Odenwald entscheiden.«

Wie aufs Stichwort hörte sie das Knarren der alten Holzstufen hinter sich. Anscheinend hatte Lea die ganze Zeit über oben an der Treppe gestanden und gelauscht. »Sorry, Papa, aber es wird mir hier echt zu *Hereditary*-mäßig. Da penne ich lieber in einem fremden Bett.«

Michelle hatte keine Ahnung, wovon sie da redete, aber sie hätte Lea in diesem Moment am liebsten in den Arm genommen. »Also, kommst du mit oder bist du weiter bockig?«, gab sie Tomke eine letzte Chance, sich umzuentscheiden.

»Mit bockig hat das nichts zu tun. Du willst ja nicht mal wissen, wo ich wirklich war und was ...«

»Du hast recht, es interessiert mich nicht.« Michelle hielt ihm die offene Hand entgegen. »Den Autoschlüssel, bitte. Oder findest du, wir sollten zu Fuß gehen mit all dem Gepäck?«

Wortlos legte er den Schlüssel hinein. Sie schloss die Finger darum und schnappte sich eine der Taschen.

»Willst du nicht beim Tragen helfen?«, fragte sie an der Tür.

Nun wurde Tomke endgültig zum wutschnaubenden Teenager. »Deinen Scheiß kannst du allein schleppen«, rief er ihr hinterher.

Michelle hörte, wie Lea zischend einatmete. »Das war ein bisschen drüber, Papa.«

»Von meiner minderjährigen Tochter brauche ich sicher keine Beziehungstipps«, schnauzte er sie an.

»Es reicht«, ging Michelle dazwischen.

Völlig zu Recht zeigte Lea ihm den Mittelfinger und ließ ihn allein in der Diele stehen.

Draußen knallte eine Autotür. Michelle würdigte Tomke keines Blickes und wuchtete die letzte Tasche auf ihre Schulter. »Ich hoffe, du kommst zu Verstand«, sagte sie noch, dann verschwand auch sie aus der Tür.

KAPITEL DREISSIG

Tomke wusste, dass er Michelle folgen und sie aufhalten sollte. Ihr sagen sollte, dass er seine Taschen packen und mit ihr gehen würde, aber er brachte es nicht über sich. Je mehr Michelle darauf gedrängt hatte, den Hof zu verlassen, desto überzeugter war er gewesen, dass er nicht in eine Pension wollte. Schließlich setzte er sich doch in Bewegung und rannte nach draußen.

Dort sah er gerade noch, wie der Porsche auf die Zufahrt zum Feldweg rollte. »Halt, mein Handy«, rief er und winkte, aber Michelle schaute nicht mal zurück oder es war ihr egal. Wütend kickte er gegen einen Stein. Jetzt saß er hier draußen fest ohne Handy und ohne Auto und wusste nicht mal, wo genau Michelle und Lea die Nacht verbringen würden. Wie beschissen konnte sich der Tag noch entwickeln?

»Die beruhigt sich schon wieder«, kommentierte der Feuerwehrmann seine Situation ungefragt. Offensichtlich hatte er auf seinem Beobachtungsposten jedes Wort mitangehört.

Tomke zog die Mundwinkel nach oben und nickte ihm zu, was er als Aufforderung zu verstehen schien, zu ihm herüberzuschlendern.

»Tut mir leid, dass Sie das mitbekommen mussten«, sagte Tomke beschämt. Bestimmt würde es bald die Runde im Dorf machen, dass er und Michelle kurz vor der Trennung standen.

»Machen Sie sich keine Gedanken, das erlebe ich oft. Nach so einem Brand steht man ja unter Schock und Ihre Frau hat einiges mitgemacht. Viele Leute haben nach so einem Erlebnis geradezu Angst vor ihrem eigenen Zuhause. Man verliert das Vertrauen, dass es ein sicherer Ort ist.«

»Mh.« Tomke rieb sich übers Gesicht und zuckte vor Schmerz zusammen, als er mit dem Handrücken auf das Pflaster unter seinem Auge drückte. Jetzt kam er sich wie ein Arschloch vor. Er hatte nur Judiths Vorwürfe im Kopf gehabt und was die für Konsequenzen für ihn haben könnten. Dabei hatte er völlig ausgeblendet, wie es Michelle nach dem Horror der letzten Nacht gehen musste.

»Die Gemeinde bietet in solchen Fällen eigentlich an, einen Seelsorger zu schicken. Bestimmt wird sich demnächst jemand bei Ihnen melden. Sie sollten es annehmen, es wird Ihnen helfen.«

»Das werde ich. Danke.« Die Erschöpfung überfiel Tomke. Er war seit mehr als vierundzwanzig Stunden auf den Beinen und musste sich dringend ausruhen. Danach würde er sich überlegen, wie er Michelle erreichen sollte.

. . .

Beim Aufwachen fühlte Tomke sich wie ausgekotzt, als hätte er nach einer durchzechten Nacht gleichzeitig viel zu lang und nicht genug geschlafen. Weil er so beschissen auf der Couch gelegen hatte, tat sein Nacken weh. Jetzt nahm er auch das Geräusch wahr, das ihn geweckt haben musste. Jemand klopfte an die Tür.

Ächzend setzte er sich auf. Sein Kopf dankte es ihm mit einem dumpfen Pochen. »Bin gleich da«, rief er und tastete seine Hosentasche ab, um auf seinem Handy nach der Uhrzeit zu schauen. Erst jetzt fiel ihm ein, dass es noch im Auto lag. Und dass Michelle damit weggefahren war.

Überhaupt wurde er sich in diesem Moment so wirklich bewusst, was in den letzten Stunden geschehen war. Bevor er sich hingelegt hatte, war er sich vorgekommen, als wäre er in einem schlechten Film.

Es klopfte erneut und erinnerte ihn daran, dass er die Tür hatte öffnen wollen.

»Herr Duvnjak?«, rief es von draußen.

Tomke schlurfte durch den Flur und erwartete beinahe, jeden Moment Judiths Bruder gegenüberzustehen. Wobei der vermutlich eher »Hey, Arschloch« gerufen hätte. Stattdessen stand der Feuerwehrmann vor ihm.

»Tut mir leid, dass ich Sie geweckt habe, aber ich breche meine Zelte jetzt hier ab«, sagte er und schaute Tomke erwartungsvoll an, als würde er auf ein Trinkgeld warten.

War so etwas üblich? Sicher war der Mann bei der Freiwilligen Feuerwehr und hatte seine Freizeit geopfert, um Tomkes Hab und Gut zu bewachen. Allerdings hatte er kein Geld, denn sein Portemonnaie lag neben dem Handy in der Mittelkonsole.

»Wollen Sie vorher vielleicht noch mein Telefon benutzen? Ihres haben Sie ja nicht da.«

Natürlich. Warum war Tomke darauf nicht von sich aus gekommen? Da gab es nur ein Problem. Die einzigen Nummern, die er auswendig kannte, waren seine eigene Handynummer und die von ihrem Festnetzanschluss in Frankfurt. Also versuchte er es bei sich selbst in der Hoffnung, dass Michelle das Telefon entdeckt hatte, doch es ging niemand ran. Er bedankte sich bei dem Feuerwehrmann und verabschiedete ihn.

Erst als er allein war, fiel Tomke auf, dass er nun keine Möglichkeit mehr hatte, irgendwie Hilfe zu holen, sollte sich doch noch mal etwas entzünden oder der Feuerteufel zurückkehren, um das Haus anzustecken. In diesem Moment konnte er Michelles Angst sehr gut nachempfinden und bereute, nicht mit ihr gefahren zu sein. Die Einsamkeit, nach der er sich in Frankfurt so sehr gesehnt hatte, wurde nun zu etwas Bedrohlichem.

Da er den Anblick der halb abgebrannten Scheune nicht ertragen konnte, schloss er die Tür und ging in die Küche, um sich einen Kaffee zu kochen und eine Kleinigkeit zu essen. Erstaunt stellte er fest, dass es bereits später Nachmittag war, er hatte länger geschlafen als gedacht.

Im Kühlschrank fand Tomke einen Rest Nudeln von gestern, die er eher mit Hunger als mit Appetit in sich reinstopfte. Nach der zweiten Tasse Kaffee fühlte er sich wieder einigermaßen hergestellt und in der Lage, sich Gedanken darüber zu machen, wie es weitergehen sollte. Mit etwas Abstand betrachtet, konnte er sich eingestehen, dass Michelles Entscheidung richtig war. Für ihre Sicherheit war es besser, den Hof fürs Erste zu verlassen. Allerdings kam es für ihn nicht infrage, seinen Traum gänzlich aufzugeben.

Hinter all diesen Vorfällen steckte eine reale Person, jemand, gegen den man sich wehren konnte. Sobald sie herausfanden, um wen es sich dabei handelte und derjenige zur Rechenschaft gezogen wurde, konnten sie zur Normalität übergehen und versuchen, hier glücklich zu werden. Es würde zwar dauern, bis Michelle sich auf dem Hof wieder sicher fühlen würde, aber es lag im Bereich des Möglichen, auch wenn sie es sich momentan wahrscheinlich nicht vorstellen konnte. Sie musste der Sache eine Chance geben. Und das würde sie nur, wenn sie herausgefunden hatten, wer ihnen ihr Leben hier zur Hölle machen wollte.

Nach der Erfahrung, die Tomke und Michelle in den vergangenen Tagen mit der Polizei gemacht hatten, vertraute er nicht mehr darauf, dass sie den Fall schnell lösen würden. Wenn überhaupt. Selbst die Kripo schien die Geschehnisse nicht besonders ernst zu nehmen und suchte nach der einfachsten Lösung. Warum sonst hätten sie so dahinter sein sollen, dass Lea oder gar Aaron womöglich heimlich bei der Scheune geraucht oder gezündelt hatten? Beides hielt Tomke für ausgeschlossen, auch wenn er selbst kurzzeitig darüber nachgedacht hatte, ob Lea nicht hinter all dem stecken konnte. Eine solche perfide Methode, sie davon zu überzeugen, dass der Umzug hierher ein Fehler gewesen war, traute er ihr jedoch nicht zu.

Auch an Judith als Täterin wollte er nicht mehr so

recht glauben. Sie musste ihm gegenüber zwar einen unbändigen Hass verspüren, wenn sie wirklich davon überzeugt war, dass er Hannah in den Selbstmord getrieben hatte. Wie kam sie nur auf die absurde Idee, dass Hannah von ihm schwanger sein sollte? Aber selbst wenn sie das glaubte, würde sie deshalb seinen Hof in Brand stecken und bewusst in Kauf nehmen, dass seiner Familie etwas zustieß? Judith hatte einen Sohn, den sie offenbar sehr liebte. Bestimmt würde sie nicht riskieren, für ihre Rache an Tomke ins Gefängnis zu kommen.

Ebenso schied Mirco für ihn aus. Die Aufnahmen der Überwachungskameras zeigten einen Mann, der aufrecht und zielstrebig auf die Scheune zuging, ganz anders als die Art, wie Mirco mit hochgezogener Schulter durch den Garten auf sie zugeschlurft gekommen war. Natürlich konnte man sich auch verstellen, aber war einem geistig behinderten Mann so viel Berechnung zuzutrauen? Davon abgesehen hatte er keinen Führerschein und Michelle hatte in der ersten Nacht ein Auto gesehen.

Es bestand zwar die Möglichkeit, dass zwei verschiedene Personen unabhängig voneinander ihr Unwesen auf dem Hof trieben, aber daran glaubte Tomke nicht wirklich. Sollte tatsächlich eine Frau die Scheune in Brand gesteckt haben, dann gehörte sie zu demjenigen, der sich gestern dort drinnen herumgetrieben hatte. Was ihn wieder zu Judith und ihrem Bruder führte.

Tomke schüttelte den Kopf. Er drehte sich im Kreis. So kam er nicht weiter. Doch es regte sich noch ein anderer Gedanke in seinem Hinterkopf. Was, wenn diese Vorfälle überhaupt nichts mit ihnen zu tun hatten, sondern mit dem Hof an sich? In der ersten Nacht war jemand in ihr Haus eingedrungen, daran hatte Tomke mittlerweile keinen Zweifel mehr, allerdings hatte er ihnen nichts getan. Als sie die Türen danach besser gesichert hatten, verlagerte sich das Interesse der Person auf die Scheune. Weil derjenige auf der Suche nach etwas war, das sich irgendwo auf dem Hof befand?

Das merkwürdige Zimmer auf dem Heuboden fiel Tomke ein. Bei den sich überschlagenden Ereignissen hatte er es völlig verdrängt, aber vielleicht sollte er sich dort noch einmal umsehen.

Als er vor der Scheune stand, überkamen ihn jedoch Zweifel. Vermutlich war es besser, den Raum den Ermittlern der Kripo zu überlassen. Andererseits wusste er ja nicht mal selbst, wonach genau er dort suchte, warum sollte sich dann die Polizei dafür interessieren? Wenn er auf etwas Aufschlussreiches stieß, konnte er die Beamten immer noch informieren.

Beim Betreten wurde Tomke von dem Gestank überwältigt. Das Ausmaß der Zerstörung, die das Feuer hier drinnen angerichtet hatte, war ihm bislang nicht bewusst gewesen. Licht fiel durch die Löcher, die die Flammen ins Dach gefressen hatten. Die Ecke zu seiner Linken, wo Aaron gestanden haben musste, war komplett verkohlt. Sein Hals schnürte sich zu. Erneut wurde ihm klar, wie viel Glück Michelle und sein Sohn gehabt hatten, dort lebend rauszukommen.

Er verdrängte den Gedanken daran, wie die Nacht mit etwas Pech hätte ausgehen können, und konzentrierte sich auf die Aufgabe, die vor ihm lag. Die rechte Seite der Scheune hatte wie durch ein Wunder bis auf

Löschwasser nichts abbekommen, deshalb wagte er sich erneut auf die Leiter und stieg zur Empore hoch. Jetzt bei Tageslicht sollte ihm alles weniger bedrohlich vorkommen als in der Nacht, doch er konnte vor Anspannung und Beklemmung kaum atmen. Hätte er das Feuer nicht so früh bemerkt, wäre er hier oben eingeschlossen gewesen und Aaron und er wären jämmerlich erstickt.

Tomke sah zur geöffneten Tür des versteckten Zimmers und fokussierte sich darauf, während er versuchte, den Brandgeruch zu ignorieren. Der Schrank mit den unbeschrifteten Büchern stand noch immer offen, die Blechtruhe lag unberührt daneben. Alles war so, wie er es zurückgelassen hatte. Er überquerte den Heuboden und betrat den Raum. Die Einbände der Bücher waren feucht vom Löschwasser, doch sie hatten weniger abbekommen, als er erwartet hatte, die Seiten waren zwar wellig, aber nicht durchtränkt. Vorsichtig zog er eines der Bücher hervor und schlug es auf.

So wie er vermutet hatte, handelte es sich um Notizbücher. Aus den Einträgen, die mit Bleistift vorgenommen worden waren und deshalb die Feuchtigkeit überlebt hatten, wurde er jedoch nicht so recht schlau. Es schienen chronologisch geordnete Daten aus den neunziger Jahren mit Uhrzeiten zu sein, manche davon mit einem Namen dahinter, andere mit Kennzeichen, Automarken, Fahrzeugtypen oder Beschreibungen von Fahrrädern. Er wusste damit nichts anzufangen, bis er zwischen zwei Seiten auf ein Foto stieß. Dadurch, dass es nass geworden war, klebte es am Papier fest. Behutsam pulte er so lange daran herum, bis es sich ablösen ließ. Ein Teil der Farbe blieb auf der Seite kleben und überdeckte die Notizen, doch das Motiv war zu erkennen.

Die Aufnahme war ziemlich unscharf und wirkte so, als wäre sie heimlich gemacht worden. Die Person, die abgelichtet worden war, blickte zwar in Richtung der Kamera, doch anstatt ins Objektiv zu schauen, war sie auf etwas konzentriert, das nicht zu erkennen war, weil sich genau dort die Farbe gelöst hatte. Am unteren Bildrand befand sich ein Datum, das zu einem der Einträge auf der Seite passte.

13.7.1998, 15:21 Uhr, Dieter Heckler, Seitensprung mit Heide Nowak.

Tomke blätterte weiter und fand mehr kompromittierende Fotos mit den dazugehörigen Informationen der abgebildeten Personen. Offenbar war es ein Hobby des Bauern gewesen, heimlich Leute zu fotografieren und zu dokumentieren, die teilweise moralisch verwerfliche und teilweise illegale Dinge im Wald anstellten. Er nahm weitere Bücher heraus und entdeckte dahinter einen tarngrünen Kasten. Eine alte Wildkamera. Damit hatte er also die Fotos gemacht.

Je mehr Bilder Tomke fand, desto bewusster wurde ihm, dass es zahlreiche Dorfbewohner gab, die ein Interesse daran haben mussten, dass die Scheune und mit ihr diese Bilder dem Erdboden gleichgemacht wurden.

Plötzlich kam ihm ein Gedanke und er rechnete nach, in welchem Jahr er nach Frankfurt gezogen war. Dann suchte er nach dem Notizbuch, dessen Einträge aus jenem Sommer stammten. Als er das richtige gefunden hatte, musste er gar nicht lang blättern. Zwischen den Seiten, nach denen er Ausschau gehalten hatte, klebten zwei Fotos aneinander. Er las die Namen neben dem Datum, das ihn interessierte. Der Raum um ihn herum schien plötzlich luftleer, in seinen Ohren pfiff der Stress-Tinnitus lauter als je zuvor. Mit steifen Fingern versuchte er, die beiden Bilder voneinander zu lösen.

Was er zu sehen bekam, als er es geschafft hatte, brachte er zunächst gar nicht zusammen. Das erste Foto zeigte Viola, wie sie gemeinsam mit Hannah an der Wildkamera vorbeiging. Hannahs Schultern hingen mutlos nach unten, man sah sie im Profil. Doch es war nicht der Anblick der beiden Mädchen, die an Hannahs Todestag im Wald gewesen sein mussten, der ihn verstörte. Die zweite Aufnahme war diejenige, die ihn aus dem Konzept brachte.

Sie war am selben Tag gemacht worden, etwa eine Stunde später an derselben Stelle. Anstatt mit Hannah war Viola mit Rouven an ihrer Seite zu sehen. Er betrachtete die dazugehörigen Notizen des Bauern.

11:41: Viola gieß und Hannah Truber, Richtung Grasselheim in den Wald

12:00 Viola Gieß und Rouven Hastert, Treffen an Parkbank am Waldrand

12:38 Viola Gieß und Rouven Hastert, Richtung Seelberg, Verbleib Hannah Truber?

Was hatte Viola ausgerechnet mit Rouven zu schaffen gehabt, an dem Tag, an dem Hannah sich laut ihrem

Grabstein das Leben genommen hatte? Tomke wusste, dass Rouven schon immer ein Auge auf Hannah geworfen hatte. Einmal hatte sie ihm anvertraut, dass sie Rouven gesehen hatte, wie er im Dunkeln im Garten vor ihrem Fenster stand und zu ihr hochschaute. Sie war gerade dabei gewesen, sich umzuziehen, und er hatte sie beobachtet.

Genauso wusste er, dass Viola Rouven schon immer angehimmelt hatte. In der Schule war sie nicht besonders beliebt gewesen, sie hatte ein paar Kilos zu viel auf den Rippen gehabt und war in ärmlichen Verhältnissen aufgewachsen. Als sie Rouven einmal einen Zettel zusteckte, auf dem sie ihm gestand, dass sie ihn liebte, hatte der ihn vor versammelter Mannschaft in der Pause vorgelesen, was sie noch mehr zur Aussätzigen gemacht hatte.

Nach der Geschichte war Hannah, die sich immer für die Schwächeren eingesetzt hatte, damals das einzige Mädchen an der Schule gewesen, das etwas mit Viola zu tun haben wollte. Die beiden hatten sich angefreundet. Wieso war diese Dreierkombination, die es so gar nicht geben sollte, ausgerechnet an Hannahs Todestag in den Wald gekommen?

Ein Geräusch riss ihn aus seinen Überlegungen, der Tinnitus verflüchtigte sich. Das Schlagen einer Autotür hallte über den Hof. Das war nicht sein Wagen, Tomke wusste genau, wie der sich anhörte. Jemand anderes war dort unten.

Sie sind zurück, um zu beenden, was sie letzte Nacht nicht geschafft haben, schoss es ihm durch den Kopf.

Er ließ das Buch mitsamt den Fotos fallen und

hastete über die Empore zur Leiter. Unter seinen Füßen geriet sie ins Wanken und fiel beinahe um, so hektisch kletterte er herunter.

»Hey, jemand hier?«, rief eine Stimme von draußen. Im nächsten Moment tauchte eine dunkle Silhouette im Eingang zur Scheune auf. Die Gestalt entdeckte ihn und kam herein.

Es war nicht Rouven, den Tomke nach seiner Entdeckung erwartet hätte, sondern Judiths Bruder. In seiner Hand hielt er eine Flinte. Ganz langsam richtete er den Lauf auf Tomke.

»Da steckst du ja, Arschloch!«

KAPITEL EINUNDDREISSIG

Es war bereits Nachmittag und abgesehen von einer Unterbrechung fürs Frühstück hatten Rouven und Viola die ganze Zeit im Bett verbracht. Wer hätte gedacht, dass sich ihr Problem so schnell in Luft auflösen würde? Sie hatten ihr altes Leben zurück. Nein, nicht ihr altes, das wollte er gar nicht wiederhaben. Das, was sie nur kurze Zeit hatten genießen können, bevor Tomke auf die unglaublich beschissene Idee gekommen war, ausgerechnet den Sattlerhof zu kaufen und dort einzuziehen.

Jedenfalls hatte Rouven nach dem Besuch von Horn sämtliche Termine für den Tag abgesagt, damit sie in Ruhe das Gefühl genießen konnten. Von Ruhe konnte allerdings keine Rede sein. So unersättlich hatte er Viola selten erlebt. Sie konnten von Glück sagen, dass Kai nicht mehr in seinem Kinderzimmer wohnte, sondern im ausgebauten Keller, den er nur selten freiwillig verließ. Somit hatten sie keine Störung zu befürchten.

Viola lag neben ihm auf dem Rücken. Ihre aufgerichteten Nippel zeigten zur Decke.

»Frierst du etwa oder kannst du schon wieder?«, fragte er neckisch.

Sie drehte sich zu ihm und stützte den Kopf auf die Hand. »Eigentlich hatte ich gerade nur Gänsehaut, weil ich daran dachte, dass du das wirklich getan hast. Jetzt, wo ich schon gar nicht mehr damit gerechnet hatte.«

»Ich bin eben immer für eine Überraschung gut«, entgegnete er grinsend. In seinem Hinterkopf tauchte die Frage auf, wie Viola wohl reagieren würde, sollte sich herausstellen, dass Tomke selbst die Scheune angezündet hatte oder dass es gar keine Brandstiftung gewesen war. In letzterem Fall konnte er einfach behaupten, dass er sich geschickt angestellt hatte. Und in ersterem? Dann hätte er seine Spuren eben so gut manipuliert, dass alles auf Tomke anstatt auf ihn hindeutete. Sie wussten beide aus eigener Erfahrung, dass die Polizei nicht immer ganz so sorgfältig ermittelte, wie sie sollte, und auch nicht immer zum richtigen Ergebnis kam. Glücklicherweise.

Viola schmiegte sich an ihn und rieb ihre Brüste an seinem Arm. »Wie hast du es nur geschafft, dass ich nicht aufgewacht bin, als du dich aus dem Haus gestohlen hast?«, wollte sie wissen.

Rouven versteifte sich. Was sollte diese Fragerei? War sie etwa misstrauisch? Ahnte sie, dass er in Wirklichkeit die ganze Nacht neben ihr im Bett gelegen hatte?

Sie kicherte wie ein kleines Mädchen. »Vielleicht hatte ich etwas viel Frustwein gestern Abend, dann schlafe ich immer wie eine Tote.«

Rouven entspannte sich ein wenig. Sie wusste nichts, sondern war einfach nur neugierig. »Dein Schnarchen klingt dann aber immer besonders lebendig.«

Mit gespielter Empörung kniff Viola ihm in den Nippel. Anschließend streichelte sie mit ihren Fingerspitzen seinen Bauch abwärts. »Also, ich weiß ja nicht, wie es bei dir aussieht, aber ich könnte doch schon wieder …«

Die Bettdecke zwischen seinen Beinen hob sich an und signalisierte die Zustimmung seines Körpers. Allerdings war das Frühstück bereits eine Weile her und ehe sie eine weitere Runde einlegten, könnte er etwas zwischen die Zähne gebrauchen. »Bevor du wieder an meine Eier darfst, hätte ich gern erst mal welche auf dem Teller.«

»Du willst deine eigenen Eier essen?«, fragte sie belustigt und nahm ihre Hände von ihm, um sich aufzurichten. »Ich könnte mir da eher was vom Grill vorstellen. Ein saftiges Ribeye, vielleicht mit Garnelen. Wir hatten schon Ewigkeiten kein Surf and Turf mehr.«

»So viel Fett passt doch gar nicht zu deiner Diät«, entgegnete er und wollte sich am liebsten in den Hintern treten dafür, dass er nicht nachdachte, bevor er den Mund aufmachte. Immerhin blieb sie ihrer Gewohnheit treu und ließ sich von ihm nicht reinreden.

»Man muss sich auch mal etwas gönnen zu einem besonderen Anlass. Fleisch hat außerdem viel Protein, das hilft beim Abnehmen. Komm, wir gehen runter einen Kaffee trinken, dann fahre ich einkaufen.«

Während Viola sich im Bad aufhübschte, kümmerte Rouven sich um den Kaffee und durchsuchte den Kühlschrank nach einem Snack. Die Fächer quollen über von Hüttenkäse, Harzer sowie Rohkost. Diätfutter eben. Schmeckte nach nichts und machte auch nicht satt. Er schob den Krempel beiseite und suchte weiter, bis der Kühlschrank ihn piepsend darauf aufmerksam machte, dass er schon zu lange offen stand. Seine Hartnäckigkeit zahlte sich jedoch aus. Ganz hinten fand er eine geöffnete Packung Frühstücksbacon und stopfte sich die zwei Scheiben in den Mund.

Von der Treppe näherten sich Violas Schritte. »Nein! O nein, nein, nein!«, brabbelte sie vor sich hin, ihre Stimme klang verändert.

»Was ist denn?«, fragte er beklommen. Wenn ihre Laune in den Keller gegangen war, stand sein Steak auf dem Spiel.

Sie antwortete nicht, sondern kam mit dem Smartphone in der Hand in die Küche. Den Blick hatte sie starr auf das Display gerichtet.

»Ist was passiert?«, versuchte er es noch einmal.

Viola ließ sich auf einen Stuhl sinken und schaute ihn an. Ihre Augen waren aufgerissen und sie war ganz blass um die Nase. Mit verkniffenen Lippen warf sie das Handy auf den Tisch. »Das gibt es einfach nicht. Wir sind vom Pech verfolgt«, jammerte sie. »Womit haben wir das nur verdient?«

Rouven beugte sich vor und schaute sich an, was sie so aufregte. Die Frage, womit sie das verdient hatten, beantwortete sich von selbst. Das Display zeigte die Webseite der lokalen Tageszeitung an. *»Zwei Menschen bei entsetzlichem Brand verletzt«,* lautete die reißerische Schlagzeile. Darunter ein Foto der Scheune. Zwar sah man noch Rauchschwaden darüber und daneben, doch das Feuer war eindeutig gelöscht. Offenbar hatten sich die Flammen nicht das gesamte Gebäude geholt, ausgerechnet der Teil mit dem Gästezimmer schien beinahe unversehrt. »Verdammte Scheiße!«

»Wie konnte das passieren?«, keifte Viola ihn an. »Ich dachte, du hättest das Teil abgefackelt. Kannst du denn überhaupt nichts richtig machen? Warum hast du nicht gewartet, bis du siehst, dass wirklich alles brennt?«

»Und du kannst dich mit nichts zufriedengeben.« Langsam platzte ihm der Kragen. Sich beschweren, das konnte sie gut, aber um selbst tätig zu werden, dafür war sie sich zu fein. Immer wälzte sie alles auf ihn ab und am Ende war es doch nicht richtig, wie er es machte. »Was hätte ich denn deiner Meinung nach tun sollen? So lange warten, bis es da von Bullen und Feuerwehr nur so wimmelt, damit sie mich gleich einbuchten können? Was glaubst du eigentlich, wie so was abläuft?«

Die Türklingel unterbrach seine Tirade. Viola sprang auf und rannte ans Fenster. Dort gab sie einen verzweifelten Laut von sich. »Es ist Judith!« Sie schnappte nach Luft und sah aus, als würde sie jeden Moment umkippen. »O Gott! Sie weiß es. Tomke hat es herausbekommen und ihr gesagt.«

»Red dir jetzt mal nichts ein. Er kann überhaupt nichts gefunden haben. Was das Feuer sich nicht geholt hat, wurde vom Löschwasser zerstört, ganz bestimmt.« Der Versuch der Beschwichtigung galt mehr ihm selbst als seiner Frau, denn er glaubte nicht ernsthaft daran, dass sie so viel Glück hatten. »Ich mache jetzt die Tür auf und du reißt dich zusammen, hast du verstanden? Verhalt dich so, als wäre überhaupt nichts passiert.«

Ohne auf ihre Bestätigung zu warten, ging er an die

Tür. Kaum hatte er geöffnet, stürmte Judith an ihm vorbei. Sie wirkte völlig aufgelöst.

Nun echote auch sein Kopf: *Sie weiß es! Sie weiß alles!*

Vor Anspannung brachte er keinen Ton heraus, als er ihr folgte. *Wenn sie es wüsste, wäre sie mit der Polizei gekommen*, beruhigte er sich währenddessen.

In der Küche wartete Viola mit aufgerissenen Augen. Normales Verhalten ging anders, aber zum Glück schien Judith nichts aufzufallen. Sie sank seiner Frau in die Arme und schluchzte.

Rouven gestattete sich ein leichtes Aufatmen. So würde sie sicher nicht reagieren, wenn sie die Wahrheit kennen würde, oder? »Was ist denn mit dir um Himmels willen?«, wagte er zu fragen.

»Ich ... es ist ... ich wusste nicht, wohin ich soll. Tomke, er hat ... Jannik ...«, stammelte sie vor sich hin.

Viola schaute ihn angsterfüllt an, doch Rouven war eher genervt von dem Rumgestottere. So verstand kein Mensch, was passiert war. »Tomke hat was? Geht es Jannik gut?«, hakte er nach.

»Nun sag schon. Egal, was es ist, es kommt wieder in Ordnung«, drängte sie nun auch Viola zum Weitersprechen.

Es dauerte noch einen gefühlt unendlichen Moment, bis Judith sich so weit beisammen hatte, dass sie sprechen konnte und Rouvens Geduld nicht länger strapazierte. Mit tränenerstickter Stimme erzählte sie, wie Tomke heute Morgen bei ihr zu Hause aufgekreuzt war und einen auf dicken Macker gemacht hatte. Anscheinend war er überzeugt, dass Judith seine Scheune angezündet hatte. »Er war völlig wahnsinnig, ihr hättet ihn sehen müssen. Sogar gedroht hat er mir. Ich hatte Angst, dass er mir auf offener Straße ins Gesicht schlägt.«

»Was für ein elendiger Feigling«, sagte Rouven aus tiefster Überzeugung. »Irgendjemand sollte ihm mal einen Denkzettel verpassen, der sich gewaschen hat.«

Viola warf ihm einen durchdringenden Blick zu. »Ja, Rouven, das sollte wirklich jemand.« Ihr Unterton teilte ihm unmissverständlich mit, dass er dieser Jemand war und es längst erledigt haben könnte. Sollte.

Judith schluchzte erneut, als hätte sie gerade eine nahestehende Person verloren. »Eben das ist ... das Problem. Jannik ist nach der Arbeit bei mir vorbeigekommen und durchgedreht, als ich ihm davon erzählt habe.« Sie rieb sich über das aufgequollene Gesicht. »Letztens sind die beiden schon mal aneinandergeraten, als Tomke Hannahs Grab besuchen wollte. Jannik war gerade bei mir zu Besuch und ist rausgerannt. Mitten auf dem Friedhof hat er ... Er hat Tomke eine reingehauen.«

Nur mit Mühe konnte Rouven sich ein Grinsen verkneifen. Das klang nach einer Aktion genau nach seinem Geschmack. »Was er wohl verdient hat.«

»Dieses Mal ist es aber viel schlimmer. Ich habe so Angst, dass er etwas Schlimmes macht. Er ist zum Sattlerhof rausgefahren und ... er wollte vorher noch sein Gewehr holen.«

Violas Augen leuchteten, während sie beruhigend Judiths Rücken tätschelte und Bestürzung heuchelte. »Bestimmt ist Jannik vernünftig. Und wenn nicht, liegt es nicht in deiner Hand, es zu verhindern.«

»Könnt ihr bitte mit mir hinterherfahren? Ich schaffe das nicht allein.« Sie sah flehentlich zwischen den beiden hin und her.

»Das ist keine gute Idee«, sagte Rouven schnell. Eine Waffe war im Spiel, da würde er den Teufel tun, sich einzumischen. Wenn Jannik sich entschied, das Ding zu benutzen, sollte er zusehen, wie er heil aus der Nummer rauskam. Er und Viola hatten genug eigene Probleme am Hals.

»Ganz genau. So aufgelöst, wie du bist, würdest du nur noch mehr Unruhe in die aufgeheizte Situation bringen. Besser, du bleibst hier. Rouven und ich kümmern uns darum.« Sie nickte ihm auffordernd zu, doch er hatte nicht vor, nach ihrer Pfeife zu tanzen.

»Nein, das sollten wir …«

»Würdet ihr das wirklich für mich tun?«, fiel Judith ihm ins Wort.

»Aber natürlich. Rouven zieht sich nur schnell etwas an, dann machen wir uns sofort auf den Weg.«

Das kann doch nicht ihr Ernst sein.

Aber das war es. Mit einer Handbewegung scheuchte sie ihn aus der Küche. Da er wohl kaum vor Judith darüber diskutieren konnte, ohne das Kind beim Namen zu nennen, blieb ihm nichts anderes übrig, als vorerst mitzuspielen. Das letzte Wort war aber noch nicht gesprochen.

In der Diele stieß er beinahe mit Kai zusammen. Dieser miese Scheißer schlich in letzter Zeit ständig durchs Haus wie ein Geist.

»Was geht denn bei euch schon wieder ab?«, fragte

er, als wäre Rouven einer seiner Kumpels und nicht sein Vater.

»Nichts, das dich was angehen würde.« Als Rouven an ihm vorbeigehen wollte, hielt Kai ihn am Arm fest.

»Ich hab letztens schon gesagt, dass ihr endlich aufhören sollt, mich wie ein Kind zu behandeln. Ist was mit Mama?«

Mein Gott, dieses Muttersöhnchen, dachte Rouven entnervt. Genau das, wozu Viola ihn erzogen hatte. Von klein auf hatte sich alles nur um ihn gedreht – wenn es nicht gerade um sie selbst ging –, und sie hatte sich vollkommen aufgeopfert. Wenn er einen Wunsch hatte, wurde er ihm erfüllt, auch als er älter und seine Begehrlichkeiten kostspieliger oder aufwendiger wurden.

Wahrscheinlich tat sie das hauptsächlich, um ihr Gewissen zu beruhigen, denn immerhin hatte sie ihn eine Zeit lang zum Sattlerhof mitgenommen. Angeblich, weil es niemanden gab, der auf ihn aufpassen konnte. Für diese Verhätschelung revanchierte er sich damit, dass er es ihr ständig recht machen wollte. Gut erzogen, würde so mancher behaupten, ein Muttersöhnchen Rouvens Meinung nach. Er erinnerte sich an einen Instagrampost von Kai, den er zufällig gesehen hatte. An Violas vierzigstem Geburtstag waren sie schick essen gewesen und Kai hatte ein Foto davon gepostet und daruntergeschrieben »Birthday of the most beautiful woman«. Ihm war heute noch schlecht, wenn er an diese Schleimerei dachte. Früher wäre man dafür in der Schule verprügelt worden. War Kai vielleicht auch, das wusste er nicht.

»Geh doch und frag sie selbst, wenn es dich so sehr

interessiert!« Damit ließ Rouven ihn stehen. Im Augenblick hatte er andere Sorgen, als sich eine Ausrede dafür einfallen zu lassen, warum Judith völlig aufgewühlt in ihrer Küche saß. Er musste sich überlegen, wie er Viola davon überzeugen konnte, dass sie sich aus dem Krieg zwischen Jannik und Tomke raushalten mussten. Je häufiger sie in Zusammenhang mit dem Sattlerhof auftauchten, desto misstrauischer würde Horn werden. Noch glaubte der, Tomke und Rouven wären alte Kumpels, und das sollte unbedingt so bleiben.

Nachdem er sich angezogen hatte und aus dem Schlafzimmer kam, wartete Viola bereits auf ihn. »Kannst du das glauben? Das Schicksal meint es doch gut mit uns. Das ist die perfekte Gelegenheit.«

»Wofür?«, flüsterte er. »Glaubst du vielleicht, du wirst unbemerkt in die Scheune kommen, um dort in Ruhe in den Aufzeichnungen herumwühlen zu können, während sich Jannik und Tomke draußen auf dem Hof bekriegen?«

Viola grinste ihn an und winkte ab. »Vergiss mal die Notizbücher. Jannik hat ein Gewehr und er ist wütend. Das ist die Gelegenheit, uns Tomke vom Hals zu schaffen. Es war ganz einfach Notwehr. Sicher werden Judiths Nachbarn aussagen, dass er sie heute Morgen bedroht hat und wir bezeugen, dass Jannik nur sein Leben verteidigt hat.«

Rouven konnte nicht glauben, dass sie das gerade wirklich vorgeschlagen hatte. Was war nur in sie gefahren? Doch glücklicherweise hing es nicht nur von ihnen ab, diesen Plan durchzuziehen. »Jannik wird da nie im

Leben mitspielen. Er will ihn einschüchtern und nicht umbringen, auch wenn Judith was anderes denkt.«

»Das werden wir sehen«, gab Viola eiskalt zurück. »Notfalls geht der Nachmittag eben auch für ihn nicht sonderlich glücklich aus.«

KAPITEL ZWEIUNDDREISSIG

Wie betäubt stierte Tomke auf die Flinte, die auf seine Brust zielte. »Hey, nimm das Ding runter«, sagte er beschwichtigend. Seine Stimme versagte ihm beinahe den Dienst.

Quälende Sekunden lang zeigte Judiths Bruder keinerlei Reaktion, in seinem Gesicht war keine Regung zu erkennen. Der hasserfüllte Ausdruck, mit dem er ihn fixierte, ließ Tomke erschaudern. Krampfhaft durchforstete er sein Gedächtnis nach dem Namen. Etwas mit J, das wusste er. Jonas? Jens? Jan? Es wollte ihm einfach nicht einfallen, sein Hirn war wie leer gefegt.

»Du mieser Wichser glaubst, du kämst mit allem durch, was?«, knurrte er schließlich und machte dabei einen Schritt auf Tomke zu.

Instinktiv wich er zurück, was lediglich dazu führte, dass der Blick des anderen noch entschlossener wurde, wie der eines Raubtieres, das mit seiner Beute spielte, bevor es sie tot biss.

Jannik. Wie ein Geistesblitz schoss ihm der Name in

den Kopf und mit ihm völlig sinnbefreite Erinnerungen. Hannah hatte ihn und seine Mutter immer als Parasiten bezeichnet, da sie nicht akzeptieren konnte, dass ihr Vater eine neue Frau hatte. Dabei hatte es keine Rolle gespielt, dass ihre eigene Mutter bereits Jahre zuvor gestorben war, für sie hatte es sich so angefühlt, als würde ihr Vater sie betrügen.

»Jannik, du könntest damit echten Schaden anrichten. Lass uns ganz ruhig re…«

»Halt dein dreckiges Maul! Wenn du mich weiter zulaberst, puste ich dir den Schädel schneller weg, als du Luft holen kannst.«

Kapitulierend hob Tomke die Hände. Unbemerkt versuchte er, etwas mehr Distanz zwischen sie zu bringen. Was war das überhaupt für ein Gewehr? Würde es ihn retten, wenn er sich auf den Boden warf, sobald Jannik Anstalten machte, den Abzug zu drücken, oder war es mit Schrot geladen und würde ihm so oder so Löcher in den ganzen Körper reißen?

»Noch einen Schritt und ich jage dir eine Ladung Kugeln ins Gesicht«, warnte Jannik und ruckte das Gewehr nach oben.

Womit Tomkes Frage beantwortet war. Auch ohne sich besonders gut mit Waffen auszukennen, wusste er, dass er viel zu nah dran war, um eine Chance zu haben. Auf diese Entfernung würde ein Schuss ihm ein großes Loch in den Bauch reißen und er würde jämmerlich verbluten. »Ich weiß, ich habe einen Fehler gemacht, aber …« Seine Hände zitterten und er nahm sie herunter, um sie hinter seinem Rücken zu verbergen.

Ein zufriedener Ausdruck breitete sich auf Janniks

Gesicht aus, als er registrierte, dass er ihn unter Kontrolle hatte. »Welchen Fehler genau meinst du, hm?«

Tomke erwiderte nichts darauf. Es klang nicht so, als würde Jannik eine Antwort erwarten und er wollte ihn mit einem sinnlosen Versuch der Rechtfertigung nicht noch mehr provozieren.

»Na gut, wenn du mich so nett bittest, zähle ich sie dir auf, damit du sie dir noch mal vor Augen führen kannst. Da wäre meine Schwester, du erinnerst dich sicher. Natürlich tust du das. Immerhin wolltest du sie so sehr, dass es dir egal war, wie ihre Meinung dazu war. Weil sie deine Gefühle nicht erwidert hat, hast du nicht nur sie fertiggemacht, sondern auch beinahe dafür gesorgt, dass meine neue Familie auseinanderbricht. Ich war so glücklich, als meine Mutter damals einen Mann gefunden hatte, der mich akzeptierte, anstatt mir ständig die Faust ins Gesicht zu schlagen. Er behandelte mich, als wäre ich sein eigener Sohn.« Sein Blick driftete kurz ins Leere. In seiner Stimme lag so viel Abscheu, dass Tomkes Befürchtung zur grauenvollen Gewissheit wurde. Jannik hatte das Gewehr nicht nur dabei, um ihm Angst einzujagen. Er wollte ihn töten.

Tomkes Arme zuckten, er winkelte die Ellenbogen an. Wenn er es schaffte, Jannik das Gewehr zu entreißen ... Ja, was dann? Er hatte so ein Teil noch nie in der Hand gehabt und wusste nicht, wie man damit umging. Wahrscheinlich würde er sich eher selbst verletzen, als es zu schaffen, sich damit zu verteidigen.

Der Moment war ohnehin vorbei, Jannik fokussierte sich wieder auf ihn. »Alles lief perfekt, bis so ein Penner wie du kommt und dafür sorgt, dass meine neue

Schwester Selbstmord begeht. Mit Hannahs Tod hat sich alles verändert. Es gab nur noch Vorwürfe und Misstrauen, auch zwischen meiner Mutter und Werner. Ohne Viola würde heute wahrscheinlich immer noch jeder glauben, dass Hannahs Vater seine eigene Tochter in den Tod getrieben hat. Dabei warst du es. Du bist schuld daran, weil du nicht akzeptieren konntest, dass sie dich abgewiesen hat.«

Ohne Viola!, wiederholte Tomke im Geiste. Die Puzzleteile in seinem Kopf begannen langsam, sich zusammenzusetzen.

Es war nicht Hannah gewesen, die Judith gegenüber behauptet hatte, dass Tomke sie belästigte und ihr nachstellte. Viola hatte dieses furchtbare Gerücht in die Welt gesetzt, um Rouven damit zu schützen. Weil er Hannahs Vergewaltiger war. Er war derjenige, der sie vergewaltigt und dabei geschwängert hatte. Im Glauben, dass Viola ihre Freundin war, musste Hannah sich ihr damals anvertraut haben. Viola hatte allerdings wohl entschieden, sich auf Rouvens Seite zu schlagen, anstatt ihrer Freundin beizustehen.

»So war das nicht, du musst mir glauben ...«, brachte Tomke hervor. Die Ungeheuerlichkeit seiner Erkenntnis raubte ihm den Atem.

»Ich hab gesagt, du sollst dein Maul halten«, brüllte Jannik ihn an. Seine Hand schien den Griff der Flinte noch fester zu packen. »Dein gekränktes Ego konnte Hannahs Zurückweisung einfach nicht ertragen, gib es doch zu. Deshalb hast du sie so lange genötigt und belästigt, bis sie es nicht mehr ausgehalten hat. Mit dem Kind ihres Peinigers im Bauch sah sie keine andere

Möglichkeit, als sich umzubringen, damit sie dir entkommt.«

»Das sind alles Lügen, die euch eingetrichtert wurden. Bitte, hör mir zu …«

In einer blitzschnellen Bewegung riss Jannik das Gewehr herum und rammte Tomke den Griff ins Gesicht. In seinem Kiefer explodierte der Schmerz und er schmeckte Blut. Mit der Zunge spürte er winzige harte Brocken. Ein Backenzahn war gesplittert. Desorientiert taumelte er einen Schritt zur Seite.

»Oder war es gar kein Selbstmord?«, fragte Jannik bösartig. Der Lauf der Waffe war wieder auf Tomke gerichtet. »Vielleicht wolltest du ja ihren Tod. Als du erfahren hast, dass sie schwanger ist, hast du Schiss bekommen. Wollte sie alles auffliegen lassen? Hat sie dir gedroht? So war es, oder? Du musstest sie irgendwie loswerden. Sie und dein eigenes Kind, du Wichser.« Er hob die Waffe an und drückte das kühle Metall an Tomkes Stirn. »Weißt du, wie lange es gedauert hat, bis Judith darüber hinweg war? Und jetzt, nach Jahren entscheidest du, zurückzukommen und da weiterzumachen, wo du aufgehört hast. Aber heute bist du einen Schritt zu weit gegangen. Judith hat genug gelitten wegen dir. Du hast kein Recht, in ihr Zuhause zu kommen und sie zu bedrohen. Was mit deinem Hof passiert ist, hast du mehr als verdient, aber sie hat damit nichts zu tun!«

»Das weiß ich jetzt«, brachte Tomke hervor. Jedes Wort bereitete seinem Kiefer Höllenqualen. »Nimm die Waffe runter, damit wir uns wie gesittete Menschen unterhalten können. Ich kann beweisen, dass ich mit Hannahs Tod nichts zu tun hatte.«

»Denkst du, ich bin dumm? Auf deine Scheißtricks falle ich nicht herein.« Auch wenn Jannik sich Mühe gab, sich nichts anmerken zu lassen, hatte Tomke doch das kurze Zögern wahrgenommen. Er durfte jetzt nicht nachlassen.

»Ich habe Fotos, die alles belegen. Vom Tag, als Hannah … gestorben ist.« Das Sprechen fiel ihm unendlich schwer. Seine ganze Gesichtshälfte schien angeschwollen zu sein und pochte immer heftiger, doch er ignorierte den Schmerz. »Viola und Rouven waren mit ihr zusammen. Kurz bevor sie gestorben ist.«

Jannik schüttelte den Kopf, doch der Druck des Laufs auf Tomkes Stirn verringerte sich. »Hör auf mit deinen Lügen. Wäre es so gewesen, hätten wir nicht drei Tage nach ihr suchen müssen, bis ihre von Tieren angefressene Leiche gefunden wurde.«

»Es war hier im Wald, oder? Es gibt Fotos davon, Jannik. Hannah, Viola und Rouven. Und jetzt denk mal nach, warum sie niemandem was davon gesagt haben. Sie wussten die ganze Zeit, wo Hannah ist, während ihr nach ihr gesucht habt. Warum haben sie es für sich behalten?«

»Woher sollen diese angeblichen Fotos denn auf einmal kommen? Und selbst wenn du welche haben solltest, wer sagt, dass die echt sind? So was kann man heutzutage leicht fälschen«, sagte er, doch er klang nicht mehr überzeugt.

»Der alte Sattler muss den Wald mit Wildkameras überwacht haben. Ich habe die Sachen hier in der Scheune gefunden. Rouven und Viola waren dort, als es passiert ist. Sie haben es mitangesehen.« Das war zwar nicht auf den Bildern zu erkennen, doch das musste es auch nicht. Wie auch er würde Jannik in der Lage sein, eins und eins zusammenzuzählen.

Tatsächlich ließ er das Gewehr sinken. »Das ist doch … Unsinn, oder nicht?«, sagte er nun deutlich verunsichert.

In diesem Moment sah Tomke eine Gestalt, die sich Jannik von hinten näherte. In seiner Panik hatte er wie im Tunnelblick nur das Gewehr gesehen und nicht bemerkt, dass jemand in die Scheune geschlichen war.

Noch bevor er einen Ton herausbekam, um ihn zu warnen, riss Jannik die Augen auf und kippte zur Seite weg. Die Flinte rutschte ihm aus den schlaffen Händen. Im Halbdunkel der Scheune erkannte Tomke das Blut, das aus seinem Schädel lief und im verkohlten Stroh versickerte. Der Geruch seines Angstschweißes mischte sich mit dem von Blut.

Neben ihm stand eine Frau, in der Hand hielt sie eine Axt. Obwohl er sie vor vielen Jahren zuletzt gesehen hatte, erkannte Tomke Viola sofort. Sie war wesentlich schlanker als damals, doch die markante Nase und die tief liegenden dunklen Augen waren charakteristisch.

»Jannik hat recht«, sagte sie fröhlich, als hätte sie gerade nicht einem Menschen den Schädel eingeschlagen. »Du redest wirklich Unsinn. Deine angeblichen Beweise gibt es gar nicht. Jedenfalls nicht mehr lange.«

»Ihr habt sie umgebracht, nicht wahr?« Es erstaunte ihn, wie fest seine Stimme war, obwohl sich seine Kehle wie zugeschnürt anfühlte. »Rouven hat sie vergewaltigt und weil du in ihn verliebt warst, hast du ihm geholfen, sie loszuwerden, oder? Wie hast du es gemacht? Hast du ihr eingeredet, dass ihr Leben keinen Sinn mehr hat?

Dass sie ihrem Leiden besser ein Ende setzen sollte? Du warst ihre Freundin, das hast du ausgenutzt. Weil dir irgendein Kerl wichtiger war.«

Viola zuckte ungerührt mit den Schultern. »Was spielt das für eine Rolle? Hannah ist tot. Nach dem genauen Grund kräht schon lange kein Hahn mehr. Bis du auftauchst und alles wieder hochholst .« Tadelnd schüttelte sie den Kopf. »Rouven ist übrigens nicht irgendein Typ. Wir sind jetzt seit fünfundzwanzig Jahren zusammen, man kann also nicht behaupten, ich hätte einen Griff ins Klo gelandet. Wir sind ein Traumpaar.«

»Der Vergewaltiger und die Lügenbaronin. Klingt wirklich traumhaft«, murmelte Tomke.

»Das war keine Vergewaltigung. Ja, er mag kurzzeitig ihren Reizen verfallen sein, aber sie wollte es so. Sie hat ihn so lange provoziert, bis er ihr gegeben hat, was sie verdiente, und dann hat es ihr plötzlich nicht mehr gepasst. Und warum muss sie sich ausgerechnet bei mir ausheulen, wo sie doch genau wusste, dass ich Rouven haben wollte? Um mir zu zeigen, wie viel besser sie ist, schlanker, hübscher? Begehrenswerter? Dass sie ihn bekommt und ich nicht?«, brüllte sie mit wutverzerrtem Gesicht. Der Wahn in ihrem Blick sprang ihn förmlich an.

»Und deshalb hast du zugelassen, dass sie sich umbringt, anstatt es zu verhindern? Nein, du hast sogar Rouven dazu geholt und ihr habt ihr dabei zugesehen.«

»Hätte Rouven vielleicht dafür bestraft werden sollen, dass er sich einmal nicht unter Kontrolle hatte? Sie hat es herausgefordert, diese kleine Schlampe, und am Ende hat sie rumgeheult. Rouven und ich, das ist etwas

Besonderes.« Auf einmal wurde ihr Gesicht ganz weich. »Wir waren schon immer füreinander bestimmt und nachdem ich ihm geholfen habe, zu verhindern, dass Hannah seinen Ruf ruiniert, hat er das auch erkannt.«

Tomke schüttelte entsetzt den Kopf. Bei ihrem Gerede drehte sich ihm der Magen um. Wie konnte man nur so verblendet sein? Sah sie wirklich nicht, was sie damals getan hatte?

»Nun, bist du jetzt zufrieden, wo du es weißt? Nur schade, dass es dir nichts mehr bringt. Ist aber auch wirklich blöd gelaufen, dass wir es nicht geschafft haben, Jannik davon abzuhalten, dich zu erschießen. Wir wollten es verhindern, aber wir kamen zu spät. Er hatte das Gewehr bereits auf dich gerichtet und als Rouven ihm mit der Axt eins übergezogen hat, löste sich leider ein Schuss ...«

Automatisch schnellte Tomkes Blick zu der Flinte, die noch immer neben dem leblosen Jannik lag. Beinahe gleichzeitig stürzten er und Viola sich darauf. Mit Entsetzen sah er, wie ihre Hände den Griff vor ihm erreichten. Sofort wich er zurück, seine Gedanken überschlugen sich. Schweiß brach ihm aus und brannte in der Wunde unter seinem Auge, die bei dem Schlag, den Jannik ihm versetzt hatte, wieder aufgegangen sein musste.

»Du hättest nicht zurückkommen sollen«, knurrte Viola unheilvoll und zum zweiten Mal in seinem Leben richtete sich ein Gewehrlauf auf ihn.

KAPITEL DREIUNDDREISSIG

»Genau davor habe ich dich gewarnt, aber du wolltest ja nicht auf mich hören.«

Michelle nahm das Handy vom Ohr und warf dem Gerät stellvertretend für ihre Mutter einen empörten Blick zu. Das konnte sie gerade nicht wirklich gesagt haben. »Wovor genau, bitte schön? Dass jemand aus Seelberg so eine Feindseligkeit empfindet, ob nun gegenüber Tomke oder Zugezogenen generell, dass er unseren Hof anzündet?« Sie lachte freudlos. »Ja, ich erinnere mich, davor hast du mich wirklich gewarnt.«

»Nun nimm doch nicht alles wörtlich, was ich sage. Du weißt genau, worauf ich hinauswill. Ich habe dir prophezeit, dass du dort nicht glücklich werden wirst und genau das ist eingetroffen. Nach gerade mal einer Woche.« In der Stimme ihrer Mutter schwang ein Hauch Überlegenheit mit, so als hätte sie geradezu darauf gewartet, dass etwas passierte, das Michelle den Umzug bereuen ließ. »Diese Abgeschiedenheit ist einfach nichts für dich, das wusste ich von Anfang an. Immerhin bin ich deine Mutter und kenne dich lang genug. Aber du musstest dich ja darauf einlassen, wie um mir eins auszuwischen.«

»Wow«, brachte Michelle nur heraus, obwohl sie zugeben musste, dass ihre Mutter mit dem letzten Satz nicht ganz unrecht hatte. Den Ausschlag, der Michelle noch gefehlt hatte, dem Kauf des Hofes zuzustimmen, hatten all die an den Haaren herbeigezogenen Einwände ihrer Mutter gegeben. Wann immer sie einen neuen Grund vorgebracht hatte, der gegen den Umzug sprach, hatte sich Michelle in ihrer Entscheidung bestätigter gefühlt. Trotzdem war doch zu erwarten, dass ihre Mutter ihr in solch einer Situation Trost spendete, anstatt ihr Vorhaltungen zu machen. »Dir ist klar, dass es absolut nichts mit der Lage zu tun hat, dass ich hier aktuell unglücklich bin, oder? Ich meine, hast du mir gerade überhaupt zugehört? Es hätte nicht viel gefehlt und Aaron und ich hätten da drin ersticken können.«

»Ach Schätzchen, natürlich, und so ein Unglück ist grauenerregend. Du musst aber zugeben, dass so etwas sicher nicht in Frankfurt passiert wäre, wo man direkte Nachbarn hat. Das ist doch alles, was ich damit sagen will.«

Michelle schüttelte den Kopf. In ihrer momentanen Verfassung konnte sie so ein Gespräch einfach nicht ertragen. »Danke für deine aufbauenden Worte. Ich muss jetzt hier weitermachen«, sagte sie und legte schnell auf, bevor ihre Mutter widersprechen konnte.

Warum zum Teufel hatte sie sich überhaupt eingebildet, ihre Mutter wäre die richtige Ansprechpartnerin für sie und könnte ihr ihre Sorgen nehmen? Es war vorherzusehen gewesen, dass sie es bei der erstbesten Gelegenheit auskosten würde, mit ihren Bedenken recht behalten zu haben. Es jedoch als Unglück zu bezeichnen, was in dieser Woche auf dem Hof über sie hereingebrochen war, kam Michelle wie der blanke Hohn vor. Was ihnen widerfuhr, hatte nichts mit einem Schicksalsschlag gemein. Jemand hatte sich ordentlich ins Zeug gelegt, ihnen das Leben auf dem Hof zur Hölle zu machen, das war kein Pech, kein unheilvolles Ereignis, das sie unverschuldet heimgesucht hatte, sondern eine bewusste und mutwillige Schädigung.

Michelle drehte das Handy zwischen den Fingern. Vom Sperrdisplay aus grinste ihr Tomke entgegen. Es war schon ein älteres Bild, ein Schnappschuss, aus der Zeit, bevor er den Burn-out bekommen hatte, und er sah glücklich aus, gesund. Jetzt bereute sie, ihn vorhin so angegangen zu haben. Die Krankheit und die Medikamente, die er deswegen einnahm, ließen ihn manchmal anders reagieren, als er es eigentlich tun würde, irrational und kaum nachvollziehbar, weder für sie noch – im Nachhinein – für ihn selbst. Sie hätte ihn nicht so unter Druck setzen dürfen, sondern ihm Zeit geben müssen, sich mit dem Gedanken anzufreunden, dass sie für eine unbestimmte Weile den Hof verlassen würden.

Wahrscheinlich hatte er längst eingesehen, dass dies am vernünftigsten war, am sichersten für ihre Familie. Aber warum meldete er sich dann nicht? Nach dem Einchecken in die Pension hatte sie bereits zweimal versucht, ihn zu erreichen und ihm außerdem einige Nachrichten geschrieben, aber er reagierte nicht darauf und rief auch nicht zurück. Sie probierte es noch einmal, doch sie wurde wieder auf die Mailbox geleitet.

Ein Blick auf die Uhr verriet ihr, dass es nun knappe fünf Stunden her war, seit Lea und sie losgefahren waren. Normalerweise war er nicht nachtragend und mittlerweile sollte seine Wut doch zumindest ein bisschen verflogen sein, sodass er sie nicht mehr komplett ignorierte. Sie schrieb ihm eine weitere Nachricht, die versöhnlicher als die vorherigen klang, und zögerte vor dem Absenden. Dann fügte sie noch einen Satz hinzu.

»... Bitte melde dich doch kurz bei mir, ich mache mir Sorgen.«

Das war keine hohle Phrase, so langsam machte sie sich wirklich Gedanken, ob ihm nicht womöglich etwas passiert war. Auch er konnte eine Rauchvergiftung haben, deren Symptome mitunter erst im Laufe der nächsten vierundzwanzig Stunden auftraten, wie ihr der Arzt erklärt hatte, als sie sich selbst aus dem Krankenhaus entließ. Was, wenn er plötzlich Atemnot bekommen hatte? Er war da draußen ganz allein, so schnell würde es niemand merken, wenn er im Haus das Bewusstsein verlor. In ihrer Vorstellung sah sie ihn auf dem Sofa. Er hatte sich dort hingelegt, weil ihm schwindelig geworden war. Sein Blutdruck fiel weiter ab, er bekam Herzrhythmusstörungen, doch er schaffte es nicht, aufzustehen und Hilfe zu rufen ...

Komm schon, antworte mir, beschwor Michelle ihn

über das Handydisplay, doch vergebens. Er rührte sich nicht.

Nach zehn Minuten hielt sie es nicht mehr aus und stand auf. Durch die Verbindungstür zwischen den beiden Zimmern ging sie zu Lea.

»Ich muss eben noch mal los«, informierte Michelle sie.

Wie üblich war ihre Tochter mit ihrem Handy beschäftigt und zuckte nur mit den Achseln. »Kay. Bis später.«

Michelle verharrte kurz. Es fühlte sich nicht richtig an, Lea allein zu lassen, aber sie musste nach Tomke sehen. Außerdem war ja kein Profikiller auf sie angesetzt, vor dem sie geflohen waren. Die Gefahr lauerte auf dem Hof und nicht hier. Hoffte sie jedenfalls. »Du bleibst hier drin und gehst nicht raus, ohne mir vorher Bescheid zu geben, ja?«

»Wo sollte ich in dem Kaff auch hin?«, gab sie patzig zurück.

»Also gut. Dann bis gleich.« Michelle ging nach unten zum Auto, das sie auf dem Parkplatz hinter dem Haus abgestellt hatte.

Beim Einsteigen fiel ihr Blick auf Tomkes Handy, das in der Mittelkonsole lag. Jetzt hatte sie ihre Antwort, warum er sich nicht zurückmeldete. Im ersten Moment war sie erleichtert über die einfache Erklärung, doch schon beim nächsten Atemzug wurde ihr bewusst, dass ihre Sorge um ihn sich deshalb nicht in Luft auflöste. Im Gegenteil. Tomke war nicht nur allein auf dem Hof, er hatte auch keine Möglichkeit, mit irgendwem in Kontakt zu treten, wenn etwas sein sollte.

Mit einem unguten Gefühl startete sie den Wagen und fuhr los.

Beim Hof angekommen, empfingen sie zwei fremde Fahrzeuge in ihrer Zufahrt. Ein schwarzer Audi stand so schräg auf dem Schotterweg, dass sie aufs Feld ausweichen musste, um auf ihr Grundstück zu gelangen. Sie lenkte das Auto an den beiden Wagen vorbei und vor die Garage, wo sie den Motor abstellte. Sofort überfiel sie wieder das beklemmende Gefühl, von Rauch eingeschlossen zu sein, dabei hatte sie die abgebrannte Scheune nicht mal angeschaut.

Sie atmete tief durch, stieg aus und schaute sich um. Auf dem Hof war niemand zu sehen. Zu wem die beiden Fahrzeuge wohl gehörten? Der Audi könnte von irgendeinem Versicherungsfritzen sein. Allerdings hatte sie noch nichts in die Richtung unternommen und Tomke … sein Handy lag direkt neben ihr, er konnte sich also auch nicht darum gekümmert haben. Vielleicht war die Kripo noch mal vorbeigekommen. Michelle versuchte, sich zu erinnern, was für ein Auto heute Morgen auf dem Hof gestanden hatte, doch es fiel ihr nicht ein. Ein Blick in die Fenster brachte sie auch nicht weiter, sie fand nichts, was auf den Halter schließen ließ.

Als sie den Geländewagen passierte, der vor dem Audi stand, entdeckte sie hinter der Windschutzscheibe ein grün-weißes Blechschild mit der Aufschrift »Forstamt«, was sie beruhigte. Anscheinend war die Kripo tatsächlich noch mal angerückt oder irgendjemand von der Gemeinde, um gemeinsam mit dem Revierförster den

Schaden zu begutachten. Immerhin war mit dem Feld eine nicht unbeträchtliche Menge an landwirtschaftlicher Nutzfläche abgebrannt und zusätzlich befand sich der Wald ganz in der Nähe. Mit etwas mehr Wind hätte das Feuer darauf übergreifen und sich zu einem ausgewachsenen Waldbrand entwickeln können.

Michelle war dankbar dafür, wie viel Glück sie in ihrer absolut miserablen Situation noch gehabt hatten, und gleichzeitig wütend auf den Unbekannten, der dafür verantwortlich war. Hatte er auch nur eine Sekunde darüber nachgedacht, was er mit seinem Zündeln hätte anrichten können?

Als sie sich dem Haus näherte, sah Michelle, dass die Tür offen stand. Drinnen schien alles ruhig zu sein. »Tomke?«, rief sie verwundert, da sie aufgrund der beiden Autos erwartet hätte, Stimmen zu hören. Es kam keine Reaktion.

»Hallo? Bist du da?« Zögernd betrat sie die Diele und schaute in Küche und Wohnzimmer nach. Es war niemand zu sehen und es wies auch nichts darauf hin, dass er vor Kurzem jemanden empfangen hatte. Keine Gläser oder Kaffeetassen, lediglich eine, Tomkes Lieblingstasse, stand auf dem Küchentisch.

»Tomke?« Sie lauschte in die Stille. Das Summen einer Fliege erklang, draußen zwitscherten Vögel in den Bäumen, aber niemand antwortete ihr.

Was hatte das zu bedeuten? Tomke würde wohl kaum irgendwohin gehen, ohne die Tür zu schließen. Nicht nach dem, was sie in den letzten Tagen erlebt hatten.

Michelle machte kehrt und überquerte eilig den Hof.

Auch auf den Feldern hinter der Scheune konnte sie niemanden entdecken. Das unbehagliche Gefühl in ihrer Brust weitete sich aus. Wem zum Teufel gehörten diese beiden Autos und wo steckte Tomke?

Rechts neben ihr ertönte ein Geräusch, das sie aus ihren Überlegungen holte. Es kam aus der Scheune.

Sämtliche Haare an ihrem Körper stellten sich auf. Was war das? Es hatte geklungen wie ... Ein Stöhnen! Da war es wieder.

Sie starrte das geschlossene Tor an. Vor ihrem geistigen Auge stand das Gebäude lichterloh in Brand. Flammen schlugen ihr entgegen und sie meinte den Rauch in ihrem Hals und ihrer Lunge zu spüren. Die aufkommende Panik wollte sie davon abhalten, doch sie überwand sich und zog mit einem Ruck das Tor beiseite. Ihr Blick wurde von der Ecke angezogen, in die sie verzweifelt und blind Aarons Stimme gefolgt war.

Im nächsten Augenblick erregte etwas anderes ihre Aufmerksamkeit. Ein paar Füße kamen in ihr Sichtfeld. Sie lehnte sich vor. Beine, dann der Unterkörper. Ein Schrei entwich ihrer Kehle, von dem sie nicht sicher war, ob er wirklich von ihr selbst stammte. Blut, dort am Boden war alles voller Blut und mittendrin lag ein lebloser Mann.

KAPITEL VIERUNDDREISSIG

DAMALS

Mir ist gar nicht wohl bei der Sache. Ehrlich gesagt ist mir sogar richtig schlecht vor Angst. Letzte Nacht klang alles noch nach einem guten Plan, aber jetzt ... Wenigstens wäre damit das drängendste meiner Probleme erledigt, aber irgendwie fühlt es sich nicht richtig an, es heimlich durchzuziehen, ein Lügengebilde aufzubauen und alles mit mir selbst auszumachen.

Es ist vor allem zu einfach für ihn. Rouven wird nicht aufhören, mir nachzustellen. Selbst wenn ich mich so gut wie nie zuvor benehme und nicht mehr zur Strafe in den Keller muss, was mir vermutlich nicht gelingen wird, dann sucht er sich eben andere Gelegenheiten. Mein Leben wird nicht automatisch zu einem Prinzessinnentraum, nur weil dieses Kind aus meinem Bauch verschwindet.

Wie das klingt. So endgültig. In Wahrheit ist es das genaue Gegenteil davon. Die Entscheidung, die ich jetzt treffe, wird mich bis ans Ende meines Lebens verfolgen, ganz egal, ob ich hier im Wald die Tabletten schlucke oder es auf andere Weise wegmachen lasse. Die Erinnerung daran, die Scham, die Gewissensbisse und die Selbstvorwürfe werden für immer bleiben. Vermutlich werde ich wie Violas Mutter später an Depressionen erkranken und in so einer Sozialwohnung enden. Genau das, wovor mein Vater mich andauernd gewarnt hat.

Aber meine Zweifel kommen ein bisschen spät. Wenn ich plötzlich meine Meinung ändere und die Tabletten nicht nehme, hat Viola sich völlig umsonst die ganze Mühe gemacht. Anzeigen kann ich Rouven anschließend immer noch, sofern ich den Mut dazu aufbringe. Aber das hier muss ich jetzt trotzdem durchziehen, ich will sie schließlich nicht enttäuschen.

Ich nehme die Flasche, die vor mir steht, und trinke einen großen Schluck. Der Hochprozentige brennt so sehr in meiner Kehle, dass ich husten muss. Das Zeug schmeckt widerlich, aber Viola hat gesagt, dass mir von den Tabletten schlecht werden könnte und wenn man Alkohol getrunken hat, sorgt das wohl dafür, dass man sie nicht auskotzt oder so. Ich habe es nicht ganz verstanden, aber sie kennt sich damit eindeutig besser aus, also höre ich auf sie.

Bisher habe ich nur zwei- oder dreimal Alkohol getrunken, Bier, zusammen mit Freundinnen. Radler genauer gesagt. Schon nach zwei Gläsern habe ich jedes Mal gemerkt, wie die Hemmungen von mir abfielen. Einmal hätte ich meinen Freundinnen fast von Rouven erzählt, aber dann habe ich mich doch zu sehr geschämt und geschwiegen. Das war wirklich dumm von mir, aber hinterher ist man immer schlauer.

Der nächste Schluck, mit dem ich die Pillen runterspüle, fällt mir schon leichter. Die Flüssigkeit wärmt mich von innen und vertreibt sämtliche Bedenken. Der Schritt ist richtig und ich muss ihn gehen, danach kann ich mir um alles weitere Gedanken machen. Es haben schon viele Menschen Situationen wie diese durchgemacht und leben noch. Mit dreißig werde ich wahrscheinlich darüber lachen. Nein, vielleicht nicht lachen, das ist nun wirklich nicht angebracht. Aber ich werde zurückschauen und wissen, dass ich mich richtig entschieden habe, in diesem Sommer hier im Wald.

»Runter damit, bevor ich es mir noch anders überlege«, spreche ich mir Mut zu. Jedes Wort fällt schwer, meine Zunge fühlt sich an, als wäre sie angeschwollen und ich schwanke.

Plötzlich überfällt mich eine schreckliche Müdigkeit, so als hätte ich Tage nicht geschlafen. Ein bisschen ist es ja auch so, immerhin war ich letzte Nacht ganz schön lange wach und hab einiges hinter mir. Irgendwann kann ich kaum noch die Augen offen halten.

»Ist das normal?«, will ich Viola fragen, doch mein Mund formt die Worte nicht richtig. Stattdessen kommt irgendein unverständliches Gebrabbel heraus. Mir fällt ein, dass sie auch gar nicht mehr da ist. Sie wollte nur kurz auf dem Feldweg eine rauchen, wegen der Waldbrandgefahr kann sie das nicht hier machen. Klar. Aber es kommt mir wie eine Ewigkeit vor, seit sie sich verabschiedet hat. Wie lange ist sie jetzt schon weg? Will sie mich hier wirklich komplett allein lassen? Was, wenn was schiefgeht?

Mach keine Panik, sie hat doch gesagt, dass die Tabletten heftig sind, rede ich mir gut zu. Es muss am

Alkohol liegen, dass ich so hundemüde bin. Wenn ich mich ein bisschen ausruhe, wird es gleich wieder gehen.

Ich blende aus, was alles zwischen dem Laub herumkreuchen könnte, und rolle mich auf dem Waldboden zusammen. Den Kopf auf dem Arm abgelegt, schließe ich die Augen.

Ein lautes Knacken lässt mich kurz darauf aufschrecken. Durch die ruckartige Bewegung wird mir schlecht und ich fühle mich, als müsste ich mich jeden Moment übergeben. *Bloß nicht*, denke ich. Dann erinnere ich mich, warum ich mich aufgesetzt habe, und schaue in die Richtung, aus der das Geräusch gekommen ist.

Zuerst will ich gar nicht glauben, was ich da sehe. Ich will aufstehen, falle aber wieder hin. Rouven sieht ganz merkwürdig aus, irgendwas zwischen wütend und entsetzt.

Was tut er hier? Wie hat er mich gefunden? Will er es hier tun, während ich sein Kind aus meinem Körper vertreibe?

»Geh weg«, rufe ich oder versuche es zumindest, denn der Alkohol aus meinem Magen schießt mir die Kehle hinauf und in den Mund. Tapfer schlucke ich ihn wieder herunter. Alles muss drinbleiben. Ich muss mich jetzt zusammenreißen. Dann kehrt die Müdigkeit mit voller Wucht zurück. Mir wird schwindelig und ich falle einfach um.

Nur ein wenig Schlaf, dann haben sich alle Probleme in Luft aufgelöst, denke ich noch, bevor ich mich der Dunkelheit, die mich umfängt, hingebe.

KAPITEL FÜNFUNDDREISSIG

Zum dritten Mal versagt. Das war alles, woran er denken konnte, als er den Zeitungsartikel auf der Webseite gefunden hatte, der seine Mutter so aufgebracht haben musste. Das Feuer, das er letzte Nacht gelegt hatte, hatte zwar das gesamte Feld vernichtet, aber die Scheune ... Ausgerechnet der Teil mit dem Gästezimmer schien auf dem Foto so ziemlich unbeschädigt geblieben zu sein, als hätte eine dunkle Macht schützend ihre Hand darüber gehalten.

Eigentlich wollte er seiner Mutter beim Frühstück stolz davon berichten, aber dann hatte dieser bescheuerte Polizist geklingelt und sein Vater hatte die Gelegenheit genutzt, zu behaupten, er wäre es gewesen. Im Nachhinein vielleicht gar nicht so schlecht, immerhin glaubte sie jetzt, dass er derjenige war, der es verkackt hatte. So wie mit den Fotos gestern.

Er wusste zwar nicht, wonach genau seine Mutter suchte, aber es war offenbar nicht unter den Bildern gewesen, die sein Vater vom Sattlerhof geholt hatte. Bei dem Gedanken daran wurde ihm übel. Seine Mutter hatte zwar noch versucht, die Fotos mit dem Arm zu verdecken, doch er hatte längst erkannt, was darauf abgebildet war. Weil es fast genau dasselbe Bild war, das sich vor Jahren in sein Hirn gebrannt hatte. An dem Tag, an dem seine Mutter ihn um einen Gefallen gebeten hatte.

Ein Notizbuch hatte er für sie suchen sollen, eins, in das der Alte jeden Tag reinschrieb. Dieses Ding würde er in der Scheune in dem Gästezimmer aufbewahren, wo er immer seine Mutter hinbrachte. Der Raum war immer abgeschlossen, den Schlüssel hatte der alte Sattler an seinem Schlüsselbund in der Hosentasche. Seine Mutter hatte gesagt, sie würde dafür sorgen, dass die Tür an diesem Tag offen war.

Wie von ihr aufgetragen, stahl er sich durch die Hintertür in die Scheune. Auf der Leiter wurde ihm etwas mulmig zumute, denn die war alt und morsch und sie knarzte. Außerdem konnte er Höhe noch nie besonders gut leiden. Für seine Mutter überwand er sich aber.

Das Gästezimmer, in dem seine Mutter und der Alte waren, befand sich am anderen Ende der Empore. Schritt für Schritt schlich er darauf zu. Ganz langsam und vorsichtig öffnen, hatte Mama ihm gesagt, damit der Alte ja nichts mitbekam. Er drückte die Klinke runter. Nichts bewegte sich. Er rüttelte fester, lehnte sich mit seinem ganzen Körpergewicht dagegen, doch die Tür wollte sich nicht öffnen lassen. Von unten hörte er ein Geräusch.

Das Tor wurde aufgeschoben. Die Stimme vom alten Sattler ertönte.

Hektisch schaute er sich nach einem Versteck um. Gerade rechtzeitig schaffte er es, sich hinter einem Heuballen in den Schatten zu ducken. Die Luft war stickig und er schwitzte. Der alte Sattler schloss die Tür auf und verschwand mit seiner Mutter in dem Gästezimmer. Er wartete. Merkwürdige Geräusche kamen aus dem Raum, dessen Tür einen Spalt offen stand. Sie machten ihm Angst, es klang beinahe wie die Schreie der Schweine aus dem Stall. Was machte der Bauer mit ihr? Tat er ihr weh?

Ohne lange darüber nachzudenken, löste er sich aus seinem Versteck. Er schlich zur Tür und linste durch den Spalt. Der Anblick, der sich ihm bot, brachte ihn beinahe zum Schreien. Mama war ganz nackt und hockte auf einem Bett, während der Alte hinter ihr stand und ihr den Po versohlte. Er war so beschäftigt damit, seine Mutter zu verprügeln, dass er ihn nicht bemerkte.

Der Schrank fiel ihm ein. Vielleicht hatte seine Mutter das damit gemeint, als sie sagte, sie würde den Bauern ablenken. Vorsichtig schob er die Tür weiter auf und betrat den Raum, bemüht, nicht rüber zum Bett zu schauen. Stück für Stück pirschte er sich nach vorn, bis eine Diele unter seinen Füßen knarrte. Der Alte fuhr herum und brüllte sofort los. Das enttäuschte Gesicht seiner Mutter würde er nie vergessen. Er hatte versagt.

»Kannst du dir das vorstellen, Kai? Dass jemand glaubt, ich wäre das gewesen?«, riss Judith ihn aus seinen Gedanken. Er hatte völlig ausgeblendet, dass sie neben ihm am Küchentisch saß. Sie musste sein Display gesehen haben.

Bevor sie aufgebrochen waren, hatte seine Mutter ihn beiseitegenommen und ihn damit beauftragt, dafür zu sorgen, dass Judith ihnen nicht folgte. Kai hatte keine Ahnung, was genau sie vorhatten, nur, dass sie es in die eigene Hand nehmen würden. Weil er es wieder nicht geschafft hatte.

»Ich hätte das nicht zulassen dürfen«, jammerte Judith mit gequälter Miene. »Nicht, dass Jannik seine Waffe jemals gegen deine Eltern richten würde. Aber was, wenn Tomke sie in die Finger bekommt?«

Sie sah Kai erschrocken an, der hellhörig wurde. Bisher hatte er nichts davon mitbekommen, dass eine Waffe im Spiel war. Er wusste, dass Judiths Bruder Förster war, dann hatte er wahrscheinlich ein Gewehr. Bei der Vorstellung bekam er eine Gänsehaut.

»Der Typ ist ein Versager, mach dir keine Sorgen. Als wüsste der, wie man schießt oder so«, sagte er.

Judith schaute ihn verwundert an. »Du kennst ihn doch gar nicht. Woher willst du das denn wissen?«

Kai schluckte. Das war ihm nur so rausgerutscht. Natürlich konnte Judith nicht ahnen, dass er die Familie seit ihrem Einzug beobachtete.

Zum Glück bohrte sie nicht weiter nach. »Tut mir leid, ich weiß ja, dass du nur versuchst, mich zu beruhigen. Und das ist wirklich nett von dir, aber ein Versager mit einer Schusswaffe in der Hand kann sehr viel Schaden anrichten.«

In Kais Vorstellung war er dieser Versager und

ballerte die gesamte Familie ab, während seine Mutter ihm zujubelte. Endlich konnte er alles wiedergutmachen. Die Tochter würde er sich bis zum großen Finale aufheben. Sie war seine Belohnung, bevor sie ihren Eltern folgen und Kai ihre Leichen in der Scheune verbrennen würde, die dieses Mal nicht rechtzeitig gelöscht wurde.

»Ich sollte die Polizei hinschicken. Wenn etwas passiert, das würde ich mir nie …«

»O nein!«, unterbrach er sie und packte ihren Arm, den sie gerade nach ihrem Handy auf dem Tisch ausstreckte. Das durfte er auf keinen Fall zulassen. Was auch immer seine Eltern vorhatten, die Polizei konnten sie dabei ganz sicher nicht gebrauchen.

Ihre Augenbrauen wanderten nach oben. »Was soll das?«, fragte sie und zog ihren Arm unter seiner Hand hervor.

»Das ist bestimmt keine gute Idee. Am Ende ist nur dein Bruder am Arsch, weil ihm die Waffe gehört. Ich meine, er könnte sogar seinen Job verlieren oder so.« Kai hatte keine Ahnung, ob das stimmte, aber sein Einwand schien Wirkung zu zeigen.

Judith runzelte die Stirn und ließ die Schultern hängen. »Du hast ja recht. Aber ich kann doch nicht einfach tatenlos hier rumsitzen und deine Eltern meine Kämpfe austragen lassen. Dann fahre ich wenigstens selbst hin.« Entschlossen schob sie den Stuhl zurück und stand auf.

»Dann komme ich mit«, sagte Kai spontan. Eigentlich sollte er genau das verhindern, doch er war selbst viel zu neugierig, was auf dem Sattlerhof vor sich ging. Wenn sie erst mal dort waren, fiel ihm sicher schon etwas ein, wie er Judith davon überzeugen konnte, dass sie besser im Auto sitzen blieb.

»Kai, lieber nicht. Ich will dich da nicht auch noch mit reinziehen. Deine Eltern wären sicher nicht begeistert …«

»Warum behandelt mich eigentlich jeder, als wäre ich noch ein Kind?«, brauste er auf. »Ich bin achtzehn, verdammt noch mal, und es sind meine Eltern, die du da rausgejagt hast. Da hab ich wohl das Recht, nach ihnen zu sehen, jetzt wo ich weiß, dass da womöglich jemand rumballert.«

Judith hob beschwichtigend die Hände. »Schon gut, du hast ja recht. Ich will nur nicht … Wenn etwas passiert … Versprich mir, dass wir sofort umkehren, wenn es irgendwie gefährlich wird, ja?«

Kai zuckte nur mit den Achseln und ging in die Diele, um sich seine Schuhe anzuziehen. Ganz bestimmt würde er sich von Judith nichts vorschreiben lassen. Er war kein Feigling und wenn seine Mutter in Schwierigkeiten geriet, wäre er dieses Mal da, um ihr herauszuhelfen.

Die Fahrt über schwiegen beide. Kai merkte, dass Judith sich mit jeder Minute unbehaglicher zu fühlen schien. Ihre Hände umklammerten das Lenkrad und ihr Blick war stur auf die Straße gerichtet. Als sie auf den Feldweg einbogen, der zum Sattlerhof führte, meinte er sogar, ein leichtes Zittern wahrzunehmen.

Sie erreichten die Zufahrt und Judith trat auf die Bremse. Der Audi von Kais Eltern stand quer auf dem Schotterweg, sodass man nicht ohne Weiteres daran vorbeikam. Davor war ein Landrover geparkt, vermutlich der Wagen von Judiths Bruder und auf dem Hof stand der Porsche der Familie. Judith saß einfach nur da und starrte aus der Windschutzscheibe.

»Niemand zu sehen«, flüsterte sie, als wäre das nicht offensichtlich. Noch immer machte sie keine Anstalten, auszusteigen. Das war seine Gelegenheit.

»Sieht aus, als wäre alles ruhig. Vermutlich sitzen sie gerade alle an einem Tisch und ...«

»Und was, wenn nicht? Wenn es ruhig ist, weil Tomke alle abgeballert hat?« Sie wischte sich in einer fahrigen Bewegung übers Gesicht.

»Quatsch, bestimmt ist das nicht so.« Kai winkte ab und versuchte, möglichst gelassen zu klingen. »Hör zu, wir machen es so. Ich steige jetzt aus und seh nach dem Rechten. Du behältst vom Auto aus die Übersicht.«

»Nein, auf keinen Fall. Ich ziehe dich nicht auch noch mit da rein. Wenn jemand im Wagen wartet, bist du das.« Judith schüttelte entschieden den Kopf. Sie legte ihre Hand auf den Türgriff, zog jedoch nicht daran.

Ich stecke längst tiefer drin, als du jemals ahnen würdest. »Denk doch mal logisch. Dieser Tomke hat mich noch nie gesehen. Dich hingegen schon, er glaubt, du hättest seine Scheune angezündet. Bei wem wird er wohl gechillter bleiben?«

Judith schien darüber nachzugrübeln, sie legte die Stirn in Falten und rang die Hände in ihrem Schoß. Schließlich nickte sie langsam. »Aber sei vorsichtig, okay? Vielleicht schleichst du dich besser ran. Sobald dir irgendwas merkwürdig vorkommt, kommst du zurück und wir rufen die Polizei.«

»Klar. Es ist bestimmt alles in Ordnung, keine

Angst.« Bevor sie es sich wieder anders überlegen konnte, stieg Kai aus und drückte leise die Tür hinter sich zu. Während er langsam an den beiden anderen Autos vorbeiging, lauschte er, doch er konnte nichts hören.

Auf dem Hof schaute er sich um. Die Haustür stand offen, ebenso wie das Tor zur Scheune. Im Halbdunkel glaubte er, eine Gestalt daliegen zu sehen, und bewegte sich vorsichtig darauf zu. Der Geruch von Ruß lag in der Luft und das Heu unter seinen Füßen war feucht, als er die Scheune betrat. Auch hier sah er sich um. Bis auf die Person am Boden schien niemand hier zu sein.

Kai näherte sich dem Bewusstlosen, um nachzusehen, um wen es sich dabei handelte. Als er über ihm stand, bemerkte er eine klaffende Wunde am Hinterkopf. Neben dem schlaffen Körper lag eine Axt. Hier war niemand erschossen worden, jemand hatte den Kerl zu seinen Füßen erschlagen. Ausgerechnet mit der Axt zur Wehr gesetzt, die er vor einigen Tagen ins Scheunentor gehackt hatte, um der Familie Angst einzujagen. Natürlich hatte er dabei keine Handschuhe getragen. Vermutlich war der ganze Griff voll mit seinen Fingerabdrücken.

»Verdammte Scheiße«, zischte er und trat der Gestalt am Boden vor Wut in die Seite. Der Kerl regte sich nicht. Anscheinend war er tot.

Großartig, jetzt hänge ich in einem Mord mit drin! Er musste die Axt verschwinden lassen, irgendwo in einem See versenken, wo niemand sie finden würde. Aber draußen saß Judith und wenn er nicht bald zurück war, würde sie ihm am Ende folgen oder gleich die Bullen rufen.

Er bückte sich und fasste den Griff mit spitzen

Fingern an, da hörte er ein Geräusch. Es war fast nicht wahrnehmbar, ein leises Rascheln aus der Ecke der Scheune. Man hätte es auch für irgendein Tier halten könnten, das dort entlanggehuscht war, doch dann sah er den Schatten. Da hockte jemand und versteckte sich.

KAPITEL SECHSUNDDREISSIG

Getrieben hastete Tomke über das Feld. Der Boden war von Löschwasser durchtränkt und bei jedem Schritt sank er beinahe knöcheltief in den Matsch ein. Sein zertrümmerter Kiefer folterte ihn selbst bei der kleinsten Erschütterung, in seinem Mund sammelte sich immer wieder Blut. Das Klacken des Abzugs hallte noch in seinem Kopf nach.

Sie hat es wirklich getan. Viola hätte ihn eiskalt erschossen, wäre die Waffe geladen gewesen.

Während sie nach Rouven brüllte, der offenbar auf dem Hof gewartet hatte, dass er die Patronen aus Janniks Auto holen sollte, hatte Tomke die Gelegenheit ergriffen und war losgerannt. Blind vor Panik hatte er die Hintertür ins Freie genommen und zu spät begriffen, dass er sich hier auf freier Fläche befand, ohne auch nur die geringste Möglichkeit, sich vor seinen Verfolgern zu verstecken.

Im Geiste hörte er den Schuss hinter sich donnern, sah sich selbst, wie der Einschlag seinen Körper nach vorn schleuderte, wie er auf dem verbrannten Feld verblutete. Das Bild trieb ihn an, sich noch schneller vorwärtszukämpfen, obwohl er jetzt schon kaum Luft bekam. Er wagte es nicht, nach hinten zu schauen. Jedes Mal, wenn er den Kopf drehte, wurde ihm schwindelig.

Nur nicht umkippen, reiß dich zusammen! Weg hier, nur weg!

Zum Wald war es nur noch ein kleines Stück. Die Angst vor dem, was ihn erwartete, wenn er jetzt aufgab, überlagerte die Erschöpfung, die sich in ihm breitmachen wollte. Zwischen die Bäume, dorthin musste er es schaffen. Sobald er dort war, hatten Viola und Rouven kein freies Schussfeld mehr, dann konnte er sich ein Versteck suchen, um einen Moment auszuruhen und durchzuatmen.

Hinter sich hörte er ihre Stimmen. Viola brüllte ihn an, dass er stehen bleiben sollte. Ein Schuss zerfetzte die Stille. Vor Tomke jagten die Vögel aus den Baumkronen. Panisch flatterten sie in alle Richtungen davon. Er wartete auf den Schmerz, der ihn niederstrecken würde, doch nichts geschah. Viola hatte ihn verfehlt oder sie hatte nur einen Warnschuss abgegeben. So oder so hatte er mehr Glück als Verstand, denn bevor der nächste Schuss ertönte, hatte Tomke den Waldrand erreicht. Geduckt rettete er sich ins Dickicht, was von Rouvens und Violas wütendem Brüllen begleitet wurde.

»Verdammt, er entwischt uns«, kreischte Viola. Ihre Stimme überschlug sich. »Los, hinterher!«

Auch Rouven rief etwas, doch die Äste unter Tomkes Füßen krachten, sodass er ihn nicht verstand. Er schlug einen Haken, rannte nach rechts weiter und änderte kurz darauf erneut die Richtung, sodass sie seine Spur verloren. Sein Atem pfiff, seine Lunge brannte und seine Beine wurden schwer, doch er zwang sich immer weiter. Er durfte nicht aufgeben, nicht jetzt.

Das Gelände stieg langsam an, er kam immer beschwerlicher voran. Seine Beine wollten ihn kaum noch tragen. Wenn er sich nicht bald ausruhen konnte, würde sein Körper schlappmachen nach den Strapazen der letzten Stunden. Gehetzt schaute er sich nach einem Versteck um. Umgestürzte Bäume, deren Wurzeln große Löcher im Boden hinterlassen hatten, moosbewachsene Felsen oder Baumstämme, es gab genug, wohinter er sich zusammenkauern konnte. Doch wenn die beiden nicht strunzdumm waren, würden sie ihn früher oder später finden. Er brauchte etwas Besseres. Eine Höhle oder so etwas in der Art, eine, die man nicht auf den ersten Blick sah. Aber wie sollte er sie dann finden, wenn sie so versteckt war?

Da er nicht aufpasste, wohin er trat, stolperte er über einen Ast und stürzte mit den Händen vorweg den Abhang hinauf. Der Schmerz, den der Aufprall durch seinen Kiefer jagte, ließ ihn aufschreien. Entsetzt schlug er eine Hand vor den Mund. Damit hatte er seine Position garantiert verraten. Er rappelte sich hoch. Ihm wurde schwarz vor Augen, doch er musste weiter, jetzt erst recht.

Seine Schritte waren unsicher, er sah nur verschwommen. Vorsichtig tastete er sich den Hügel hinauf. Er durfte nicht noch einmal stürzen.

Und dann bemerkte Tomke ihn. Beinahe hätte er ihn übersehen, hätte er nicht ein zweites Mal genau hingeschaut. Vor Aufregung beschleunigte sich sein Herzschlag.

Ein Hochsitz! Nicht weit von ihm schaute ein Stück der Kanzel zwischen tief hängenden Ästen hervor. Der Jäger, dem er gehörte, hatte sich große Mühe gegeben, das Gerüst hinter Zweigen und Büschen zu verbergen. Es war nicht gerade die versteckte Höhle, die er sich vorgestellt hatte, aber vielleicht seine beste Chance, sich kurz auszuruhen und neue Kraft zu tanken. Mittlerweile hatte er so viele Haken geschlagen, womöglich dauerte es eine Weile, bis Viola und Rouven in die Richtung kamen, in die er geflüchtet war.

Tomke hielt darauf zu und erklomm die Leiter. Oben angekommen, rollte er sich zusammen und schlang die Arme um seine Knie. Mit einem Mal verließ ihn seine Kraft, er fühlte sich völlig ausgelaugt. Wie um alles in der Welt sollte er die Energie aufbringen, weiterzulaufen? War es möglich, dass der Instinkt beim Kampf ums Überleben einfach aufgab, weil der Körper nicht mehr konnte? Das durfte er nicht zulassen.

Ewig konnte er sich nicht verstecken, früher oder später würden auch seine Verfolger auf den Hochsitz stoßen. Er musste Hilfe holen, die Polizei. Gottverdammt, Viola hatte Jannik mit der Axt bewusstlos geschlagen. Womöglich lebte er schon gar nicht mehr, und falls doch, brauchte er dringend einen Arzt! Trotzdem schaffte Tomke es nicht, sich aufzurappeln und von dem Hochsitz zu steigen.

Nur noch ein kleines bisschen ausruhen!

Er schloss die Augen, aber schon kurz darauf riss er sie wieder auf. Stimmen näherten sich ihm. Es war zu spät. Jetzt konnte er nicht mehr fliehen. Seine einzige Chance bestand darin, dass sie ihn nicht entdeckten.

Während er zitternd auf den harten Holzbohlen lag und hoffte, dass die beiden, anders als er, den Hochsitz übersehen würden, wurde ihm erneut die Ungeheuerlichkeit seiner Situation bewusst. Sie jagten ihn, um ihn umzubringen. Rouven und Viola wollten tatsächlich so etwas Abscheuliches tun. Ihre Stimmen waren nun so nah, dass Tomke kaum noch zu atmen wagte, aus Angst, sie könnten ihn hören. Am liebsten wollte er schreien vor lauter Ungerechtigkeit. Dieser Wald war riesig, warum nur mussten sie ausgerechnet den Weg einschlagen, den er zuvor gewählt hatte?

Tomke begann unwillkürlich zu zittern. So sehr, dass er befürchtete, das Gestänge könnte zu wackeln anfangen und seine Position verraten.

Er war froh, dass zumindest Michelle und Lea nicht auf dem Hof gewesen waren. Hätte er doch nur auf sie gehört, dann wäre er jetzt nicht in dieser beschissenen Lage. Tränen stiegen ihm in die Augen, sie fühlten sich heiß an. Was, wenn er seine Frau und seine Kinder niemals wiedersah? Und das, nachdem sie im Streit auseinandergegangen waren. Schlimmeres konnte er sich kaum vorstellen. Sollte er diesen Albtraum überleben, schwor er sich, dass er Michelle nie wieder davon abhalten würde, ihrem Instinkt zu trauen.

KAPITEL SIEBENUNDDREISSIG

»Wir sollten die Aktion an dieser Stelle wirklich abblasen.« Rouven hatte sich zurückfallen lassen und blieb nun stehen. »Viola, hör doch mal. Das ist alles schon viel zu weit gegangen.«

»Wie kannst du jetzt ans Aufgeben denken?«, zischte sie ihn an. Jede Silbe strotzte nur so vor Wut. Sie hasste es, wenn Dinge nicht nach Plan liefen, und das hier war völlig außer Kontrolle geraten.

»Jetzt warte doch mal.« Rouven seufzte und setzte sich wieder in Bewegung, da sie keine Anstalten machte, ebenfalls anzuhalten. »Wie zum Teufel sollen wir ihn denn finden? Er könnte überall sein!« Wenn sie sich schon nicht aus Vernunftgründen aufhalten ließ, dann vielleicht wenigstens deshalb, weil ihre Lage einfach aussichtslos war. Das musste sie doch auch merken.

Endlich hielt Viola an und drehte sich um. Wenn ihr Blick töten könnte, dann wäre Rouven jetzt erledigt. »Tomke weiß es. Er weiß alles. Und er wird uns fertigmachen. Willst du das wirklich zulassen? Nach allem, was wir jahrelang durchlitten haben?«

Rouven seufzte. Viola war noch nie gut darin gewesen, zuzugeben, wenn sie verloren hatte. Merkte sie denn nicht, dass sie alles nur noch schlimmer und schlimmer machte? »Wo soll das denn hinführen? Wie willst du weitermachen, wenn wir Tomke finden und ihn erschießen? Willst du Jannik aus der Scheune hierherschleppen? Oder Tomkes Leiche auf den Hof? Das wird nicht funktionieren. Wir sollten jetzt aufhören, bevor noch mehr Menschenleben auf dein Konto gehen.« *Bevor wir noch mehr unnötiges Leid verursachen.*

»Mein Konto?«, kreischte sie und Rouven wünschte sich, er hätte besser nachgedacht, ehe er den Mund aufmachte. »Jetzt tu mal nicht so, als wärst du völlig unbeteiligt daran. Wir stecken beide gleichermaßen in der Sache drin.«

Rouven wollte nach ihr greifen und sie schütteln, um sie zur Vernunft zu bringen, doch sie hatte sich schon wieder umgedreht und war außerhalb seiner Reichweite. Es reichte ihm. Er war nicht bereit, weiter seinen Kopf hinzuhalten für Entscheidungen, die sie traf. »Nein. Du warst es. Nur wegen dir sind wir an diesem Punkt angekommen.«

»Und was ist mit Hannah? Hast du vielleicht vergessen, was damals im Wald passiert ist? Gar nicht weit von hier entfernt.« Sie lachte abfällig, als wäre sie sich keiner Schuld bewusst.

»Im Gegensatz zu dir habe ich nicht vergessen, dass du mich mit in diese ganze Scheiße reingezogen hast. Ich wusste von nichts, als ich hier raus gekommen bin.«

Rouven erinnerte sich an den Anruf von damals. Im ersten Moment hatte er sich gewundert, woher Viola seine Handynummer hatte, aber als sie davon sprach, dass Hannah mit ihm reden wollte, waren die Zweifel ganz schnell verschwunden. »Bis ich dort ankam, hatte Hannah die Tabletten längst genommen. Ich hätte gar nichts mehr tun können, um zu verhindern, dass sie stirbt.«

Violas Miene wurde eiskalt, wie an jenem Tag, als sie ihn an der Parkbank empfangen hatte. Obwohl Hannah schon so lange tot war, schien die Eifersucht immer noch in ihr zu brodeln. »Wenn sie dir so schrecklich leidgetan hat, warum hast du dann nicht den Krankenwagen gerufen?« Sie hob die Hand, um ihn am Antworten zu hindern. »Ich sage dir, warum. Weil es nicht so war. Du warst froh, dass ich mich um dein Problem gekümmert hatte. Ich hatte die Macht, etwas zu tun, und ich war nicht zu feige, sie zu nutzen. Willst du mir das jetzt vorwerfen? Erzähl mir doch nicht, dass du anders gehandelt hättest in meiner Lage. Oder warum sonst bist du ihr in dieser Nacht gefolgt, als sie aus dem Keller entkommen ist?«

Auf diese Frage hin schwieg Rouven. Er kannte die Antwort darauf nicht. Ja, er war ihr hinterhergelaufen, aus einem Impuls heraus. Was er mit ihr gemacht hätte, wenn er sie gefunden hätte, wusste er nicht. Eines stand fest, er hätte sie auf keinen Fall getötet. Es stimmte, dass er vor fünfundzwanzig Jahren im Wald nicht den Notruf gewählt oder irgendwie anders eingegriffen hatte. Aber nur, weil er von Violas bösartigem Plan völlig überrumpelt gewesen war.

Im einen Moment eröffnete sie ihm, dass Hannah ein Kind von ihm erwartete, und im nächsten führte sie ihn zu ihr und erklärte, dass sie ihr Tabletten gegeben hatte. Eine ausreichende Menge, um sie umzubringen. Als er dort ankam, hatte Hannah bereits völlig weggetreten am Boden gelegen. Nur noch einmal hatte sie den Kopf gehoben, sich aufgesetzt und dann endgültig das Bewusstsein verloren. Es war zu spät gewesen, um irgendwie einzugreifen. Selbst wenn noch Zeit gewesen wäre, hier draußen im Wald gab es keinen Empfang, damals wie heute. Rouven hatte nichts tun können, als Hannah beim Sterben zuzusehen. Die Bilder verfolgten ihn bis heute und nun hatten sie auch noch Jannik auf dem Gewissen. »Wir müssen damit aufhören«, murmelte er.

Viola schaute ihn mit zusammengekniffenen Augen an. Ihre Mundwinkel waren nach unten gezogen und ihre Lippen zitterten. Rouven wusste, was das bedeutete. Sie würde sich zum Opfer der Umstände erklären, wie immer, wenn sie sich in die Ecke gedrängt fühlte.

»Findest du nicht, ich hätte im Laufe der Jahre genug gebüßt? Indem ich es ertragen habe, dass der alte Sattler seinen stinkenden Schwanz in mich reinsteckt, wann immer es ihm passt?«

»Hör auf, so zu reden«, fuhr er sie an. Er wollte die Details nicht wissen. Dass es so weit gekommen war, hatte sie sich selbst zuzuschreiben. Hätte sie Hannah damals nicht in den Wald gebracht, damit sie die Tabletten dort nahm, hätte der Bauer nichts gehabt, mit dem er Viola erpressen konnte. Aber sie hatte sich anders entschieden. Auch, weil sie gewollt hatte, dass Rouven dabei war. Dass er mit eigenen Augen sah, was sie bereit war, für ihn zu tun. Um ihn an sie zu binden.

Was funktioniert hatte, sonst wären sie heute nicht beide hier.

»Ach, ist das zu viel für dich? Zu eklig? Kannst du die Wahrheit nicht ertragen? Ich sage dir was, ich musste es jahrelang am eigenen Leib erfahren, um unser Geheimnis zu wahren, dann wirst du es doch schaffen, es dir anzuhören.«

Während Viola vor sich hin zeterte und detailliert ausbreitete, was der alte Widerling alles mit ihr angestellt hatte, erregte etwas Rouvens Aufmerksamkeit. Es war nur eine kleine Bewegung im Dickicht, ein kaum hörbares Knarzen, wodurch er den Hochsitz entdeckte. Durch die Ritzen in der Holzverkleidung der Kanzel sah er eine Silhouette. Das hier war Janniks Revier und der lag – vermutlich tot – in der Scheune. Es konnte also nur Tomke sein, der sich dort versteckt hatte. Wenn er nicht wollte, dass noch mehr Menschen durch ihre Hand starben, musste er Viola hier wegbringen.

Rouven griff nach Violas Arm, um sie in eine andere Richtung zu führen, doch zu spät. Ihr Blick folgte seinem und ihre Augen weiteten sich. Während sie einfach weiterredete, als wäre nichts geschehen, richtete sie den Lauf der Flinte auf den Hochsitz.

»Nein«, rief Rouven und machte einen Schritt nach vorn, um ihr das Gewehr aus der Hand zu schlagen. Beinahe gleichzeitig ertönte der ohrenbetäubende Knall direkt neben ihm. Ein lautes Pfeifen erfüllte seinen Kopf, seine Ohren flogen zu. Das Holz splitterte unter dem Einschlag der Kugel.

Sie beide verharrten einige Sekunden. Rouven war starr vor Schreck, Viola hingegen hatte ein abgeklärtes Lächeln im Gesicht. Sie packte ihn am Arm und zog ihn mit sich. Gedämpft hörte er ihre Stimme. »Komm schon, wir müssen hier weg.«

»Wohin?«, fragte Rouven. Er war nicht in der Lage, auch nur einen klaren Gedanken zu fassen. Seine Frau war eine eiskalte Mörderin. Sie hatte heute zwei Menschen umgebracht!

»Zur Scheune. Das Gewehr muss bei Jannik gefunden werden. Niemand weiß, dass wir hier waren. Niemand wird es je erfahren.« Plötzlich blieb sie stehen und schaute Rouven mit unheilvollem Blick an. »Niemand, bis auf Judith.«

KAPITEL ACHTUNDDREISSIG

Mit einem unguten Gefühl schaute Judith Kai hinterher, wie er zum Hof stapfte. Obwohl er schon größer als sein Vater war, wirkte er dabei kindlich mit seinem schlurfenden Gang und den hängenden Schultern. Gefühlt war es gerade mal ein oder zwei Jahre her, dass er als verschüchterter Junge am Rockzipfel seiner Mutter geklebt hatte.

In diesem Moment wurde ihr bewusst, dass sie einen Fehler begangen hatte. Ja, das Angebot, sie zu begleiten, war von Kai gekommen, er hatte sich geradezu aufgedrängt. Aber sie hätte vernünftig sein sollen. Aus reinem Eigennutz hatte sie zugestimmt, weil sie zu feige war, allein raus zum Hof zu fahren. Viola würde sie dafür umbringen, dass sie ihn in die Angelegenheit mit reingezogen hatte. Zurecht. Judith wollte sich gar nicht erst vorstellen, wie sie reagieren würde, wenn jemand so etwas Gefährliches mit Moritz machen würde.

Kurzentschlossen sprang sie aus dem Wagen und rief Kai hinterher, dass er zurückkommen sollte, doch er hörte sie offenbar nicht. Statt anzuhalten, betrat er zielstrebig die Scheune. Judith lief los, um ihm zu folgen. Auf halber Strecke machte sie jedoch kehrt. Ihr Handy lag noch im Auto. Wahrscheinlich war es besser, wenn sie vorher die Polizei rief. Jannik hin oder her, es war seine Entscheidung gewesen, die Waffe zu holen. Er sollte klug genug sein, die Konsequenzen abzusehen, die ihm dafür drohten.

Andererseits hatte er ihr nur helfen wollen. Es war nicht gerade fair, wenn sie ihn jetzt ans Messer lieferte.

Ein lautes Krachen nahm ihr die Entscheidung ab. Ein Schuss!

Ihr Blick flog zur Scheune. Gleichzeitig ließ sie sich reflexartig auf die Knie fallen, um hinter ihrem Auto in Deckung zu gehen. Ihr Herz schlug so heftig, dass sie es im Hals spürte.

War das vom Hof gekommen? Es hatte für sie eher weiter entfernt geklungen.

Mit angehaltenem Atem wartete sie auf Schreie, auf weitere Schüsse, aber es blieb alles ruhig. Verdammt ruhig.

Ihre zitternden Finger entsperrten automatisch das Display. Sie starrte auf das Ziffernfeld, doch ihr wollte die Nummer des Notrufs nicht einfallen. In ihrem Kopf herrschte ein Vakuum, das jeden klaren Gedanken verschluckte.

Jannik! Hatte er geschossen? Oder hatte Tomke die Waffe in die Finger bekommen? Und wo waren Rouven und Viola?

Endlich fiel ihr ein, welche Nummer sie wählen musste. Die Frau am Telefon wies sie darauf hin, dass sie sich nicht in Gefahr begeben sollte, doch Judith ignorierte sie, genau wie die Bitte, in der Leitung zu bleiben. Sie konnte nicht zulassen, dass jemandem wegen ihr etwas zustieß, also rannte sie los.

Auf dem Hof angekommen, verlangsamte sie ihren Schritt und pirschte sich an die Scheune heran. Vor Anspannung und Angst davor, was sie erwartete, bekam sie kaum Luft. Unter ihren Füßen knirschte der Asphalt. Brandgeruch strömte ihr entgegen. Auf dem Boden vor ihr lag eine Gestalt. Jannik! Sie erkannte die Schuhe, die er vorhin getragen hatte.

Vor Entsetzen schlug sie die Hand vor den Mund, als ihr die Kopfwunde auffiel. Seine Haare waren von Blut verklebt. »O nein!«, rief sie aus und stürzte zu ihm. Sie ließ sich auf die Knie fallen und berührte ihn an der Schulter. Ihr Hirn jagte ein Feuerwerk an Gedanken durch ihren Kopf.

Stabile Seitenlage. Puls. Atem. Herzmassage?

Alles war ihre Schuld. Er brauchte einen Notarzt, sofort! Ob die Polizei daran dachte, einen zu alarmieren?

Ein ersticktes Geräusch holte sie zurück ins Hier und Jetzt. Erst glaubte sie, dass es von Jannik käme, dass er aufgewacht wäre, aber der lag weiterhin regungslos da. Es kam von der anderen Seite der Scheune. Mit zusammengekniffenen Augen starrte sie ins Halbdunkel. Ein Schatten bewegte sich zwischen ein paar Strohballen.

»Kai«, rief sie. »Ich bin es, Judith. Komm her, ich brauche deine Hilfe!« Der Arme musste völlig aufgewühlt sein von dem, was er hier zu sehen bekommen hatte. Er schluchzte und keuchte, womöglich hatte er sogar einen Schock. Was sollte sie nur tun? Jannik vor ihr, der wahrscheinlich im Sterben lag und in der Ecke Kai, völlig verängstigt und fast noch ein Kind. Und Tomke. Wo war überhaupt Tomke? Sie konnte die Waffe nirgends entdecken, er musste sie haben. Ihr wurde eiskalt, als sie daran dachte, dass auch von Rouven und Viola keine Spur zu sehen war. Der Knall ... hatte er sie verfolgt und auf sie geschossen?

Sie ließ von Jannik ab und durchquerte die Scheune in Kais Richtung. Zuerst musste sie ihn hier wegbringen, in Sicherheit. Wo zum Teufel blieb denn nur die Polizei?

Sanft griff sie ihn am Arm, doch er schüttelte sie ab. Erst jetzt erkannte sie, dass er über jemandem kauerte. »Kai, was tust du da?«

Seine Hände waren um den Hals der Person geschlungen. Es war Tomkes Frau. Ihre Gegenwehr erlahmte, während Kai sie immer heftiger zu Boden presste. Er würgte sie.

Instinktiv griff Judith erneut nach seinem Arm und zerrte daran. Mit Leichtigkeit schüttelte er sie ab. Er war viel kräftiger, als sie ihn eingeschätzt hatte.

»Hör auf! Lass sie los«, brüllte sie ihn an, rüttelte und riss an ihm. Mit Erfolg. Eine Hand löste sich vom Hals der Frau, die sofort keuchend nach Luft schnappte.

»Hau ab!« Kai stieß Judith so heftig von sich, dass sie das Gleichgewicht verlor und nach hinten umfiel. Ungebremst landete sie schmerzhaft auf ihrem Hintern. Der Aufprall raubte ihr für einen Augenblick den Atem.

Kai war in der Zwischenzeit wieder über der Frau. In Judiths Kopf drehte sich alles. Was war nur in ihn gefahren? Er würde sie noch umbringen! Sie musste ihn aufhalten.

Mit einem Satz sprang sie ihn an und landete auf seinem Rücken. Der Stoß warf ihn zur Seite, seine Hände gaben endlich den Hals von Tomkes Frau frei. Kais wutverzerrtes Gesicht war nun über Judith. Sie roch seinen Schweiß. In seinen Augen sah sie nichts als Hass.

»Du verdammte Fotze«, schrie er sie an. Spucke flog ihr ins Gesicht. »Warum bist du nicht im Auto geblieben? Du machst alles kaputt!« Er drückte sie mit seinem gesamten Gewicht zu Boden. Ihre Oberarme fixierte er mit seinen Knien.

Judith schrie vor Schmerz auf. Die Luft blieb ihr weg. Seine Hände lagen nun um ihren Hals. Verzweifelt schlug sie mit den Fäusten gegen seine Brust. In weiter Entfernung hörte sie Polizeisirenen.

»Nein«, japste sie. »Kai, du ... musst ... loslassen!« Sie strampelte und schlug um sich, doch er war so viel stärker. Ihr wurde schwindelig und sie spürte, wie ihr die Kraft ausging.

Plötzlich sackte er über ihr zusammen. Stöhnend landete sein Oberkörper auf ihrem Gesicht, der Griff um ihren Hals lockerte sich. Gierig sog Judith Luft in ihre Lunge. Die Sirenen wurden lauter. Ihr Blick klärte sich. Neben ihr stand Tomkes Frau, die Augen weit aufgerissen und angsterfüllt.

»Alles okay?«, fragte sie und rollte Kai von Judith herunter.

Kopfschüttelnd setzte Judith sich auf. »Ich weiß es nicht«, krächzte sie. »Ich weiß es wirklich nicht.« Dann brach sie in Tränen aus.

EPILOG

Michelle trat durch die Glastür des Landgerichts Darmstadt. An der Haltestelle vor ihr hielt ein Bus, lärmende Kinder drängten durch die Türen, als würde ihr Leben von einem Sitzplatz abhängen. Rechts neben ihr stand vor der Treppe ein Aschenbecher, zwei Justizfachangestellte in Uniform rauchten. Obwohl sie seit dem Studium keine Zigarette mehr angerührt hatte, war sie kurz davor, sich eine zu schnorren.

Der heutige Verhandlungstag war hart gewesen. Bisher war nur Viola in den Zeugenstand gerufen worden und die hatte von ihrem Aussageverweigerungsrecht Gebrauch gemacht, sowohl im Fall von Hannahs Tod als auch zum Vorwurf des Mordes an Jannik und ...

Michelle musste schlucken und blinzelte die Tränen weg. Sechs Monate waren vergangen und noch immer zerriss es sie innerlich, wenn sie daran dachte, dass Tomke an diesem Tag hatte sterben müssen. Eine scheinbar unbedeutende Folge von Entscheidungen, ein paar fatale Zufälle dazu, und das Leben ihrer Familie hatte sich für immer verändert. Die Frage, wann es noch rechtzeitig gewesen wäre, das alles zu verhindern, quälte sie jede Nacht. War ihr Schicksal bereits entschieden gewesen, als sie beschlossen hatten, aus Frankfurt wegzuziehen? War es die Wahl des Ortes gewesen, der Bauernhof? Sie wusste es nicht.

Jemand legte ihr die Hand auf die Schulter. Mit tränenverschwommenem Blick erkannte sie Judith. Widerstandslos ließ sie sich von ihr in die Arme ziehen. Sie empfand ihre Nähe als tröstlich. Seit sie ihr in der Scheune das Leben gerettet hatte, war sie zu so etwas wie einer Freundin geworden, auch wenn Michelle und die Kinder schon lange nicht mehr im Odenwald lebten. Sie hatten nie wirklich dort gelebt. Eine Mietwohnung in einem Frankfurter Altbau, hellhörig und mit vielen Nachbarn, war ihr ansprechender erschienen als der Ort, in dem ihr Mann von einer Verrückten ermordet worden war.

Wobei, nein. Verrückt war Viola nicht, das wäre eine viel zu einfache Erklärung für sie, quasi eine Entschuldigung. Sie hatte genau gewusst, was sie tat, und bewusst die Entscheidung getroffen, auf den Hochsitz zu schießen, in dem Tomke sich versteckt hatte.

»War schwer heute, nicht wahr?«, sagte Judith.

Michelle nickte und drückte ihr tröstend den Oberarm. Ihr fiel es sicher nicht leichter, immerhin hatte sie sich heute anhören müssen, warum ihre Schwester vor fünfundzwanzig Jahren starb und wie Viola nun auch ihren Halbbruder getötet hatte. »Ich hatte eigentlich gehofft, dass Rouvens Aussage mir hilft, das alles zu begreifen aber ...« Sie ließ enttäuscht die Schultern sinken. Zu hören, wie es – angeblich – abgelaufen war, seine Ausflüchte als Versuch einer Erklärung, die leeren Phrasen der Entschuldigungen, die er sicherlich nur für ein mildes Urteil vortrug, all das änderte nichts daran, wie sie sich fühlte.

»Du glaubst ihm nicht, oder?«, fragte Judith.

»Dass alles von Viola ausging?« Michelle zuckte die Achseln. »Ich weiß nicht. Vielleicht stimmt es, dass sie ihn damals mit deiner Schwester überrumpelt hat. Aber was danach kam? Er hätte jederzeit zur Polizei gehen und die Wahrheit sagen können. Spätestens, als sie es dann auf uns abgesehen hatte. Es lag in seiner Hand, das alles zu stoppen, bevor es in einer Katastrophe endet. Diese Notizbücher in der Scheune ... Wir hätten uns doch nie im Leben dafür interessiert!«

»Wenn Kai euch nicht quasi mit der Nase drauf gestoßen hätte«, sagte Judith kopfschüttelnd.

Wie seine Mutter hatte auch er die Aussage verweigert. Was er wirklich mit den Vorfällen zu schaffen hatte, würden sie in Ansätzen erst erfahren, wenn seine Verhandlung vor dem Jugendgericht stattfand. Über die Gründe, warum er komplett durchgedreht war und Michelle und Judith umbringen wollte, ließen sich nur Vermutungen anstellen. Laut seinem Vater war er bereits als Kind traumatisiert worden, da seine Mutter ihn trotz Rouvens Widerspruch mit auf den Sattlerhof genommen hatte, wenn sie dort ihre »Dienste« leisten musste, wie er es genannt hatte.

Der Bauer hatte damals beobachtet, wie Viola Hannah in den Wald gelockt hatte, wie Rouven dazukam und wie die beiden allein wieder zurückkehrten. Als die nächsten Tage dann die Vermisstenmeldung durch die Zeitungen ging, zog er seine Schlüsse, die durch Aufnahmen seiner Wildkamera bestätigt wurden. Doch anstatt zur Polizei zu gehen und seine Beobachtungen zu melden, benutzte er die Fotos, um Viola zu erpressen. Seitdem musste sie, wann immer es ihn danach gelüstete, herhalten, um seine dreckigen Fantasien zu befriedigen.

Das ging auch nach der Geburt ihres Sohnes Kai so weiter, und sie nahm den Jungen mit auf den Hof, wo der Bauer sich mit ihr vergnügte. Im Alter von zehn Jahren war er dann vom alten Sattler erwischt worden, wie er sich in der Kammer unter der Treppe an einem Hasen verging, woraufhin der Bauer ihn schlug.

»Glaubst du, jetzt, nachdem Rouven alles auf sie geschoben hat, wird Viola sich doch noch äußern wollen?«, fragte Michelle. »Sie wird es doch wohl kaum auf sich sitzen lassen, dass er sämtliche Schuld auf sie abwälzen will.«

Nach Rouvens Aussage war sie es gewesen, die den tödlichen Schuss auf Tomke abgegeben hatte. Angeblich hatte er noch versucht, sie aufzuhalten, ihre Aufmerksamkeit weg von dem Hochsitz zu lenken. Doch sie hatte sich offenbar vorgenommen, ihre Familie mit aller Gewalt und jedem erdenklichen Mittel vor den Konsequenzen ihrer Taten zu schützen. Eine der Schrotkugeln hatte die Arterie in Tomkes Oberschenkel zerfetzt und er war innerhalb von Minuten verblutet, während sie in der Scheune mit Kai gekämpft hatte. Der einzige Trost für Michelle war, dass es schnell gegangen war.

Judith zuckte mit trauriger Miene mit den Schultern. »Dann müsste sie zugeben, dass sie irgendwo auf dem

Weg etwas falsch gemacht hat. Im Eingestehen von Fehlern war sie aber noch nie gut. Ich glaube, ich will lieber gar nicht hören, wie sie zu rechtfertigen versucht, warum meine Schwester damals sterben musste.«

Michelle nickte langsam. Sie hatte gehofft, die grausamen Details würden es ihr leichter machen, zu verstehen, was geschehen war. Es zu akzeptieren. Genau das Gegenteil war eingetreten. Das selbstsüchtige Herumgeheule von Rouven, der alles hauptsächlich deshalb bereute, weil er jetzt dafür würde büßen müssen, zeigte ihr noch deutlicher, wie sinnlos Tomkes Tod gewesen war.

Damit es sich nicht zu sehr danach anfühlte, hatte sie gemeinsam mit Judith einen Plan für den Sattlerhof ausgearbeitet. Die Schulden bei der Bank waren vollständig bezahlt, da Tomke vor dem Kauf eine Risikolebensversicherung abgeschlossen hatte, um das Finanzielle musste sie sich also keine Sorgen machen. Michelle hatte überlegt, die Räume einem Frauenhaus zur Verfügung zu stellen, aber dafür war die Lage nicht geeignet. Stattdessen war sie mit einer Stiftung für misshandelte Frauen in Kontakt getreten, mit der sie ein Therapiezentrum auf dem Sattlerhof einrichten würde.

Eines, das sie persönlich vermutlich niemals besuchen würde, zu schmerzhaft waren die Erinnerungen, die sie mit Seelberg verband. Was ihnen auf dem Hof zugestoßen war, würde sie ihr Leben lang nicht verwinden, jedenfalls konnte sie sich das zum jetzigen Zeitpunkt noch nicht vorstellen.

Und wenn sie sich Judith so anschaute, lag sie vermutlich richtig. Die versuchte nun seit fünfundzwanzig Jahren darüber hinwegzukommen, was man ihrer Schwester angetan hatte. Immerhin wusste sie nun, was wirklich geschehen war. Zu zweit würden sie versuchen, zu heilen, und sich dabei Kraft spenden. Auch wenn die Gerichtsverhandlung die dünne Kruste auf den Wunden fürs Erste wieder aufgerissen hatte und sie bluteten.

EINE BITTE

Liebe Leserinnen und Leser,

ich bedanke mich bei Ihnen dafür, dass Sie mein Buch gekauft und gelesen haben. Natürlich hoffe ich, dass es Ihnen gefallen hat. Sollte dies nicht der Fall sein, freue ich mich über Ihre Rückmeldung, denn nur durch Kritik können sich Autorinnen und Autoren weiterentwickeln und erkennen, was sie falsch gemacht haben.

Ebenso wichtig wie die ehrlichen Rückmeldungen der Leserinnen und Leser sind die Bewertungen auf den Verkaufsportalen. Sie sind Anreiz für die Kaufentscheidung vieler Menschen. Leider gibt es dort immer weniger Rückmeldungen von den Leserinnen und Lesern. Woran das liegt, kann ich nur mutmaßen. Ich weiß lediglich, dass es beinahe allen Autorinnen und Autoren so geht. Vielleicht glauben viele Leserinnen und Leser, dass ihre Meinung nicht von Interesse wäre oder nicht wichtig oder sie glauben, sie hätten nicht genug zu dem Buch zu sagen.

Das stimmt allerdings nicht. Auch eine kurze Bewertung, in der Sie ausdrücken, warum Ihnen das Buch gefallen hat (oder eben nicht), reicht aus, um anderen Leserinnen und Lesern die Kaufentscheidung zu erleichtern und außerdem dem Autor oder der Autorin eine Freude zu machen.

Denn nur für Sie schreiben wir, für die Leserinnen und Leser. Sie können mir glauben, dass ich mir jede einzelne Rezension durchlese und mich darüber freue. Selbst wenn sie nicht so positiv ausfällt, wie man es sich erhofft, kann man doch meist daraus etwas lernen.

Ich würde Sie also bitten, sich doch die Zeit zu nehmen, kurz auf das Verkaufsportal zu gehen, auf dem Sie mein Buch erworben haben, und mir ein oder zwei Sätze zu meinem Buch zu schreiben. Denn mehr muss es gar nicht sein. Sie müssen keinen Roman verfassen, um Ihre Meinung auszudrücken, Sie müssen auch nicht den Inhalt nacherzählen oder sich etwas aus den Fingern saugen. Sagen Sie einfach kurz, ob es Ihnen gefallen hat und ob Sie mein Buch weiterempfehlen würden. Das genügt schon, wenn Ihnen nicht mehr einfallen sollte. Gerne erfahre ich aber auch, was genau Ihnen gefallen oder nicht gefallen hat, doch das liegt bei Ihnen.

Vielen Dank für Ihre Zeit.

DANKSAGUNG

Liebe Leserinnen und Leser, wie immer gilt mein erster Dank Ihnen. Sie haben sich die Zeit genommen, dieses Buch, dass nun mehr als vier Jahre auf meiner Festplatte schlummerte, zu lesen. Es war nicht leicht, sich nach so einer langen Zeit wieder an das Manuskript zu setzen, vieles habe ich verändert und manches Mal mit mir gerungen, ob es wirklich die richtige Entscheidung war, den Psychothriller fertigzustellen. Meine letzten Bücher waren allesamt mit Ermittlerinnen und Ermittlern, sodass es eine kleine Herausforderung war, komplett umzudenken. Auch geht kein fieser Serienkiller um, der seine Opfer körperlich quält. Ich hoffe dennoch, dass mir die Geschichte um Tomke und Michelle spannend gelungen ist und Sie an die Seiten fesseln konnte. Neben der Arbeit, die ich mit dem Buch hatte, bereitete es mir auch viel Spaß.

Sollte Sie noch Fragen an mich oder Anmerkungen zum Buch haben, schreiben Sie mir gerne eine Mail. Auch über einen Besuch auf meiner Homepage freue ich mich, oder folgen Sie mir auf Facebook. Um ganz sicherzugehen, nichts mehr zu verpassen, melden Sie sich einfach in der Mailingliste an (bitte ggf. in den Spam schauen, um die Anmeldung zu bestätigen). Als Dankeschön für die Anmeldung erhalten Sie das E-Book von meinem Thriller »Schattenblut« gratis. Folgen Sie mir außerdem gern auf Amazon unter diesem Link.

melisa.schwermer@gmail.com
www.melisa-schwermer.com
https://www.facebook.com/melisa.schwermer

Ich bin immer bemüht, so schnell und ausführlich wie irgendwie möglich zu antworten, auch wenn es manchmal einige Tage dauern kann.

Danken möchte ich auch meinen Testleserinnen Stefanie und Bettina, die mir durch ihren Zuspruch die Zweifel genommen haben. Meine Lektorin Simona Turini hatte es dieses Mal nicht leicht mit mir, ich hab sie mit vielen Fragen gelöchert und sie hat den Text nur häppchenweise bekommen (ich gelobe Besserung). Trotzdem hat sie eine hervorragende Arbeit geleistet und mir mit ihrem scharfen Blick und guten Vorschlägen weitergeholfen.

Zum Schluss danke ich natürlich meinem Lebensgefährten, der es immer wieder aufs Neue aushält, wenn ich teilweise nicht ansprechbar bin, weil ich mit dem Kopf in der Geschichte festhänge oder schlechte Laune verbreite, weil ich mit einem Kapitel oder einer Szene unzufrieden bin. Das würde nicht jeder so mitmachen und ich bin froh, dass wir uns haben.

Bis zum nächsten Mal
Ihre Melisa Schwermer

Printed in Poland
by Amazon Fulfillment
Poland Sp. z o.o., Wrocław

38138449R00197